Grochola

Zagubione niebo

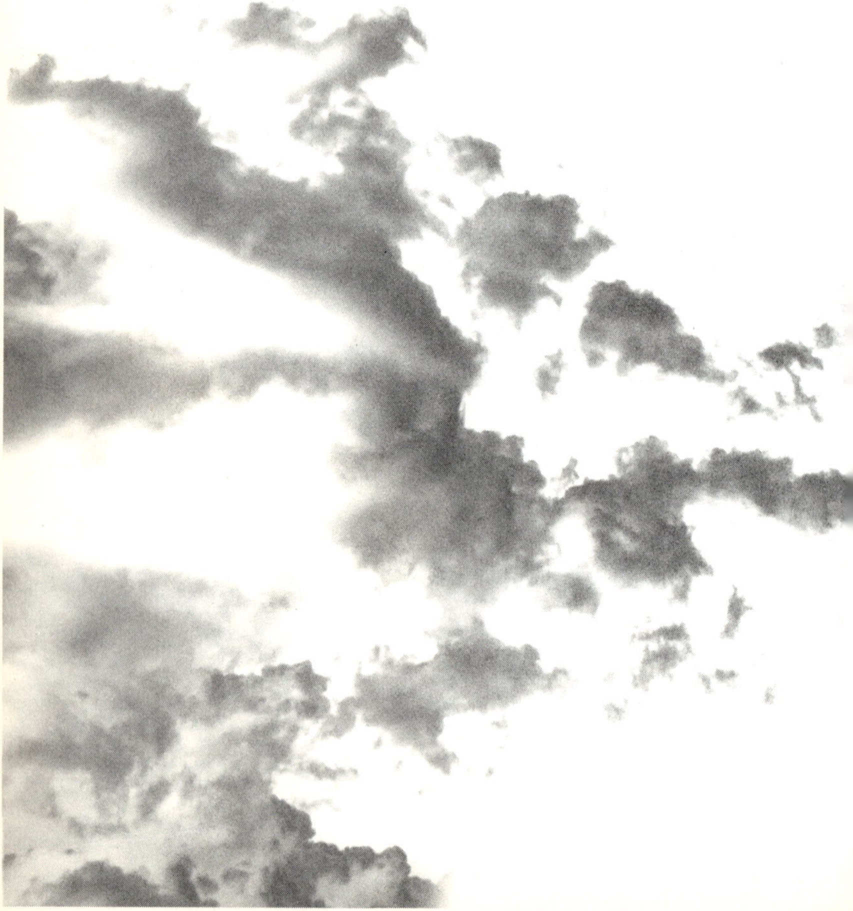

Katarzyna
Grochola

Zagubione niebo

Wydawnictwo Literackie

Zośce

Feralna trzynastka

Wieczór był chłodny. Wakacje dobiegały końca. Jaka szkoda, że nie mogła w tym roku wyjechać nad morze. Całe lato Agata musiała pracować, a urlop pod koniec sierpnia po prostu nie mógł się udać.

Po pierwsze dlatego, że w sierpniu jest zimno i na pewno będzie padać. Od świętej Hanki zimne wieczory i ranki, jak mawiała babcia. Czyli od dwudziestego szóstego lipca. A była już druga połowa sierpnia. To po pierwsze. Po drugie, dała się namówić Krystynie na wyjazd do Doliny Roztoki — cokolwiek to znaczy. Jakaś dolina na drugim końcu Polski, w górach, koło Zakopanego. Nie lubiła gór, stanowczo wolała morze. Ale Krystyna chciała w góry, a nad morzem o tej porze było chłodno. Chłodu Agata też nie lubiła. Po trzecie, Krystyna nie była jej ulubioną przyjaciółką. W ogóle nie była jej przyjaciółką, Agata nie marzyła o wakacjach z Kryśką. Ale ludzie, z którymi ewentualnie mogłaby jechać, albo już byli na urlopach, albo wyjeżdżali we wrześniu za granicę, albo...

Agata nie odczuwała swojej samotności na co dzień. Właściwie to była zadowolona, że związek, który niepotrzebnie trwał dwa lata, skończył się kilka miesięcy temu. Gdyby nie współczujące pytania: „Masz już kogoś?", nie zauważyłaby nawet, że coś jest nie tak. Nienawidziła tylko, jak mówiono o niej singielka. Nie była wyznawczynią religii singiel. Wiedziała, że kiedyś się zakocha i poczuje, że to jest to, bo ludzie są stworzeni, żeby żyć razem. Nie w pojedynkę. W pojedynkę to sobie mogą żyć dżdżownice. Bo są obojnakami. I mogą się rozmnażać same z sobą. A i tak, jak podłubiesz w ziemi, to wykopiesz parę, bo lubią żyć na kupie. A ten cały jej „związek" i tak był pomyłką.

Ale urlop musiała wykorzystać teraz, bo do grudnia nie dostanie ani dnia wolnego, trzeba przygotować duży kontrakt i jeszcze w tym roku podpisać umowę. Będzie roboty co niemiara.

Wyjazd z Krysią nie musi być taki fatalny. Pośmieją się, poleżą w słońcu (jeśli będzie), przejdą się na jakiś spacerek po lasku, będzie można czytać i NIC nie robić. NIC. Była tak zmęczona ostatnimi miesiącami, że marzyła wyłącznie o leniuchowaniu. Nie pamięta, kiedy zdarzyło jej się wrócić z pracy przed dwudziestą.

Nocny pociąg do Zakopanego odchodził o 23.50. Miała kuszetkę — jak na złość o pechowym dla niej numerze: trzynaście. Nie była przesądna, ale... Zupełnie, ale to zupełnie nie miała ochoty na ten wyjazd. Trzynastego zmarł jej ojciec, trzynastego wyprowadził się narzeczony, trzynaście razy się przeprowadzała z podnajmowanych mieszkań... Trzynastka przynosiła pecha.

— Pociąg pospieszny z Warszawy do Zakopanego odjedzie... — zachrypiał głośnik.

Przeciskała się wąskim korytarzem do swojego przedziału.

To stanowczo nie był dobry pomysł, narzekała w myślach.

W końcu znalazła swój przedział. Tu jest ta cholerna trzynastka, jej numer. Dolna kuszetka, i bardzo dobrze. Otworzyła drzwi, światło było zgaszone, wrzuciła plecak na dolną kanapę.

— Na noc jednak wolałbym coś lżejszego — z przerażeniem usłyszała męski głos dochodzący z jej posłania. Najpierw ukazała się głowa, a potem cała reszta brodatego blondyna.

— Zajął pan moje miejsce. Trzynaście — powiedziała ze złością, a w duchu pomyślała: Tak, ten wyjazd nie może się udać. Nie znoszę brodaczy.

— Więc... chyba mamy przed sobą wspólną noc. — Mężczyzna uśmiechnął się i wyciągnął w jej stronę bilet. — Bo ja też lubię trzynastkę.

Z trzech innych miejsc rozległo się chichotanie.

Szybko wyszła z przedziału. Tego już za wiele! Niech no tylko znajdzie konduktora! Powinien być przy wejściu do wagonu i sprawdzać bilety, to jego cała praca. Jej złość sięgała zenitu.

Wróciła korytarzem do drzwi, ale pociąg ruszył, a konduktora nie było ani w tym wagonie, ani w następnym. Jak niepyszna udała się pod swój przedział. Blondyn stał na korytarzu. Postawiła plecak pod oknem. On uśmiechnął się pogodnie.

Baran! — pomyślała wściekła.

— Niech pani chociaż plecak włoży do środka — zaproponował.

Spojrzała na niego bez słowa i odwróciła głowę.

— Przecież nie spędzi pani nocy na korytarzu — brodacz nie dawał za wygraną. Oczy miał pogodne i uśmiechnięte.

Ciekawe, czy gdyby on był na jej miejscu, to też byłoby mu tak wesoło. Choć właściwie był na jej miejscu, miejscu trzynaście, tylko nie miał zamiaru się wkurzać. A ona — i owszem.

— Może spróbujmy pójść na kompromis? — blondyn uparcie udawał, że nie zauważa jej niechęci.

— Proszę mnie zostawić w spokoju — warknęła. Miała nadzieję, że zaraz przyjdzie konduktor i cała sprawa natychmiast się wyjaśni. Spojrzała jeszcze raz na bilet. Jak byk stało: „wagon nr 7 miejsce 13". Blondyn znów się uśmiechnął.

Co za bezczelny typ! — oburzała się w myślach.

— Niech pani zajmie moje miejsce — powiedział, niezrażony jej tonem. — Nie byłbym dżentelmenem, gdybym pozwolił kobiecie stać pod drzwiami. I to swoimi.

Roześmiał się tak serdecznie, że nagle zdała sobie sprawę, iż musi być śmieszna z tą swoją złością na Bogu ducha winnego człowieka, który tylko starał się być uprzejmy. Oczywiście na swój sposób.

— Przepraszam pana, ale jestem tak wściekła... jak można sprzedać dwa bilety na to samo miejsce... Ale to przecież nie pana wina... — i zanim zdała sobie sprawę z tego, co mówi, zdążyła mu opowiedzieć o pechowej trzynastce, o tym, że nie lubi gór, że wcale nie chciała jechać i że lubi morze, i że jest zmęczona, i że na pewno nic się nie uda, i tak dalej, i tak dalej.

Blondyn miał na imię Bolek i uwielbiał góry. Po godzinie spędzonej na korytarzu byli na ty.

— Masz szczęście, że teraz jedziesz na urlop. W sierpniu gwiazdy po prostu dotykają szczytów, a jeśli noce są pogodne, to nie ma nic wspanialszego niż spacer w Dolinie Pięciu Stawów czy nad Morskim Okiem w środku nocy. I jest tak jasno! Masz tylko niebo nad głową i świadomość, że dotykasz w namacalny sposób wszechświata — mówił, patrząc prosto w jej oczy.

Ale nie widział jej — widział ten wszechświat. W jego głosie pojawiła się tęsknota i coś, czego nie rozumiała. Tak jakby naprawdę kochał te góry, dziwak!

Stali na korytarzu, a konduktor się nie zjawiał.

Położyła się spać po pierwszej, po solennej obietnicy Bolka, że za dwie godziny się zamienią. Turkot kół uśpił ją szybciej, niż się spodziewała. Obudziła się tuż przed Zakopanem. Zerwała się na równe nogi. Uchyliła drzwi, Bolek stał przy oknie.

— Przecież miałeś mnie obudzić! — powiedziała z pretensją.

— Nie miałem serca. Tak smacznie spałaś! — Odwrócił się do niej i rozłożył ręce. — Nic na to nie mogłem poradzić. Wiem, że to wstyd pozwolić spać kobiecie. Taki wstyd! Przepraszam...

Najpierw chciała się oburzyć na tę dwuznaczność, ale potem sobie pomyślała, że zna niewielu mężczyzn, którzy spędziliby noc na korytarzu i zachowali przy tym pogodę ducha. A poza tym zaraz się rozstaną i to nie ma znaczenia. Nie mogła się nie roześmiać.

Do Doliny Roztoki wyruszyli razem, bo okazało się, że Bolek również tam zmierza. Namówił ją na przejście górami przez Gąsienicową. Chciał jej pokazać, jakie są piękne. Nie miała siły odmówić — zrobił dla niej tak wiele.

Już po sześciu godzinach marszu czuła, że ten przyjazd nie jest bez sensu. Co prawda to nie morze, ale widoki zapierały dech w piersiach. No i Bolek tak pięknie mówił o górach. Zatrzymywali się czasami, żeby odpocząć, a wtedy wyciągał rękę i pokazując jakiś cień wysoko na skale, mówił, że tu jest koliba, w której odpoczywają taternicy, tam zaś, z Orlej Perci, rozciąga się niesamowity widok na Kasprowy, a tędy nie ma przejścia, jak spadnie śnieg. A trzy lata temu do schroniska podszedł niedźwiedź i wystraszył ceprów…

Kiedy doszli do Doliny Roztoki, było już prawie ciemno. W recepcji czekała na nią wiadomość od Krystyny. Że jest w Zakopanem, bo w górach nudno. Że będzie w hotelu Kasprowy. I że tam jest basen.

Siadła ciężko przy stole, drewnianym, a jakże. Bolek zamówił kwaśnicę, a ona zmięła kartkę od Krystyny i nawet się nie rozzłościła.

— Nikt na mnie nie czeka — stwierdziła i wzruszyła ramionami.

— Koleżanka? — zawiesił głos, a ona pomyślała, że teraz poczuje się do czegoś zobowiązany albo, co gorsza, nie wierzy w jakąkolwiek koleżankę. I jeszcze gotów pomyśleć, że to wymyśliła, żeby uczepić się faceta. Kobiety nie takie rzeczy robią.

— W Kasprowym — mruknęła. — Tu się nudziła.

— Aha. To będzie miała ładny widok na góry — powiedział poważnie. — No i centrum niedaleko. Krupówki i tak dalej. Miś i tak dalej. Mroczek, zobacz jaki widoczek! Nie będzie się nudziła — roześmiał się. — Ludzie są różni. Jedni lubią to, drudzy owo… Wracasz do Zakopanego?

I co ma powiedzieć? Czego właściwie chce? Chce wracać? Urlop w hotelu, no w życiu jedynym, po swoim własnym trupie, za żadne pieniądze. Poza tym nie ma ich tyle. Zostać tutaj? W środku czegoś ciemnego i groźnego? W jakimś schronisku? I co robić? Wrócić do domu — to byłoby fajne. Najlepsze.

— Mogę ci pokazać góry. Wiesz, tak turystycznie… Jeśli chcesz…

Spłoszyła się.

— Turystycznie?

— No, w sensie, że… no wiesz… normalnie. Bo ja się trochę wspinam. Ale tego nie proponuję. Bym ci pokazał to i owo…

Cudownie. Nie proponuje wspinaczki. Rozsądny mężczyzna. Idiota jednak, bo myśli, że ona z obcym pójdzie w to groźne. A on ją tam zabije i zakopie. I nikt nigdy nie będzie wiedział, co się stało. Ma ją za idiotkę, czy jak?

— To co, zakumplujemy się na parę dni?

Rany, co za propozycja! On naprawdę myśli, że ona nie wie, co to znaczy?

— Bolek, jak Boga jedynego kocham! — Gruba kobieta z talerzami w ręku uśmiechnęła się całą sobą, prawie rzuciła talerze na stół przed nimi i wzięła w objęcia brodacza, który też rozjaśnił się na jej widok. — Bolek! Co za niespodzianka! Nie spodziewałam się ciebie tutaj! Chłopaki mówili, że będziesz w Betlejemce! — Wtuliła mu się w ramiona, a brodacz objął ją mocno. — Tak się cieszę, tak się cieszę! I tak mi przykro... Nie mogłam być na pogrzebie, matka strasznie chorowała, nie mogłam jej zostawić... Taka strata... Kochany... — Odsunęła się, trzymała go teraz za dłonie i przyglądała mu się z radością. — A to... narzeczona? Żona? — uśmiechnęła się w jej stronę życzliwie. — Hanka jestem.

Wyciągnęła dłoń do pulchnej kobiety, nie była od niej wcale starsza, tylko jakaś taka... prawdziwsza.

— Agata — przedstawiła się. — Obca.

— Obca Agata. Fajne nazwisko. — Pulchna przyglądała jej się z nieustającym uśmiechem.

— Obca w sensie, że nie żona... ani nikt...

— Poznałem Agatę w pociągu... i jakoś tak wyszło... w tym sensie obca...

— Żart taki, głuptaki! Szybki jesteś! — Klepnęła Bolka i usiadła przy ich stole. — Jedzcie, bo wystygnie, a ty mów, co się z tobą działo. Dwa lata cię tutaj nie było... Wywiało cię, Bolek, a tak z daleka tylko lęk rośnie... Życie idzie dalej, takie samo, chociaż zupełnie inne... Szymka nic nam nie zwróci... A góry... i tak je kochasz...

Agata nie wiedziała, o jakim Szymku mówią i co mają do tego góry. Jadła zupę, była dobra, z kawałkami wędzonych żeberek, nic lepiej nie robi na przyrost jej cudownej masy ciała, ale won z takimi myślami. Przyglądała się znad talerza tym dwojgu obcym ludziom: znali się i lubili, tłuściutka dłoń Hanki często dotykała brodacza — albo go klepała po dłoni, albo chwytała za rękę. Dużo czułości miała w tej swojej tuszy, wdzięczne to było. Musieli się znać od dawna i bardzo lubić, więc i Agacie ten facet przestawał wydawać się obcy.

Prawdopodobnie nie zabije i nie zakopie. Chyba że byłby w zmowie z grubaską. Może razem zwabiają ludzi i wyprowadzają w góry. A potem dzielą się zawartością plecaków... Roześmiała się głośno, spojrzeli na nią ze zdziwieniem.

— Sorry — zachichotała, bo właściwie wszystko wydało jej się śmieszne. — Z czego się śmiejecie? Z samych siebie się śmiejecie...

— Gogol chyba, *Rewizor* chyba — powiedział brodacz, a ją ogarnęło miłe ciepło, że wie, że to cytat.

— Ano, chyba że tak... — Hanka spojrzała na nią z życzliwością. — Ja też czasem jak mi się coś przypomni, to aż mnie wesołość ogarnia... Idziecie w góry?

— Agata jest pierwszy raz tutaj.

— Nie gadaj! — Hanka aż otworzyła usta. — Niemożliwe! Nigdy nie chodziłaś po górach? Nawet jak byłaś mała?

— Szczególnie wtedy. I zaraz potem też nie. I tak przez całe lata. Lubię morze. Jeziora. Wodę.

— No to przecież mamy Morskie Oko! Ładna woda, czyściutka! Nigdzie takiej nie ma! — Hanka była zdziwiona, że ktoś woli cokolwiek innego niż góry, patrzyła raz na nią, raz na Bolka. — No nie gadaj, wygłupiasz się!

— Wygłupiam. Bolek obiecał, że mi pokaże góry. — Machnęła łyżką. — Chętnie skorzystam.

Brodacz spojrzał na nią i kiwnął głową. Właściwie nie kiwnął, tylko pokiwał. Jakby mówił: „Ach tak? Zdecydowałaś się jednak?".

— No to ja was położę u mnie na górce, idę spanie przygotować.

— My nie śpimy razem! — ostrzegawczo podniosła głos.

— No jasne, że nie — Hanka się podniosła, a Agata pomyślała, że właściwie nie podoba jej się ta reakcja. Co to znaczy: „jasne, że nie"? Ma brodatego na własność, czy jak?

— Popatrz na las... Na te grube sękate smreki obwieszone porostami, popatrz na te trawy, wypatrz kłody tonące w paprociach... Oddychaj głęboko, wciągnij powietrze w płuca i trzymaj, zobacz, jak ono smakuje, jak pachnie, poczuj przezroczystość, tego nie masz w mieście — mówił Bolek, a ona posłusznie wpatrywała się w poszycie lasu, rzedniejące w miarę jak szli coraz wyżej. Słońce przepełzało przez świerki i rzucało światło na kamienie obmywane przez potok. W promieniach tańczyły muszki skłębione jak motek wełny, jakby ich setki stanowiły jeden przesuwający się, drgający, żywy organizm. Mchy były nasączone zieloną wilgocią jak gąbka, miękkie i nienaruszone przez ludzi, powalone kłody zapraszały do odpoczynku.

— Popatrz tam, widzisz? Piarżysko do samej grani... Jak spojrzysz niżej, to zobaczysz komin, tam są jeszcze moje haki...

— Byłeś tam? — patrzyła na niego z rosnącym podziwem. Ledwo widziała grań, a wypatrywać jakiś komin?

— To nie jest trudna droga, zaledwie dwójka... Dla turystów... No, może takich, wiesz... początkujących...

— Dla początkujących? To? — Wskazywała palcem jak dziecko groźną turnię, która wydawała jej się absolutnie niedostępna dla nikogo, nigdy. — Tam jest całkiem pionowo! Tam się nawet nie ma czego chwycić. — Podnosiła lornetkę do oczu i widziała wyłącznie płaski szarozielony granit. Od samego widoku kręciło jej się w głowie.

Bolek brał od niej lornetkę, stawał za nią, czuła jego ciepło na swoich plecach, cieszyła ją jego bliskość, potem podawał jej szkła z powrotem.

— Spójrz w lewo, widzisz ten dzióbek? Taki ostry, jak trójkąt? Na drugiej jest cień, dwadzieścia–trzydzieści metrów niżej, widzisz? To zacięcie, to jest łatwe, potem jest półka, w tym miejscu masz dużo powietrza pod sobą, potem przewieszka, tu się musisz postarać, ale ten kamyczek w ogóle nie jest płaski. Masz rysy na małe palce, musisz się podciągnąć, potem przechwyt, techniczne przyklejanie do płyty, potem na tej półce, widzisz, na piątej? Masz całkiem wygodne następne stanowisko…

Kamyk?! Ten kamyk, na który patrzyła, to była potężna turnia, a nie żaden kamyk!

Ach, jak podziwiała tego faceta! Całe szczęście, że o tym nie wiedział. Te jego góry były fascynujące! Były po prostu niewiarygodnie piękne. I niewiarygodnie groźne. Nigdy, przenigdy nie chciałaby się wspinać, za żadne skarby. I nie widziała w tym nic fajnego. Natomiast on, Bolek, był tak fascynujący jak góry. I tak jakoś patrzył na ten górski świat, że mu zazdrościła. Czy ona miała taką pasję?

Trzeciego dnia wspólnych wędrówek czuła się w jego towarzystwie lepiej niż kiedykolwiek w życiu. Nie musiała świetnie wyglądać, nie musiała niczym imponować, nie musiała udawać, że jest inna, niż jest. Nie malowała się rano, bo zdawała sobie sprawę, że wyglądałaby jak idiotka w pełnym makijażu, w pełnym słońcu i w pełnym pocie. Włosy wiązała w koński ogon, czego nie robiła od lat, bo wtedy jej twarz wydawała się jeszcze bardziej okrągła. Piegi wylazły jej na nos i policzki już drugiego dnia, ale po raz pierwszy w ogóle jej to nie przeszkadzało. Wstawali przed szóstą, tak zarządził Bolek.

— Dni są teraz krótkie, szkoda dnia, nie będziesz żałować. Obiecuję.

Nie żałowała ani jednej minuty spędzonej z nim. Nie żałowała nawet wtedy, kiedy mięśnie drżały ze zmęczenia, kiedy prowadził ją Orlą Percią ani kiedy zamykała oczy, żeby nie patrzeć w przepaść po prawej stronie. Raz tylko chciała umrzeć — nie miała odwagi przejść dalej, łańcuch się skończył, a ona, trzymając się go kurczowo, nie chciała iść bez asekuracji. Ścieżyna nie była przecież wcale taka wąska, a ręka Bolka była silna, ale wtedy myślała, że popłacze się ze strachu. I że on to widzi. Lecz nawet wtedy nie żałowała.

Nogi moczyła w lodowatej wodzie w kolejnych potokach. Moczyła to za dużo powiedziane. Wkładała je do wody na dziesięć sekund, dumna, że tyle może wytrzymać, a potem kładła się na trawie z rozłożonymi rękami i czuła ziemię, Ziemię, świat, a może nawet wszechświat.

Nie była w stanie pojąć, jak można tak dobrze znać wszystkie szczyty, ściany, turnie, odróżniać je. Mały Kieżmarski, Łomnica, Kościelec, Żabi Koń, Galeria Gankowa, Zamarła Turnia — Bolek opowiadał o wspaniałych pierwszych wspinaczach i każda z tych historii kończyła się tak samo: zginął, zginęła, zginęli. Rozpiął się karabinek, zeszła lawina kamienna w żlebie, zamarzli, trawersując galerię, odpadli od ściany...

Wieczorami siadali przed schroniskiem, z dala od ludzi, czasem z grzanym piwem, i Bolek opowiadał o tych, których od dawna nie było, a ona słuchała z zapartym tchem o Żuławskim, Skotnickich, Lesieckim, Dębińskiej, Jasińskiej i Stanisławskim, którego krótki życiorys fascynował Bolka najbardziej.

Żałowała trochę, że traktuje ją jak kumpla. Nie widział w niej kobiety. Właściwie to o to jej chodziło, ale czasami było to przykre.

— Jesteś zorientowany na śmierć — powiedziała kiedyś nieopatrznie — a nie na życie.

— Jak możesz tak mówić? Co ty wiesz o śmierci?! Co ty wiesz o życiu?!

Pierwszy raz podniósł na nią głos, a potem, nie zwracając na nią najmniejszej uwagi, po prostu ją zostawił. Zniknął jej z oczu, czekała ponad godzinę, ale nie wrócił.

Spotkali się następnego dnia przy śniadaniu, nie miała odwagi zapytać, dlaczego tak zareagował, a on udawał, że nic się nie stało. Coś się jednak stało, bo zaczęli być dla siebie bardziej uprzejmi, mniej spontaniczni, jak ludzie, których dobre wychowanie zmusza do przestrzegania pewnych norm, ale ta bliskość, którą bez wątpienia czuła jeszcze wczoraj, ulotniła się bezpowrotnie.

Powoli zbliżał się koniec jej urlopu. Najwspanialszego urlopu, najbardziej męczącego, najciekawszego i najbardziej niespodziewanego. I co teraz? Po prostu się rozstaną?

Był najbardziej niezwykłym człowiekiem, jakiego poznała. A także najbardziej nieczułym na jej wdzięki. Umówmy się, nawet sauté wyglądała nieźle. A on przez cały czas nie wykonał ani jednego ruchu w jej stronę. Jednej zaczepki. Może gej? Teraz to nawet by chciała, żeby miał niecne zamiary. Nawet jeśli miałoby się to skończyć zakopaniem w lesie. Ale Bolek był poprawny. Był OK. Miły i uczynny, lecz trochę nieobecny.

Ostatnie schronisko przed powrotem do domu to Ornak. Ale po kolacji rozmowa się nie kleiła, pożegnała się wcześniej, powiedziała, że jest zmęczona, idzie spać, a on kiwnął tylko głową.

Nie chciała się przyznać sama przed sobą, że było jej żal rozstawać się w ten sposób. I żal tego, że traktował ją przyjaźnie, zbyt przyjaźnie. Właściwie była tak rozczarowana, że rozpłakała się w łóżku jak małe dziecko. A potem zasnęła.

Obudziło ją ciche pukanie, serce podskoczyło jej w piersiach. Usłyszała cichy głos Bolka:

— Może chcesz zobaczyć wszechświat?

Chciała. I to jak! Błyskawicznie wskoczyła w dres, założyła kurtkę i wyszła przed schronisko. Gwiazdy błyszczały tuż nad nimi. Wyglądały jak małe świetliste dziurki w ciemnej materii nieba. Szli Doliną Kościeliską w milczeniu. Skały oblane nocną poświatą były jeszcze piękniejsze i jeszcze groźniejsze niż za dnia. O tej porze góry rzeczywiście wyglądały nieziemsko. Absolutna cisza i tylko odgłos ich kroków. Teraz wiedziała, co Bolek miał na myśli, mówiąc: wszechświat.

— Myślałem, że lepiej będzie widać niebo, ale chyba chmury idą.

Kiedy stanęli przy Wąwozie Kraków, zrobiło się naprawdę bardzo, ale to bardzo ciemno.

— Musimy wracać, będzie lało. Szkoda, że już nie zobaczysz gwiazd, w sierpniu spada ich najwięcej. — Bolek wziął ją za rękę i szybkim krokiem ruszyli z powrotem.

Poczuła ciepło jego dłoni, zrobił to tak machinalnie... Deszcz lunął nagle, jak z cebra. Bolek natychmiast skręcił w górę, po mokrych kamieniach wspiął się do maleńkiej koliby i pociągnął ją za sobą. Siedzieli bardzo blisko siebie, skuleni, bo miejsca było mało. Drżała.

Góry nagle ożyły, szum deszczu spotężniał i odbijał się echem wśród skał. Wtuliła się w Bolka, a on delikatnie ją objął. „Nareszcie!", przemknęło jej przez myśl.

Nagły błysk oświetlił wąski wąwóz brunatnym brązem, czernią, bielą skał, czerwienią. I był zupełnie inny niż za dnia — miała wrażenie, że skały się przesuwają, odchodzą gdzieś, a w ich miejsce zjawiają się nowe. Błyskawice oświetlały za każdym razem inny obraz. Góry huczały odbitym echem grzmotów, zwielokrotniały ten dźwięk i przetaczały z miejsca na miejsce.

— Może miałaś rację o tej śmierci — powiedział nagle Bolek. — Góry są przeklęte. Kocham je i nienawidzę jednocześnie.

— Jesteś zupełnie niezwykłym facetem, wiesz? Takim, na którym można polegać. Ja mam niespecjalne zaufanie do ludzi, a do ciebie...

— A co ty o mnie wiesz? — Poczuła, jak zdrętwiał.

— Wiem, że jesteś silny. Wciągać moje pięćdziesiąt siedem kilo nie jest łatwo, a dałeś radę — uśmiechnęła się. Naprawdę powiedziała, ile waży, czy jej się śniło? — Jesteś ciekawy. Fajnie opowiadasz. Szkoda tylko, że o śmierci, a nie o miłości.

Pochlastam się, jak tylko przyjadę do domu, obiecała sobie natychmiast. Czy ja mam rozum?

— O miłości? Miłość tutaj jest. — Był smutny. — Pamiętasz, jak ci opowiadałem o siostrach Skotnickich? Lidia i Marzena, szesnaście i osiemnaście lat. Cudowne taterniczki, zrobiły niesamowite drogi, północno-zachodnią ścianę Galerii Gankowej, południową ścianę Małego Lodowego Szczytu, Żabi Koń, Niebieską Turnię, Małą Śnieżną Turnię, no i Zamarłą.

Piorun musiał uderzyć gdzieś bardzo blisko, bo skała pod nimi zadrżała. Znowu o taternikach...

— Na Zamarłej zginęły obie...

— To nie jest opowieść o miłości — powiedziała cicho Agata. — Znowu mówisz o śmierci.

Nie zwrócił uwagi na jej słowa.

— Zginęły, bo prawdopodobnie karabinek jednej z nich był felerny. Potem znaleziono ten karabinek w ścianie. Spadły na oczach swoich kolegów... A były jak kozice... W Lidii kochał się Stanisławski, genialny wspinacz. On też zginął parę lat później i do dzisiaj nie wiadomo dlaczego...

Grzmoty mruczały gdzieś dalej, deszcz wzmógł się i zamienił w jednostajny mocny szum.

— Na ścianie Kościółka... Razem ze swoim kolegą z liny. Lidka była jego wielką miłością. Wielką i może jedyną. W liście do przyjaciela napisał: „Maleństwo moje nie żyje, z czym się nie mogę do dziś pogodzić...". Ile czułości jest w tym jednym zdaniu... Nie związał się nigdy z żadną inną kobietą, tylko z górami. Zginął, jak miał dwadzieścia cztery lata, a to był człowiek, któremu się góry kłaniały. Jestem pewien, że jeśli jest niebo, to Lidka tam na niego czekała. Z dobrymi karabinkami, linami, rakami, czekanem. I mogą zdobywać szczyty razem... W górach jest esencja życia. Moje maleństwo nie żyje... to jest esencja miłości. Niewiele więcej trzeba... Ten facet był geniuszem. Gdyby nie zginął, świat by o nim usłyszał. Świetnie pisał, był dowcipny, wrażliwy, nieprawdopodobnie zdolny i miał w sobie zachwyt. Kochał Lidię do śmierci. To jest twoja opowieść o miłości... Pasja i miłość...

Milczała, bo nie wiedziała, co powiedzieć. Nic. To było ładne — było ładne, jak mówił.

— W górach musisz mieć kogoś, na kogo możesz liczyć — powiedział cicho, tak cicho, że ledwie go usłyszała przez strugi wody przelewające się nad wejściem do koliby.

— Ja mogłam na ciebie liczyć, dziękuję ci za ten mój urlop...

Trzynastka nie była feralna.

— Ty może mogłaś, ale... — głos mu się nagle załamał i poczuła, jak wstrząsa nim dreszcz. — Ale Szymek nie mógł...

— Szymek? — powtórzyła i jakoś znajomo to zabrzmiało, to o Szymku rozmawiali pierwszego wieczoru przy kwaśnicy. — Kto to jest Szymek?

— Był. Mój przyjaciel. Mój partner.

Partner? To wszystko wyjaśnia. Najlepszymi przyjaciółmi kobiet są geje.

— Opowiedz mi o nim — poprosiła.

A on nagle zwiądł, skurczył się, słowa wypowiadane z wyraźnym wysiłkiem ledwo przebijały się przez deszcz. Jakaś droga, tylko raz zdobyta, na Słowacji, ranek tuż po przyjeździe, piękny dzień...

— I zgodziłem się bez asekuracji. To nie była trudna droga. Byliśmy na ostatnim wyciągu, od szczytu dzieliły nas cztery ruchy... Ale zupełnie inne niż cała reszta drogi. Krok w przewieszeniu był po prostu siłowy, do ekspozycji byliśmy przyzwyczajeni... Ja szedłem pierwszy, Szymek był... krzyknął: „Patrz, ja to tak zrobię!"... I poleciał... Każdy z nas wymyśla swój sposób na zrobienie ruchu. A on odpadł jak flak i poleciał. Widziałem, jak leci, jak szmata, jak kukła, widziałem to, bo to pionowa ściana, miałem go pod nogami, zanim się rozbił na piargach... Zszedłem do niego po paru godzinach, nie miałem tyle lin, żeby zjechać, musiałem obejść... A to był taki niesamowity dzień, tak się cieszyliśmy...

Bolek chyba płakał. Skulił ramiona, już jej nie obejmował, a jego plecami wstrząsały dreszcze... Odsunęła się, a potem usiadła wyżej i go objęła. Otoczyła swoimi ramionami i wtuliła głowę w jego włosy. Jedną ręką głaskała go po głowie, drugą trzymała mu na piersiach. Objęła go tak, jak matka obejmuje dziecko. Ten silny, duży facet po prostu płakał. Żaden mężczyzna nigdy przy niej nie płakał. To było... niezwykłe.

— Dlaczego się na to zgodziłem? Jakbyśmy się asekurowali, poleciałby pięć–dziesięć metrów...

— Ciii — uspokajała go łagodnie, jak małego chłopca — to nie twoja wina... Sam mówiłeś, że góry są wymagające...

Burza skończyła się nagle, ale deszcz zaczął mocniej stukotać o skały.

Nie miała pojęcia, gdzie jest schronisko, ale wydawało jej się, że za chwilę nie będą mieli jak wrócić, bo słyszała już rwący strumień wody poniżej, a potok był daleko.

Nie wiedziała, ile czasu minęło, kiedy poruszył się, przetarł oczy i podniósł jej rękę do ust.

— Przepraszam, to mi się nie zdarza... Po prostu zawsze tracę to, co kocham...

— Mnie nie stracisz — powiedziała bez chwili zastanowienia.

Pociągnął ją za rękę i odwrócił głowę. Nie widziała go w ciemnościach, ale czuła. Może się wygłupiła, ale nie dbała o to. Jutro i tak się rozstaną.

— Jeśli mnie pokochasz... oczywiście — dokończyła cicho, opuściła głowę i zamknęła oczy, przerażona swoimi słowami.

Usłyszała, jak się podnosi, i poczuła, że szuka jej ręki.

— Chodźmy, zanim nie będzie już odwrotu. Czasem ten wąwóz zalewa woda. I tak przemokniemy do suchej nitki.

Zsunął się po mokrym kamieniu, a potem ona osunęła się prosto w jego ramiona. Nie wypuścił jej, podniósł jej brodę i delikatnie ją pocałował. I jeszcze raz pocałował. Chciała być całowana, deszcz wlewał jej się za kołnierz kurtki i spływał po plecach. Chciała być całowana, powędrowała dłońmi do jego twarzy i rozchyliła usta. Nie całowała się nigdy z brodaczem. To było... niezwykłe. I mokre, bardzo mokre.

Objął ją ramieniem i mocno przytulił.

— Traktuję to jak obietnicę. Dotrzymujesz obietnic?

Przełknęła ślinę i kiwnęła głową. Nie mógł tego widzieć.

— Dotrzymujesz?

— Tak — wydusiła z siebie najważniejsze słowo.

Deszcz nagle ustał. Zza chmur wyjrzał księżyc. Mokre góry zalśniły milionem roziskrzonych maleńkich świetlików. Bolek trzymał ją mocno i pewnie prowadził pod górę. Drżała z zimna i radości. Ciemne chmury rozjaśnione były na obrzeżach światłem księżyca. Poruszały się szybko, kłębiły, strzępiły, nachodziły jedna na drugą. Bolek wziął ją za rękę, przyspieszyli kroku, zrobiło się trochę cieplej. Tuż przed schroniskiem księżyc nagle się wysunął i znów zajaśniały gwiazdy.

— Zagubione niebo, spójrz, zawsze tam jest, nad chmurami... Mówiłem ci...

Zadarła głowę do góry. Przez mrok tam wysoko zaczynały przebijać się gwiazdy, jakby niebo przecierało oczy, jedna, druga, już pięć... Księżyc nie był dla nich konkurencją, jaśniały coraz wyraźniej i rodziły koło siebie nowe. Układały się z nieznane wzory, porządkowały...

Ogarniał ją bezmierny spokój. Niebo było trójwymiarowe, coraz bliższe i jednocześnie coraz głębsze, gęstniało z każdą sekundą, tworzyło nad nimi jaśniejącą kopułę, otwierało tajemnicę... To ziemia była czarna, w górze było światło...

— Zimno ci, prawda?

Dopiero teraz poczuła, że drży.

— Chodźmy, bo mi się zaziębisz...

Od jego słów biło takie ciepło, że łzy same napłynęły jej do oczu.

Przed drzwiami jej pokoju Bolek pocałował ją raz jeszcze.

— Do jutra, kochana — powiedział.

— Nie byłabym dżentelmenką, gdybym pozwoliła, żeby mężczyzna stał pod drzwiami mojego pokoju — powiedziała i pociągnęła go do środka.

Wpadli na dworzec w ostatniej chwili. Ze śmiechem rzucili plecaki na miejsce dwunaste i czternaste. Wyszli na korytarz i stanęli w oknie. Góry żegnały ich blaskiem zachodzącego słońca.

— Muszę się do czegoś przyznać. Ty i ja mieliśmy szczęśliwą trzynastkę. Tylko że ty weszłaś do wagonu szóstego, a ja nie sprostowałem twojej pomyłki. Nie chciałem, żebyś mnie przegapiła... Czy przyznasz się teraz, że żadna Krysia na ciebie nie czekała?

Roześmiała się w duchu. Nie wierzył w tę jej koleżankę. Ale to nie miało żadnego znaczenia. Kiedyś przecież ją pozna.

— Ty na mnie czekałeś, to wystarczy — powiedziała i pocałowała go, a konduktor, który przechodził obok, uśmiechnął się szeroko.

1999

Scarlett O'Hara
z Pilawki Górnej

Za siedmioma górami, za siedmioma lasami, na piątym krańcu świata, jednym słowem, w Pilawce Górnej, żyła sobie dziewczyna o jasnych włosach i oczach koloru swojego szarego swetra. Oprócz szarego swetra miała jeszcze dwa inne — ale żaden z nich nie był podobny nawet odrobinę do tej szarości, jaką miała w oczach — jeden był czarny, z delikatną zieloną nitką przy golfie, a drugi jasnoniebieski. Przy tym jasnoniebieskim jej oczy z szarości przechodziły w kolor niebieskoszary, ale do swetra miały się nijak.

Dziewczyna nie miała sobie specjalnie nic do zarzucenia, ale szczęśliwa nie była. Dni upływały jej na pracy w zakładzie usług optycznych — przeliczaniu dioptrii na grubość szkieł i doradzaniu oprawek do okularów. Oprawki były tanie — w Pilawce Górnej nie było wielu bogatych ludzi, nie licząc Lekarza i Właściciela Sklepu, ale nawet Lekarz zadowalał się oprawkami tanimi i wygodnymi, a już na pewno nikt nigdy nie zapytał o ich markę. Firmowe rzeczy nie istniały w Pilawce, bo i po co komu na towarze znaczek, za który trzeba płacić? W Pilawce ludzie nie chcieli płacić za znaczki i literki, płacili za towar. Swetry miały być ciepłe, a sukienki ładne, chleb świeży, na zakwasie, a jajka duże, z delikatnymi skorupkami i pomarańczowym środkiem. Kury karmiło się ziarnem i resztkami — nikomu nie wpadłoby do głowy kupować sztuczną karmę z jakichś mączek rybich! Co to, to nie!

Dziewczyna pracowała uczciwie, osobom o okrągłej twarzy doradzała oprawki, w których twarz wydawała się szczuplejsza. Aptekarzowej poleciła śliczne oprawki — wąziutkie, ciemne — i jej twarz od razu przestała przypominać wyciągniętą końską szczękę. Pan Kazimierz po operacji zaćmy w mieście nosił oprawki ciężkie, duże, miał minus osiem, takie grube szkła wymagały dużej oprawy. Tak, tak, z jej zdaniem się liczono. Czasem, bardzo rzadko, sprowadzała do Pilawki Górnej szkła kontaktowe, ale tylko na zamówienie.

Pewnego dnia nie zdarzyło się nic. Oprócz tego, że za zaliczeniem pocztowym musiała sprowadzić zielone szkła kontaktowe, co zajęło jej dwa poranki. Z Pilawki Górnej niełatwo było połączyć się ze stolicą, a przesyłka musiała być ekspresowa. Dziewczyna o Jasnych Włosach długo przekonywała rozmówców, żeby nadali przesyłkę pocztą kurierską. Co prawda w Pilawce Górnej była jedynie mała stacja, z jednym peronem i dwiema parami torów — jedną na północ, drugą na południe — ale Dziewczyna o Jasnych Włosach w takich wypadkach podjeżdżała samochodem do Miasta z Prawdziwym Dworcem.

Tego dnia, a był to, jak się potem okazało, najważniejszy dzień jej życia — dziewczyna pojechała po owe szkła kontaktowe aż do Miasta.

Oczywiście ludzie byli niemądrzy, że chcieli zmieniać swoje oczy, nadawać im inny kolor i udawać kogoś innego. Ale ponieważ nie była to jej sprawa, Dziewczyna nigdy, przenigdy nie powiedziałaby komukolwiek, że to po prostu głupota.

Była zadowolona, że dobrze wywiązała się z powierzonego zadania i że po dniach spędzanych w zakładzie optycznym może wyjechać w ramach obowiązków służbowych. Jakże chętnie wyjechałaby na zawsze z Pilawki Górnej, gdyby… No właśnie, gdyby tylko pojawił się ktoś, kto ją stamtąd wyrwie, porwie, pokaże jej inny świat, jednym słowem: pokocha. Dziewczyna oczywiście nie przyznałaby się do tak marnych pragnień, nie bardzo wiedziała, co to znaczy miłość, nie wiedziała nawet, po czym ją rozpozna, ale bardzo, bardzo chciała kogoś pokochać. Tylko… No właśnie…

W Pilawce Górnej ludzie żyli, pracowali, rodzili dzieci, w niedzielę chodzili do kościoła, ciepłymi wieczorami przesiadywali przed domami, pozdrawiali się na ulicach... Jednym słowem, znali się. Czy mogli się jeszcze kochać? I kto mógłby ją, Dziewczynę o Szarych Oczach, pokochać tak, jakby miała inne oczy? Czy to w ogóle było możliwe?

Wracała rozgrzanym asfaltem do Pilawki i choć zwykle nie zajmowała się takimi sprawami, zielone szkła kontaktowe, pieczołowicie zabezpieczone pudełeczkiem z plastiku, wyzwoliły w niej marzenia. A w marzeniach, och, w marzeniach mogła sobie pozwolić na wszystko. Była piękna. Miała zielone oczy. Z firanką czarnych rzęs. W marzeniach pojawiał się niezmiennie On na Białym Koniu. Choć już kilka lat temu pozbawiła go ubrania z zeszłej epoki, odrzuciła miecz, ubrała w dżinsy i ogoliła mu twarz, Biały Koń pałętał się w jej wyobraźni, niezmienny jak zachód słońca każdego dnia. Usunęła siebie z wieży, macochę pogrzebała już w wieku czternastu lat, zamek powoli zamieniał się w zakład optyczny przy ulicy Długiej w Pilawce, a jednak Biały Koń, źródło niewyczerpanej tęsknoty, ciągnął się za nią i ani rusz nie dawał się usunąć.

Pogodny dzień łagodnie schodził za wzgórza. Otworzyła okno, wiatr wpadł do samochodu i wyszarpał z porządnie związanego kucyka kosmyk włosów. Łąki pachniały mokrą ziemią i, ach, gdyby nie ta Pilawka... Odgarnęła kosmyk z policzka i zwolniła. Właściwie dlaczego tak bardzo bała się przyznać, że kocha zapach łąki i ogarnia ją tęsknota za czymś dobrym i niezwykłym, kiedy patrzy na rodzące się łany zbóż? Może pozostała wiejską dziewczyną, która po prostu potrzebowała tego do życia jak powietrza? Zjechała na pobocze i zatrzymała samochód. Wysiadła. Skowronki kwiliły dość zdecydowanie gdzieś tam na niebie, dlaczego nie miałaby się przyznać do wszystkiego, do czego tęskni w pogodne dni, dlaczego nie miałaby sobie zrobić odpoczynku od dioptrii i innych spraw? Zawsze jest taka obowiązkowa. Ale dzisiaj? Zatrzasnęła drzwiczki. Tu, w okolicach Pilawki, gdzie pola pachniały tak mocno przyszłym zbożem, było jej życie. Mogła na chwilę przysiąść spokojnie wśród ginącego dnia i pomarzyć.

Ruszyła w łąkę. Trawa czepiała się jej nagich łydek, dojrzała i bujna, za moment zabierze się do kwitnięcia, ta niekoszona trawa dotykała jej delikatnie, namawiając do odpoczynku. Podwinęła spódnicę i usiadła. Słońce rzuciło znad chmur promienie, które lekko przygaszone, przycupnęły na koniuszkach traw i zalśniły pomarańczowym blaskiem, zaszeleściło zielone pod pomarańczowym, a Biały Koń objawił się na skraju lasu. Była usprawiedliwiona, nie musiała się nigdzie spieszyć, mogła sobie pozwolić na chwilę marzeń.

Tęsknię za tobą, pomyślała o rycerzu z lat dziecinnych, który miał ją uwolnić od wszystkiego. Od jakiego wszystkiego — nie umiała wyjaśnić. Nie zastanawiała się nad tym, ale wiadomo było, że jak rycerz, to uwalnia. Położyła się na ciepłej ziemi i spojrzała w niebo. Chmury nadbiegały od strony lasu. Przewalały się z boku na bok, zasłoniły resztki słońca. Zerwał się lekki wiatr. Zlewał się z jej marzeniami. Ludzie są tacy niemądrzy, szukają nie wiadomo czego. Chcą zmian. Myślą, że gdzie indziej będzie lepiej. Szukają... No właśnie. Chcą coś zmienić. Na przykład te szkła kontaktowe, kolorowe...

Kusiły ją bardzo. Oczywiście wiedziała, że świat nie zmieni kolorów. Ale gdyby tak spróbować, zobaczyć, jak wygląda w zielonych oczach? Nic się przecież nie stanie. Szkła potem delikatnie oczyści. Nikt nie będzie wiedział. Tylko ona. Raz spojrzy na siebie i zobaczy... Zawsze marzyła, żeby mieć zielone oczy. I gdyby miała oczy tak zielone jak w marzeniach, na pewno ktoś by ją kochał. Spojrzał i... już nie mógłby oderwać wzroku.

W Pilawce ludzie się znali, oczywiście. Mówili sobie „dzień dobry" i „co słychać". Dziękowali za drobne uprzejmości i zapraszali się na chrzciny, komunie, wesela i pogrzeby. Ale nic ich nie obchodziła ona — o szarych oczach i marzeniach, ona — szara mysz obliczająca dioptrie i dobierająca oprawki. Mogłaby zniknąć i nikt by tego nie zauważył, taka była prawda. Tak było zawsze.

Podniosła się i ruszyła w stronę samochodu. Wiało coraz mocniej, będzie padać. Otworzyła drzwiczki i wsiadła. Pudełeczko na siedzeniu obok kusiło. Włączyła stacyjkę... a potem wyłączyła. Wzięła do ręki pudełko i ostrożnie odwinęła przesyłkę. Szkła błyszczały głębokim morzem, zielenią starej sadzawki, świeżością traw po deszczu. Były zachwycające. Otworzyła szeroko oczy i podniosła najpierw prawą górną powiekę, potem lewą. Zamrugała parę razy i skierowała lusterko samochodowe na siebie.

A jednak świat uległ zmianie, bo ona się zmieniła. Jej twarz nabrała nowego wyrazu. Była szlachetniejsza. Oprawa oczu też była inna. Dużo lepsza. Bardziej wyrazista. Wyjęła szminkę kupioną w Mieście i pomalowała usta. Była piękna. Choć to nie była ona.

Wyprostowała ramiona i poczuła się jak Inna Dziewczyna. Podniosła rękę i zdjęła gumkę z włosów. Rozsypały się po obu stronach twarzy. Uśmiechnęła się i ponownie włączyła stacyjkę. Silnik zawarczał, ruszyła wolniutko. Inna Dziewczyna prowadziłaby samochód zdecydowanie szybciej. Nacisnęłaby na gaz. Wiatr rozwiewałby jej włosy.

Choć wieczorne powietrze zachowało zapach rozgrzanego dnia, było teraz chłodniej. I rzeczywiście, zaczęło lekko mżyć...

A skoro jest Inną Dziewczyną — odkręciła boczną szybkę — wdepnie ten pedał.

Samochód przyspieszył. Wiatr rozwiewał jej włosy. Przez otwarte okno pierwsze krople deszczu smagnęły ją po twarzy.

Kiedy sięgnęła do drzwiczek, żeby zamknąć szybę, zza zakrętu wyjechał samochód. Spojrzała w lusterko, ale lusterko nie pokazywało drogi, ciągle było skierowane na jej oczy. Skręciła nagle, wystraszona, że się nie zmieszczą, boczne koła złapały pobocze, rzuciło ją najpierw w prawo, skręciła więc silniej kierownicę. Cisnęła hamulec z całej siły, ale rozpędzony samochód wcale nie chciał się zatrzymać. Podskakiwał na nierównych bruzdach. Szarpnęła znowu kierownicą i samochód nagle wrócił na szosę. Za szybko.

Mężczyzna już po wyjściu z zakrętu zorientował się, że zbliżający się z naprzeciwka samochód jedzie prawie środkiem. Zdjął nogę z gazu, choć niebezpieczeństwa nie było. Ale tamten kierowca, widać niedoświadczony, skręcił za mocno. Przy takiej prędkości wiadomo było, że go ściągnie. Dobrze, że przy drodze nie było drzew albo rowu.

Nacisnął hamulec. A potem tamten samochód odbił w prawo i wrócił na środek drogi. I jechał prosto na niego.

Tamten samochód wyłaniał się zza zakrętu jak w starym filmie. Wolno, bardzo wolno. Najpierw pysk uzbrojony w światła, potem przednie koła, błyszcząca od deszczu szyba. Widziała nawet oberwane lewe lusterko, sterczący kikut bordowej blachy, ślad po podwójnym świecie, widziała lusterko, którego nie było. Nie oglądaj się wstecz, to bardzo wyczerpuje. Patrzyła, jak maska tamtego samochodu opieszale wypełnia przestrzeń przed nią. Nie bała się. Chciała szybko nacisnąć hamulec, ale jej noga działała w takim samym powolnym tempie, w jakim zbliżał się bordowy samochód. Klatka po klatce. Przeniesienie nogi z gazu na pedał hamulca trwało tyle, ile tamto auto potrzebowało, żeby pokazać się jej w całej okazałości. Ta okazałość była wielka, ale nie przerażająca. Myślała, co będzie za tą coraz większą szybą, która sunie jej na spotkanie, jakby za nią nie było nikogo, jakby to nie był samochód, raczej duch jakiś, jakby nie był prowadzony ludzką ręką, ale skądś kierowany.

Przeznaczenie zbliżało się powoli. Szyba bordowego samochodu była brudnawa. Jechał długo w deszczu i nikt jej nie umył. W śladach po wycieraczkach odbijało się chmurne niebo. Jej wycieraczki też zgarnęły kurz, ale tam, gdzie nie sięgały, było szaro, samochodowe passe-partout, szare jak niemiecki papier w sklepie dla plastyków.

Tamto passe-partout na szybie też na nią najeżdżało, tak samo powoli jak jej noga przesuwała się z pedału na pedał. Kiedy z całej siły nacisnęła hamulec, nadal się nie bała. Coś łagodnie wyrwało ją z fotela, a potem delikatnie przytrzymało wzdłuż klatki piersiowej. Obrazek w passe-partout pękał i tysiące drobniutkich kryształków wystrzeliło w powietrze. Opadały niespiesznie jak płatki śniegu. Każdy skrzył się w deszczu i światłach bordowego samochodu jak cyrkonia.

I zgrzyt blachy. Dźwięk wydał jej się równie dobrotliwy. Nawet niesłyszalny. Szkło opadało na ziemię w spokoju i ciszy. Cisza robiła się coraz jaśniejsza i jaśniejsza.

Jednak zaczepił i odbił tamten wóz jak nic nieważące metalowe pudełko. Przesunął się przez szosę, a potem bokiem w łąkę. Szkło zostawiało kryształowy ślad na ciemnym asfalcie. Samochód przekoziołkował dwa razy i zatrzymał się na łące. Dymił. I, co najgorsze, nikt z niego nie wychodził.

Mężczyzna ostro hamował już jakiś czas, ale dopiero teraz zdołał zatrzymać auto. Gwałtownie wyskoczył. Jego buty deptały mokrą trawę, a miękka ziemia próbowała je przytrzymać. Kiedy szarpnął drzwiczkami, bał się o tamtego kierowcę. Ale to nie był dym, tylko para. A kiedy otworzył drzwi, zobaczył Dziewczynę. Wyglądała jak śpiące dziecko.

Była śliczna. Była tak śliczna, że zaparło mu dech w piersiach. Choć niespecjalnie wierzył w różne Znaki na Niebie i na Ziemi, nabrał pewności, że tego spotkania nie mógł uniknąć. Oto Ktoś mu ją po prostu na tej drodze postawił. Przegapić tego faktu w żaden sposób nie zamierzał. Nachylił się nad fotelem, jedną ręką szukał zapięcia pasów, drugą podnosił jej głowę.

Dzięki Bogu, otworzyła oczy. Wtedy zamarł na moment. Miała najpiękniejsze zielone oczy, jakie kiedykolwiek mógł sobie wyobrazić.

— Czy mogę panią prosić o rękę? Proszę mi szybko dać rękę! — Odpinał jej pasy, widział krew na policzku.

— Tak, tak. — Spojrzała na niego nieprzytomnie.

Wyciągnął więc rękę i za chwilę poczuł w swojej dłoni jej dłoń.

— Mogę panią prosić o rękę?

Rycerz na Białym Koniu stał przed nią i się oświadczał. Świat zbliżał swoją pogodną twarz do jej twarzy. Umierała. Więc tak, tak. To nic, że go nie zna. Jest nareszcie, nareszcie jest. Podała mu dłoń, jak pieczęć i tajemnicę. Oto stało się.

Pochylił się i wyciągał ją z samochodu. Straciła przytomność. Kto wie, co się z nią dzieje. Miał tylko nadzieję, że ma nieuszkodzony kręgosłup. Ani telefonu, ani pogotowia. Może nie należy jej ruszać. Ale przecież trzeba ją szybko zawieźć do szpitala. Chociaż jeśli ma uszkodzony kręgosłup, to nie wolno jej ruszać. Ale jeśli nie udzieli się jej natychmiast pomocy, może umrzeć. Żadnej kobiecie nigdy prawa jazdy!

Otwiera oczy. Dzięki Bogu!

— Nic pani nie jest?

Ach, jakie ma oczy. Pierwszy raz w życiu widzi taki kolor, zieleń jak morze, jak trawa, jak trawa w morzu, jak morze w trawie, i czarne rzęsy, niepomalowane, widać, brwi jak skrzydła ptaka, jak w filmie amerykańskim, piękna twarz…

Jak Scarlett O'Hara, jak w *Przeminęło z wiatrem*, pokolorowanym komputerowo filmie, który miał w bagażniku swojego wozu. Krew na policzku, dużo krwi, prawdziwej, nie komputerowej, wykrwawi się na śmierć, jeśli jej nie pomoże…

— Proszę ruszyć palcami u stóp — przypomniał sobie zdanie z amerykańskich filmów. — Czuje pani nogi?

— Tak — odpowiedziała cicho, ale jej oczy szybko uciekły gdzieś, gdzie już nie miał dostępu. To nie kobieta, to dziewczynka, przelewa mu się przez ręce, musi ją zawieźć do szpitala, a krew jest taka czerwona i jest jej coraz więcej i więcej. Ścieka na bluzkę i na obojczyk, wcieka pod ubranie.

— Proszę ze mną rozmawiać! — krzyknął.

Talk to me — przypomniało mu się z amerykańskich filmów.

— Proszę do mnie mówić, cokolwiek, każę pani!

Jej spojrzenie wróciło do niego z daleka.

— Nie wiem co — mówiła sennie. — Tak się cieszę, że mnie odnalazłeś. Czekałam na ciebie — mówiła. — Ale teraz to już nie ma znaczenia. Tak się cieszę, że zdążyłeś.

O czym, na Boga Ojca, ona mówi?

— Ja też się cieszę — mówił gorączkowo — tak się spieszyłem, wybacz. — Trzymał ją na rękach, była ciężka, tylko na filmach kobiety są lekkie.

Była bezwładna, a bezwładne ciało jest ciężkie. Chociaż taka szczupła.

— Ja też się cieszę, *stay with me*, zostań ze mną — mówił zdaniami z amerykańskich filmów, bo nic innego nie przychodziło mu do głowy. Buty grzęzły w mokrej ziemi, z trudnością stawiał stopy, Dziewczyna mu ciążyła, a on zapadał się w miękką łąkę. Musiał uważać.

— Nie zmieścimy się razem — usłyszał. Pochylił głowę w stronę jej ust, to nie było łatwe, podmokła łąka tylko czekała, żeby go wciągnąć, świeża trawa, wysoka i bujna, ukrywała zdradliwe rozpadliny.

— Gdzie się nie zmieścimy? — przestraszył się.

— Nie umiem jeździć konno — poskarżyła się. — Nie możesz mnie wziąć na siodło.

Majaczyła.

— Dam sobie radę.

— I teraz spłoszyłam go i uciekł — skarżyła się głosem małej dziewczynki. — Wybacz mi.

Koń? Myśli, że jeździła konno? Nie wie, że była w samochodzie, że jak idiotka wjechała na pobocze, że musiało zarzucić autem, że w poślizgu nie kręci się kierownicą, że należy zdjąć nogę z gazu? Jaki koń?

— Nie spłoszyłaś, czeka — powiedział.

— Nie widzę. — Podniosła głowę, ale jej zielone sadzawki mętniały.

— Tam stoi, spokojnie, nie ruszaj się. — Przytulał ciepłe ciało do swojego brzucha, a jego koszula robiła się coraz bardziej mokra i czerwona. — Nie ruszaj się.

— Biały?

Biały Koń. Ach, oczywiście, to przecież on, on na Białym Koniu, on, rycerz z czytanek dla dziewczynek, z bzdurnych bajek dla dzieci i z amerykańskich filmów o spełnionym śnie. A Julia Roberts czeka na wieży, gdy on podjeżdża białym wozem i mówi: kocham cię, co będzie, jak uratuję księżniczkę, a ona mówi wtedy: ona uratuje ciebie. Wybawiciel, mój Boże, prowincja. Trzeba ją szybko zawieźć do szpitala.

— Oczywiście, że biały.

— Tak się cieszę, że mnie znalazłeś, tak się cieszę. — Jej głowa opadła mu na przedramię, aż zabolało.

Zachwiał się. Bezwładne ciało nabierało ciężaru, musiał chwycić ją mocniej, bał się, że przecieknie mu przez ręce.

Przy samochodzie oparł ją o maskę, zsuwała się ku ziemi, trzymał ją jednym ramieniem, drugą ręką otwierał drzwiczki, a potem delikatnie położył ją na siedzeniu, odchylił fotel do tyłu i zapiął pasy. Miała zamknięte oczy, jej głowa przechyliła się na prawą stronę, włosy zasłoniły prawie całą twarz. Jechał tak szybko, jak tylko pozwalały na to warunki. I ostrożnie.

Kto wie, ile kobiet prowadzi w tych stronach samochody.

— Nazwisko. Nazwisko, imię, miejsce zamieszkania!

Lekarz stał nad nim w białym fartuchu z podkasanymi rękawami, niedbały, szczupły człowiek bez śladu współczucia. Oficjalnym głosem poganiał:

— Nazwisko!

— Moje? — spytał nieprzytomnie. Chciał wiedzieć, co się z nią dzieje, co jej jest, żeby to tylko nie było nic złego, żeby odzyskała przytomność, żeby nie było obrażeń wewnętrznych.

— Ofiary! — powiedział lekarz.

A więc nie żyje... Dlaczego? Czy nie zrobił wszystkiego, co mógł? Oddychała, na pewno oddychała, kiedy ją przywiózł. I prosił lekarzy, żeby natychmiast, natychmiast...

— Nazwisko poszkodowanej! — Lekarz był niecierpliwy. — Musimy ją zarejestrować, zostanie u nas parę dni...

Dopiero teraz zdał sobie sprawę, że przez ostatnich kilka sekund wstrzymywał oddech. I nagle ten oddech sam mu się skądś wziął, bez pomocy. Nazwisko? Jej nazwisko?

Skąd, u diabła, miał wiedzieć?

Grzebał w jej torebce, aż znalazł dowód osobisty. Podał imię i nazwisko. Zofia. Nie wyglądała na Zofię. Wyglądała na Zosię, Zosieńkę, Scarlett.

A potem, nie oddając dowodu, przetrzymując wyciągniętą rękę doktora, doczytał: oczy — szare, wzrost — średni. Oczy szare, ale to ona.

Och, jakie te dziewczyny są głupie.

— Wyjmijcie jej te szkła kontaktowe — mówił lekarz.

To tylko szok. Sześć szwów na policzku, tyle krwi, tylko sześć szwów. No i szok. Odetchnął z ulgą.

Lekarz poganiał pielęgniarki.

— Natychmiast rentgen! Może ma wstrząśnienie mózgu. Nigdy nic nie wiadomo.

Kiedy wywozili ją z izby przyjęć, szybko, szybko, stał w drzwiach jak słup.

— Proszę nie tarasować przejścia! — krzyknął lekarz.

Usunął się, odwrócił na pięcie, wyszedł przed budynek szpitala.

Może mieć wstrząśnienie mózgu. Może mieć krwotok wewnętrzny. Może nie przeżyć, jeszcze nic nie wiadomo. Wyciągał z paczki papierosa tak gwałtownie, że rozerwał pudełko, cała zawartość rozsypała się na chodnik. Schylił się i zaczął niezdarnie zbierać papierosy. Komu się tak trzęsły ręce przed szpitalem? W jakim filmie to widział? Trzęsące się ręce przed szpitalem... *Ojciec chrzestny*... Syn, który pilnuje ojca, bo go kocha...

Papierosy były wilgotne. Wrzucił je do śmietnika i ruszył przed siebie. Zrobił, co do niego należało.

Otworzył drzwiczki swojego samochodu. Nie może uciekać. Za chwilę przyjedzie policja, będzie musiał zeznawać. Sięgnął do skrytki, pod deskę rozdzielczą, i wyjął nową paczkę papierosów. Cienki pasek przezroczystej folii urwał się w połowie. Rozerwał opakowanie i wsadził papierosa do ust. Zaciągnął się.

Jechała jak idiotka. Nie patrzyła na szosę, nie patrzyła przed siebie. Jechała za szybko. Przecież zaczęło padać. Wzięła go za kogoś innego. Może narzeczonego?

Wsadził kluczyki do stacyjki i ruszył.

Zarezerwowany trzy dni wcześniej hotelik okazał się prywatnym starym domem z pokojami do wynajęcia. Przeniósł pudła z filmami do pokoju. *Przeminęło z wiatrem* — to może iść tylko na prowincji, *101 dalmatyńczyków* — dzieci będą się cieszyć i bać do końca Cruelli de Mon, w kinowej ciemnej sali na białym prześcieradle pojawi się Dama w Futrze z Psów, a dzieci będą piszczeć: „Mamusiu, dlaczego ona ukradła pieski? Dlaczego?". Czasem któreś z nich zapłacze... I jeszcze *Ojciec chrzestny*. Dwa dni, dwa pokazy. Cztery seanse dla dzieci, dwa dla dorosłych. Jutro i pojutrze. Metalowe pudła postawił koło łóżka, pod oknem. Rozebrał się, rzucił ubranie na łóżko i wziął ciepły prysznic. O dziwo, w łazience znalazł dwa duże ręczniki pachnące wiatrem i słońcem. Suszone na wietrze, a nie w suszarce pralki automatycznej.

Szare oczy... Mieszka parę kilometrów dalej, w Pilawce. Będzie tam za dwa dni. A ona zostanie tutaj. Sama. Bez znajomych, bez rodziny, bez narzeczonego. Może się boi? Czy ktoś ich zawiadomił?

To nie jego sprawa.

Pukanie do drzwi nie było głośne. Wciągnął dżinsy i otworzył. W progu stała właścicielka hoteliku. Przed sobą trzymała staromodną srebrną tacę, na niej filiżanka z parującym napojem, bułka już przekrojona i posmarowana masłem. Na talerzyku dwa plasterki sera żółtego i dwa białego. Obok sól i pieprz.

— Na pewno pan głodny po podróży...

Wziął tacę od kobiety i postawił na małym stoliku koło drzwi. Zauważył jej ciekawe spojrzenie, ale powiedział stanowczo:

— Dziękuję.

Przymknął drzwi i chwilę nasłuchiwał. Za drzwiami trwała cisza. Potem otworzył je nagle i stojąca za nimi kobieta zrobiła krok do tyłu. Wiedział.

— Myślałam, że... — Była speszona i o to mu chodziło. Nie znosił, gdy ktoś podsłuchiwał pod drzwiami

— Dziękuję — powiedział stanowczo — to wszystko.

Prowincja! Prowincja go zawsze przerażała! To był inny świat, świat, którego nie rozumiał, nie chciał rozumieć i nie chciał poznawać. Aż do momentu, kiedy Anna odeszła. Kiedy mieszkanie w mieście zrobiło się puste i miasto zrobiło się puste. Był anonimową cząstką milionowego miasta, w którym nie było czasu ani miejsca na smutek.

— Chyba nie będziesz cierpiał! — usłyszał. Miasto nie sprzyjało cierpieniu, cierpieć po odejściu kobiety nie wypada, życie jest przecież takie krótkie.

— Chyba nie będziesz cierpiał. — Przyjaciele próbowali mu pomóc, przynosząc litry alkoholu i przyprowadzając inne kobiety. Wiele z nich chciało go poznać bliżej, alkohol przytępiał ból po odejściu Anny, poznawał je bliżej, następnego dnia budził się z kacem, a kobiety pojawiały się i znikały. Tak było dobrze, dobrze i anonimowo. Aż do dnia, kiedy zobaczył swoje życie w oczach kolejnej kobiety. Nie pamiętał jej z poprzedniego wieczoru. Opary wódki nie wietrzały tak szybko.

Wspomnienie było mgliste, kiedy otworzył jej drzwi. Trzymała w ręku podróżną torbę.

— Jestem — powiedziała.

Wpuścił ją do mieszkania, nie bardzo wiedząc, o co chodzi.

— Mówiłeś, że mnie kochasz — uśmiechnęła się do niego, a jemu serce podeszło do gardła. — Chciałeś, żebym została na zawsze, więc jestem. — Postawiła torbę w przedpokoju.

Nie zapomni spojrzenia tamtych oczu, kiedy tłumaczył, że właściwie, że okoliczności, alkohol, że przecież nic złego się nie stało, że są dorosłymi ludźmi... Jej wzrok stawał się coraz bardziej — no właśnie, jaki? Przerażony? A on pod spojrzeniem tamtych oczu zwijał się w kłębowisko żmij i jeden drink wystarczył, żeby żmije wydostały się z brzucha i podpełzły prosto do niej.

— Coś sobie wymyśliłaś, wyssałaś z palca... Nic takiego nie mówiłem. A noc? Sama tego chciałaś, prawda? Tak samo jak ja. — Czuł się coraz bardziej osaczony i musiał się bronić. Poczuł niestosowność tamtego zdania, wstyd, że tak mógł, próbował to naprawić, nieudolnie. — To jakieś nieporozumienie, wyjaśnijmy to sobie...

Oczy tamtej kobiety. Nie pamięta, jaki był ich kolor. Nie pamięta jej. Pamięta, co było w jej wzroku. Ustrzelone, śmiertelnie ranne zwierzę. Sarna? Może królik? Lęk. Śmiertelne nieporozumienie.

Śmieszna kobieta, która chwilową przyjemność była gotowa zamienić na życie z nieznajomym mężczyzną. Tylko dlaczego miała takie oczy?

Wyszła. Nic sobie nie wyjaśnili. Tamta kobieta ze spojrzeniem ustrzelonego zwierzęcia wyszła, a on z dnia na dzień porzucił intratną pracę. Kupił dwadzieścia filmów i projektor. Lepiej dawać ludziom marzenia, lepiej dawać dwie godziny radości niż choćby jedną minutę tego, co dał tamtej kobiecie.

Ciągle w drodze — to było to, co leczyło jego duszę.

I love you — mówiła zielonooka Scarlett i rzucała tysiące razy dzbankiem, który rozbijał się o ścianę. Szkło tysiące razy budziło Rhetta Butlera, który podnosił się z otomany, a sala wzdychała. Pomyślę o tym jutro, odzyskam go — mówiła Scarlett, a mgła podnosiła się coraz wyżej i wyżej, pusty dom i szerokie schody, i ona sama, zielonooka Scarlett, która myślała, że Rhett będzie ją zawsze kochał. Kobiety chlipały w chusteczki, głośno pociągały nosami, a kiedy zapalały się światła, udawały, że to nie one.

To był prawdziwy świat. Jego świat.

Don't leave me — prosiły pomalowane usta.

Don't leave me — pomalowane oczy spoglądały z tęsknotą i prośbą.

If you go away — śpiewała ona, *ne me quitte pas* — śpiewał on.

Sala płakała, nawet niektórzy mężczyźni ukradkiem ocierali oczy.

Dzieci wciskały się w fotele lub niewygodne krzesła i zaciskały drobne dłonie na kolanach. „Mamusiu! Mamusiu! Czy uratują pieski? Czy Cruella de Mon zrobi z nich futro? Mamusiu, on wypadnie z tej ciężarówki!!! On go zabije!!! Boję się! Boję!"

Czy Dziewczyna o Szarych Oczach się boi? Zaufała mu, a on na nią nie poczekał. Zrobił komuś krzywdę jeszcze raz?

Anna zniknęła przecież z jego życia, nie musi się już mścić.

O tamtej kobiecie, która jednym spojrzeniem powiedziała mu, w jaką stronę on zmierza, starał się nie pamiętać. Choć był jej wdzięczny, wspomnienie jej oczu, których koloru nie mógł sobie przypomnieć, nie było przyjemne. To była jedyna rzecz, której się wstydził.

Podszedł do okna i spojrzał na ulicę. Było już ciemno. Może dziewczyna się obudziła? Jest przerażona? Może nic nie pamięta? Nie wie, skąd się wzięła w szpitalu? Gdyby nie jechał…

Zjadł dwie kromki i popił chłodną herbatą. Był zmęczony, chciał się jak najszybciej położyć i odpocząć. Wykrochmalona pościel pachniała wiatrem, a on był taki zmęczony. Siedział chwilę na łóżku, a potem wciągnął sweter i poszedł do szpitala. Gruba portierka zatrzymała go grubą dłonią:

— Pan do kogo?

— Dzisiaj przywiozłem ranną... z wypadku... Chciałbym właściwie tylko zostawić adres. Gdyby się obudziła...

— Pan narzeczony? — W jej pytaniu nie było pytania, tylko stwierdzenie. Kiwnął głową. To kiwnięcie mogło znaczyć tak i nie.

— Pan wejdzie. — Pokazała mu drzwi na oddział. Rękę miała grubawą, ale przyjemną, pulchną, krótkie palce wskazywały kierunek, na jednym błyszczał duży złoty pierścionek. — Pan wejdzie, ja tylko...

A potem podniosła słuchawkę i powiedziała:

— Jest narzeczony, panie doktorze, przyszedł.

Cofnął się. Portierka wyskoczyła ze swojego kantorka.

— Gdzie, panie? Gdzie? Nie bój się pan — powiedziała przyjaźnie, a jej pulchne palce przytrzymywały jego rękę. — Lekarz chce z panem gadać.

Droga na oddział mu się dłużyła. Zapachniało jakimiś lekarstwami albo środkami dezynfekującymi, kaszlnął lekko, korytarz był długi i cichy, chorzy już spali, a lekarz podszedł do niego z zatroskanym wyrazem twarzy. Portierka puściła w końcu jego rękę, jej grube plecy znikały w głębi korytarza, kołysała się jeszcze przez chwilę, patrzył za nią, lekarz wskazał drzwi do dyżurki. Usiadł na krześle, jak uczeń, na brzeżku. Lekarz tarł czoło.

— Wie pan, jest taka sytuacja, że... krótko mówiąc, zrobiliśmy, co w naszej mocy, obrażenia nie są poważne i z medycznego punktu widzenia nie ma powodu do... ale czasem... jednym słowem — lekarz się plątał — chora odmawia współpracy. Nie chce do nas wrócić. — Lekarz zdjął okulary i przecierał oczy wierzchem dłoni. Był zmęczony, ten dyżur się ciągnął, a przed nim jeszcze tyle pracy. I do rana tak daleko.

— Nie wiem, dlaczego tak się dzieje... Powinna się obudzić. Nie budzi się. Może pana głos... Niech pan do niej mówi, mówi o wszystkim, przypomni się... Nie wiem, sam nie wiem, co robić... Powinien ktoś przy niej być. Czasem tak jest, że człowiek już nie chce, nie ma do czego... Musiała być operowana i... Może panu się uda...

Jednak! Czuł, że nie wszystko w porządku! I nie chodziło o czerwoną plamę na koszuli, sześć szwów, które ją oszpecą, choć takiej twarzy oszpecić się nie da.

Wiedział, że to nie ta koszula, która moczyła się teraz w zimnej wodzie, w blaszanej misce, on wiedział, że nie chodzi o koszulę. Ona znikała! Mgła nie chciała podnieść się do góry, Dziewczyna o Zielonych Oczach odchodziła!

Nie chciał tam wcale iść. Chciał tylko wiedzieć, co się z nią dzieje, a ona rozpływa się i znika... Uchylił drzwi do sali numer osiem. Leżała cichutka i biała, włosy rozsypane na poduszce śniły amerykański sen.

Usiadł tuż przy łóżku i patrzył na nią z czułością, o jaką już siebie nie podejrzewał.

Dziewczyna trwała nieruchomo, ciężki opatrunek na twarzy zasłaniał szwy. Będzie myślała, że jest oszpecona, jeśli się obudzi. Jeszcze nie wie, że nie można jej oszpecić.

Wziął ją nieśmiało za rękę. Jej oczy zacisnęły się, tak samo jak jej ręka na jego dłoni. Ogarnęło go wzruszenie tak silne, że nie wiedział, co zrobić. Odwzajemnił lekko uścisk.

Dziewczyna ruszyła się i zamarła w bezruchu. Patrzył na jej twarz bezbronnego dziecka.

Potem nieśmiało, jakby dotykał skrzydeł motyla, delikatnie zaczął głaskać jej dłoń swoimi zgrubiałymi palcami. Miał nadzieję, że ona tego nie czuje. Co miał powiedzieć?

Co się mówi w takich wypadkach?

Nachylił się, szeptał do niej cicho, prawie bezgłośnie.

Don't worry — mówi się w amerykańskich filmach. Wszystko będzie OK.

— Nie martw się. *Don't leave me.* — Jego ręka miękła, a opatrunek na twarzy Dziewczyny rozpływał mu się przed oczami i bielał coraz bardziej i bardziej.

— Nie zostawiaj mnie — usłyszał cichy szept i nie wiedział, czy to z jego własnych ust płynie ta prośba, czy z jej. — Będę cię kochać zawsze i nigdy cię nie opuszczę.

I promise. Obiecuję.

I promise.

Wyjmował powoli metalowe pudła z samochodu. *Przeminęło z wiatrem* — to może iść tylko na prowincji, *Czułe słówka, 101 dalmatyńczyków.* Dwa seanse dla dzieci, cztery dla dorosłych. Może nie jutro, ale na pewno pojutrze ruszy dalej. W prowincjonalnym kinie był ekran z prześcieradeł. Właściciel rozlepiał afisze. Przed kinem uformowała się kolejka ludzi znikąd, takie ciche to miasteczko, a jednak ktoś tu mieszka. Po raz pierwszy od lat niespokojnie wyczekiwał końca ostatniego seansu.

Kiedy z sali wyszli ludzie, przewinął szybko szpule z filmem i zniósł je do samochodu. Włączył silnik i pojechał pod szpital.

Szpital! Jeden budynek w starym parku, izba przyjęć, starzy ludzie, pomiędzy nimi ona — nie z tego świata — Dziewczyna o Szarych Oczach.

— Był ktoś u niej? — zaczepił na korytarzu pielęgniarkę.

— Wczoraj wieczorem, narzeczony — pielęgniarka minęła go, nie obrzuciwszy nawet jednym spojrzeniem.

Mówiła o nim. A on przecież nawet jej nie zna.

Siedział przy jej łóżku całą noc. Znał już miękkość jej dłoni i policzka, tego zdrowego. Kształt jej oczu i zapach, spod szpitalnych specyfików pachniała łąką i niewinnością. Czesał jej szare włosy, pod jego palcami ożywiały się i nabierały blasku.

Głaskał ją po głowie. A potem nachylał się nad nią i szeptał:

— Będę na ciebie czekał, obudź się.

A jeszcze później, kiedy nikt nie widział, nachylał się nad nią tak bardzo, że czuł na policzku lekki powiew powietrza z jej płuc. Wtedy mówił:

— Kocham cię.

I love you.

Odwołał dalszą trasę. Pudła z filmami przeniósł do schowka, który wskazała mu gospodyni, pod schodami na górę. Codziennie chodził do szpitala. Mijał pielęgniarki, uśmiechały się do niego. Szeptały za jego plecami. Zazdrościły Dziewczynie o Szarych Oczach.

A Dziewczyna o Szarych Oczach spała.

Nie wiedział, co robić. Lekarz rozkładał bezradnie ręce.

— Nie wiem dlaczego. Robiliśmy badania, nie ma widocznych uszkodzeń. Ale wie pan, mózg to skomplikowane urządzenie... Trzeba czekać.

Czekał jeszcze trzy dni. Po trzech dniach wsiadł w samochód i pojechał do Pilawki.

Kiedy wrócił, wiedział, o czym mówić. Siedział długo przy jej łóżku. Opowiadał jej o truskawkach ze śmietaną, które lubiła, i o ciemnych czereśniach z sadu pana Wojciecha. Opowiadał o pani Marii, która przepłakała cały wieczór, kiedy dowiedziała się o wypadku. Opowiadał o grubym woźnicy z Pilawki, który po nią przyjedzie, jak tylko się obudzi. Opowiadał o właścicielu zakładu optycznego, który sam zamawia szkła i który nie weźmie nikogo na jej miejsce. Mówił o zielonych oczach i miłości. O koźlakach, których w tym roku będzie dużo na polance w lesie koło Niechwatowa, gdzie tak lubi chodzić. O suce Matyldy, która oszczeniła się w piątek i ma sześć maleńkich piesków. I że Matylda jednego z tych piesków będzie dla niej trzymać. Z różowym noskiem i szarą łatą na grzbiecie. Mówił o tym wszystkim tak, jakby od zawsze mieszkał w Pilawce Górnej.

Ale przede wszystkim mówił o miłości.

W piątek musiał pojechać do Kulimówka. Kierownik domu kultury powiedział, że ludzie czekają już drugi tydzień, że tak nie można. Scarlett O'Hara rzucała dzbankiem, trzęsły się ręce przed szpitalem. Dzieci chowały się za rękawami dorosłych, kiedy Cruella de Mon kradła pieski. Gdy w poniedziałek stanął w drzwiach szpitala, portierka zatrzymała go grubą dłonią.

— Panie, u narzeczonej to chyba cała Pilawka siedzi, idź pan szybko.

Cofnął się, kiedy zobaczył tłum na korytarzu. Chyba ze dwadzieścia osób, tych, które już znał. Gruby mężczyzna o nalanej czerwonej twarzy i zniszczonych dłoniach, wielkich jak bochny, siedział rozwalony przed salą. Mówił głośno:

— Jakbym dorwał bydlaka, toby nie żył. Naszą Zosię tak oszpecić, naszą Zosię.

Był niepotrzebny. Nie wiedzieli, że to on. Nie, inaczej. Myśleli, że to on... Skrył się za filarem obok dyżurki pielęgniarek. Z sali numer osiem wyszły dwie kobiety. Jedna z nich ocierała oczy.

Gruby mężczyzna wstał i wziął pod rękę kobietę, która stała oparta o ścianę.

— Chodź, ona nas potrzebuje.

Ludzie ożywili się, podeszli do dwóch kobiet. To niemożliwe, ale taka była prawda. Ten cały tłum czekał na Dziewczynę o Szarych Oczach. Rozpoznał pana Kazika i Matyldę, i właściciela zakładu optycznego, i Aptekarzową w cienkich ciemnych drucianych oprawkach.

Wycofał się powoli, wrócił do samochodu. Czekał, aż odejdą. Zapadł zmierzch.

Kiedy się ocknął, było ciemno. Spojrzał na zegarek. Była druga w nocy, nie miał odwagi iść o tej porze do szpitala.

A kiedy rano pojawił się w drzwiach, portierka spojrzała na niego nieprzyjaźnie.

— Obudziła się wczoraj. Już wyszła, na własną prośbę.

Obudziła się!

I wyszła. Uciekła. Nie pamięta.

A więc jej nie zobaczy.

Może to i lepiej.

Spakował rzeczy i ruszył do Kujawek. Scarlett O'Hara błyszczała z ekranu zielonymi oczami. On widział szare. Szare jak pochmurny dzień, z niebieskimi błyskami, ze śladem zieloności, ale szare. Jego Scarlett nie miała zielonych oczu.

Wieczorny seans się skończył. Prawie nie spał. Przewracał się z boku na bok, było za cicho, za ciepło? Było inaczej.

W Dwornej trzeba było w remizie strażackiej dostawiać ławki z parku, a i tak się wszyscy nie zmieścili. Scarlett parzyła z ekranu wprost na niego. Nie zostawiaj mnie, Rhett, nie teraz. Zrozumiałam, że cię kocham...

Szare oczy, szare jak chmura, jak ptak, jak mgła...

Tak minęły trzy miesiące. Każdego wieczoru kładł się z jej wspomnieniem pod powiekami. Może żałował, że się obudziła. Powinna była spać. A pewnego dnia, kiedy on by się nachylił i ją pocałował, czar by prysnął, zły czar...

Kiedyś we wtorek po dwóch pokazach *Ojca chrzestnego* obudził się nad ranem. Słyszał prawie, jak ktoś mówi — *don't worry, don't leave me... I'm waiting for you*.

Rano zapakował filmy i ruszył z powrotem do Pilawki.

Ten zakręt, ta droga. Pola przyzywały łagodnym blaskiem zieloności. Zbierało się na deszcz. Chmury wisiały nad lasem, szaro, zielono, świetliście, tam daleko już padało.

Stanął przed zakładem optycznym. Widział ją przez szybę samochodu, przez szybę zakładu — niewyraźnie. Pochylała się nad starym człowiekiem, podawała okulary. Uśmiechnęła się! Od razu ręka na policzku — no tak, pewnie boli, dobrze, że to się tylko tak skończyło. Włosy jak mgiełka biegały za nią, kiedy kręciła głową. Nie te, tamte lepsze. Stary człowiek siedział przy lustrze i poprawiał okulary.

Tak, te świetne. Ona usiadła, coś wypisywała. Rachunek. Poważna. Od strony rynku widział znajome sylwetki ludzi. Ta w czerwonej chuście to pani Maria. U niej mieszka Dziewczyna o Szarych Oczach. Ten z rękami jak bochny chleba to woźnica. Zostawił swojego konia na rynku. Te dwie kobiety to Klara i Matylda. Nie będzie się na nich wszystkich oglądał. A za szybą ona.

Poważna dziewczynka.

Wejdzie.

Wszedł.

Jej szare oczy rozbłysły na jego widok tęczą.

— Jestem — powiedział. — Czekałaś na mnie, Dziewczyno o Zielonych Oczach. Przyjechałem po ciebie.

Bo nie wiedział, co powiedzieć.

Zgasło to coś, co miała w oczach. Nie rozumiał. Szare oczy zrobiły się szarymi sadzawkami, z których kapało i kapało.

Wiedział jedno: poznała go. Więc dlaczego?

Ale kapało ciągle, a jej głos, chociaż mokry, przedostawał się przez strumienie łez.

— Nie znam pana — powiedziała i jej głos zmienił się w głos dorosłej kobiety. — Dziękuję, że mnie pan stamtąd wyciągnął. Ten wypadek... ja chciałam... — jej głos zadrżał, a wszyscy na ulicy wstrzymali oddech. — Wielu rzeczy dalej chcę. I chciałam mieć zielone oczy, i miałam. I będę czekać. Nawet jeśli... Może pan sobie jechać. Może pan myśli, że jestem prowincjonalną gęsią, nie dbam o to. I mam szare oczy, nie zielone. Jestem wdzięczna za to, co pan dla mnie zrobił, ale nie jestem rzeczą i nie może pan wiedzieć, czy na pana czekałam, czy nie. Nie można tak sobie po mnie przyjść, żeby mnie wziąć, nie ma pan do mnie żadnych praw, niech pan idzie, niech pan sobie już idzie.

Zupełnie nie rozumiał. Jakże trudno jest zrozumieć kobiety. Przecież powiedział, że przyjechał po nią! Przecież wiedział, że na niego czekała!

Wszystko stracił. Do diabła. A tak dobrze się zaczęło. Te dziewczyny z głowami w chmurach! Niestąpające po ziemi! A życie jest życiem, psiakrew. Naoglądały się amerykańskich filmów.

Idiotka! Idiotka z szarymi oczami, z brwiami jak skrzydła ptaka, z włosami jak pajęcza nić, z dłonią tak delikatną, że nierzeczywistą. Dziewczyna z krwi i kości, dziewczyna ze staruszkiem, dziewczyna z oprawką w ręku. Dziewczyna, która ma ładniejsze oczy niż Scarlett O'Hara. Dziewczyna, która przecież na niego czeka!

— Ja... — powiedział i zrozumiał, że to nie o niego chodzi, chodzi o nią, chodzi wyłącznie o nią.

— Nie znam pana.

Ludzie z ulicy wbili w nich wzrok.

— Pan mnie również nie zna. Oni mnie znają. — Dziewczyna zatoczyła łuk dłonią. — Myślałam, że jestem obca, ale nie, nie tutaj. A pan czuje się upoważniony do traktowania mnie jak... Nie, to niepotrzebne.

Pan Kazimierz powiedział, że może zaparkować z tyłu domu, koło stodoły. Dostał ładny pokój, na przygórku, za niewielkie pieniądze. Ciągle nie rozumiał.

— O, nasza Zosia, to wie pan...

Właśnie nie wiedział. Nie wiedział, co takiego zrobił. Przecież się zdecydował. Czy ona myśli, że mu było łatwo?

Pan Kazimierz sapał ciężko, wiadra z wodą mu ciążyły. Mężczyzna mu pomógł.

Pan Kazimierz dreptał za nim do kuchni.

— Nasza Zosia to ho, ho, wie pan.

Potem pan Kazimierz wyjął butelkę nalewki z głogu. Żona postawiła dwa maleńkie kieliszki na ceracie.

— Nu, pijże pan, pij. Na zdrowie dobre.

Wychylił kieliszek, poczuł pieczenie w gardle. Pan Kazimierz wytarł usta.

— No, matka, jeszcze po jednym.

Pani Maria przetarła fartuchem stół i postawiła przed nimi smalec w ciemnym garnku, położyła duży kawał chleba, ostry nóż. A potem nalała do kieliszków nalewki. Popatrzyła na męża i powiedziała:

— Pościel oblekę.

Po trzecim kieliszku pan Kazimierz klepnął go w plecy.

— Czego tu nie rozumieć, jak wszystko jasne, panie. Przyszłeś pan jak po swoje. A ona nie twoja, nie moja.

— A czyja? — Poczuł, jak ciepło od nalewki raptem zniknęło. Wydawało mu się, że sufit ruszył na niego nagle, zrozumiał, jakim był idiotą, i poczuł do siebie coś na kształt litości. Oczywiście, ona kogoś ma! Musi przecież kogoś mieć, taka kobieta! A on, nie wiadomo dlaczego, myślał, że jest samotna!

— Ona swoja, panie, tylko swoja. Gadałeś, co wydawało ci się, że ona chce usłyszeć. — Pan Kazimierz przeszedł niespodziewanie na ty. — Gadałeś jej o niej, nie gadałeś o sobie. Ty lepiej o sobie mów. Odwagę trzeba mieć, zaryzykować trzeba, a nie pewnika szukać…

Leżał na łóżku i było mu duszno. Mimo otwartego okna i powiewu wiatru. Lato się kończyło, czuć było w powietrzu zbliżającą się jesień. Pogubił się zupełnie. Przecież marzyła…

— Zawiezie mnie pan czy nie? Dobrze zapłacę.

— Panie, to kawał drogi.

— Zepsuł mi się samochód.

— Panie, koń jest zmęczony, ziemniaki woziliśmy.

— Jutro odpocznie. Zapłacę, ile pan zechce.

— Ale to ja bym go za uzdę musiał prowadzić, panie, przez miasto. No i chyba trzeba by go doprowadzić jakoś do porządku. — Woźnica klepał konia po boku. — Jutro rano mogę.

Koń był duży, silny, wozakowaty koń. Deresz. Ale innego w Słominie nie było. A do Pilawki stąd, gdzie wynajął pokój, było sześć kilometrów.

Wyjął pieniądze. Woźnica zamlaskał językiem.

— To bądź pan jutro o jedenastej.

Był punktualnie. Koń był wyszczotkowany, gruby ogon, wczoraj związany w połowie, dziś sięgał ziemi. Włosie powiewało raz z jednej, raz z drugiej strony.

— To siadaj pan. — Woźnica przytrzymywał zwierzę za uzdę. — Odsie, odsie — mówił pieszczotliwie do konia.

— Wariat przyjechał, wariat przyjechał! — umorusane buzie śmiały się ze skweru.

A niech tam.

Ruszyli wybrukowaną ulicą w górę Pilawki. Prosto pod zakład optyczny.

Derka, która przykrywała grzbiet konia, ruszała się razem z nim. Koń stąpał dostojnie, a woźnica miał na sobie czyste ubranie. Trzymał uzdę tuż przy pysku, koło małej czerwonej wstążeczki. Powiewała na wietrze. Chłopcy podnieśli się z trawnika i szli za nimi. Do nich dołączyli ciekawscy dorośli. Śmiechy milkły. Siedział wyprostowany, już nie śmieszny.

Marzenia są po to, żeby je spełniać. Cudze, swoje. Teraz chce spełnić swoje.

Koń się zatrzymał. Cała reszta również.

— No, to idźże po naszą Zosię! — krzyknął woźnica.

Od grupy odłączył się chłopiec w krótkich portkach.

Zadźwięczał dzwonek u wejścia do zakładu optycznego.

Koń stał na bruku, lekko drobiąc tylnymi nogami. Mieszkańcy Pilawki patrzyli z napięciem na drzwi.

Stanęła w drzwiach.

— Przepraszam. Ale chciałbym... — Zabrakło mu tchu. Nic nie było proste, a ona nie ułatwiała mu zadania. — Ja myślałem... czekałem na panią. Myślałem o pani przez te wszystkie miesiące. Przepraszam... ale chciałbym panią poznać. Chciałbym, żeby pani chciała mnie poznać — powiedział ze ściśniętym gardłem. — Mam na imię Robert. Mieszkam w Słominie u pana Kazimierza, w pokoju na przygórku. Myślałem, że lubię miasto, ale teraz... — Język mu się plątał, patrzył odważnie na jej policzek ze śladem po sześciu szwach. Pamiętał miękkość jej włosów i dłoni, ale ona nie mogła pamiętać dotyku jego ręki. Miała najpiękniejsze na świecie szare oczy. — Wiem o pani i tutaj o wszystkich...

Przy nodze Dziewczyny o Szarych Oczach pojawił się mały kędzierzawy piesek. Zamachał ogonem, szara łatka na grzbiecie zachybotała.

— Siad! — Dziewczyna schyliła się do psa i pogłaskała go po głowie. Czarne paciorki patrzyły ciekawie na świat. Piesek tańczył pupą na progu zakładu optycznego. Ogonek zamiatał coraz szybciej i szybciej.

— Ja nawet wiem, że to pies od suki pani Matyldy... Proszę, nie odrzucaj mnie...

Dziewczyna podniosła się, chwilę się wahała, a potem zeszła trzy schodki w dół i stanęła przed nim na ulicy. Popatrzyła na twarze mieszkańców Pilawki, którzy wstrzymali oddech. Na ulicy zapadła cisza, tylko koń grzebał tylnym kopytem w kurzu. Mężczyzna opuścił głowę i patrzył na płyty chodnika. Czekał.

A potem zobaczył, jak ostrożnie wyciąga swoją dłoń w jego stronę.

— Mam na imię Zofia — powiedziała miękko.

Tłum ludzi wstrzymał oddech. Zrobiło się cicho jak makiem zasiał.

W tej ciszy usłyszał głos pana Kazimierza:

— No!

Wtedy odważył się podnieść głowę i kiedy dotknął jej ręki, poczuł znane ciepło, a jej szare oczy rozbłysły zielenią.

2002

Kamień szczęścia

— Odnajdź mnie! Cóż to za bzdury! — słyszała jak przez mgłę głos przyjaciółki. — Nie rób tego po raz kolejny. Stać cię na normalne życie, po co ta iluzja! Ile razy mam ci powtarzać, że tylko jeśli będziesz stała mocno na ziemi, to przyciągniesz szczęście. Przestań wydawać pieniądze na te idiotyzmy. Jakieś wróżby, amulety i Bóg wie co jeszcze! Weź się w końcu w garść!

I to ma być przyjaciółka?

Podniosła wzrok. Już nie miała przed oczami swoich ściśniętych pięści, zaczerwienionych kłykci, bladych opuszków, z których odpłynęła krew. Widziała gorejące złością oczy Anety. Z tych oczu aż tryskało.

— Czy ty mnie w ogóle słuchasz? Czy już jesteś kompletnie nienormalna?

Może była nienormalna. Może nie chciała sobie zdawać z tego sprawy. Może właśnie dlatego, że zawsze była nienormalna.

— Nic nie rozumiesz — starała się mówić spokojnie. — Muszę sobie jakoś pomóc. Muszę zapomnieć. Każdy sposób jest dobry.

— Nie, nie każdy! Jesteś kierownikiem działu reklamy, a nie jakąś przesądną babą z ciemnogrodu! Nie pozwolę, żeby ta kobieta cię niszczyła! „Odnajdź mnie"! Zabobony! Ten facet już do ciebie nie wróci. Przyjmij to do wiadomości. Oto, co robię z twoim amuletem, proszę!

Ala patrzyła, jak jej magiczny kamień owinięty w zaklęcie pani Bronisławy leci szerokim łukiem przez okno. Wychyliła się — upadł gdzieś na parkingu, nie mogła go zobaczyć między samochodami. Niebo było jasne, wysokie i obojętne. Dalekie.

Aneta nachyliła się nad nią i ścisnęła ją za ramię.

— Dziewczyno, daj sobie spokój z tymi bzdurami! Prawda jest ważna! A ty tu sobie fundujesz cały czas iluzję!

— Wyrzuciłaś mój amulet! Nie wolno ci tak robić! Nienawidzę cię! To nie jest twoja sprawa, gdzie chodzę i co robię! Powiedziałam ci to wszystko, bo miałam cię za przyjaciółkę! Zejdź mi z oczu! Możesz być pewna, że już nic ode mnie nie usłyszysz! Wszystkiego chcesz mnie pozbawić!!!

Aneta spojrzała na nią z niebotycznym zdumieniem.

— Ala, opamiętaj się! Co ty sobie robisz? To nie jest życie, te przesądy po prostu... Zacznij żyć! Nie widzisz, co się wokół ciebie dzieje, bo się zafiksowałaś na tym skur...

— Nie mów tak o nim! — przerwała jej w pół słowa. Ach, jaka była wściekła! — To już nie jest twoja sprawa, co ja robię. Nie życzę sobie, żebyś się wtrącała do mojego życia! Właśnie mi je zniszczyłaś! Nie masz prawa tak obchodzić się z moimi rzeczami!

I Ala odwróciła się do okna. Faks na biurku zadźwięczał i zaczął wypluwać nowe strony. Kiedy odwróciła się ponownie, Anety już nie było.

Boże, w co ona się wplątała?

Od kiedy Artur odszedł, nie mogła sobie znaleźć miejsca. Niepotrzebnie powiedziała Anecie o pani Bronisławie. Ale wszystko, co wróżka dotychczas mówiła, się sprawdziło. Wiedziała też, że Artur odszedł do innej kobiety.

I wiedziała, że Ala ma odpowiedzialną pracę. Tydzień temu oznajmiła, że czeka ją zmiana.

Ala myślała, że Artur się zorientuje, co robi, zadzwoni, będzie błagał o przebaczenie, wróci. Ale telefon milczał.

Robiła więc rzeczy, których nigdy wcześniej nie robiła.

Wybrała się do ukraińskiej szeptunki, która najpierw przetoczyła jej jajko nad głową, potem coś zamamrotała, potem kazała sypać mak przed Arturem, spalić jego włos nad różową świecą, laskę cynamonu przewiązać różową wstążką, jego imię napisać na różowej kartce, wszystko razem schować do pudełka i czekać.

Tak zrobiła.

Artur nie wrócił.

Potem była u wróżki z Rosji, która przyjmowała na Mokotowie. Wróżka rozłożyła karty, pokiwała głową, powiedziała, żeby unikała jazdy czarnym samochodem, że ten rok na karierę niedobry, przyszły lepszy, że w miłości kłopoty zażegnane.

Artur nie wrócił.

Potem była u polskiego wróża. Trzy kielichy jej pokazał, powiedział, że ten mężczyzna się opamięta wkrótce, zapłaciła dwie stówy i tyle.

Następnego dnia dowiedziała się, że Artur mieszka z Izą.

Przepłakała dwa tygodnie.

Nic z tego.

Nadal z nią mieszkał.

Pani Bronisława była jej ostatnią deską ratunku. I to z wizyty u niej zwierzyła się Anecie. Tylko z tej i wystarczyło, żeby po przyjaźni nie zostało ani śladu.

Pani Bronisława dała jej ten kamień wczoraj. I kartkę wyrwaną z zeszytu w kratkę. Na kartce koślawym, nieco pochyłym pismem napisała: „Odnajdź mnie". A Ala miała to zostawić w pobliżu Artura, najlepiej w jego ubraniu. I wtedy by wrócił.

Coś by wymyśliła, żeby przypadkiem go spotkać. A tymczasem ta głupia Aneta wyrzuciła przez okno ostatnią szansę na pojednanie.

Podeszła do biurka.

Co ja robię?

A może tak zaczyna się choroba psychiczna? Przecież to, co wyprawiała przez ostatnie miesiące, nie tylko było funta kłaków warte, ale po prostu wołało o pomstę do nieba. Nie wierzyła w żadne zabobony, była wykształcona i znała perfekt trzy języki. Miała świetną pracę, samochód, mieszkanie. I nie zawdzięczała tego wróżbom, o nie, ale tylko i wyłącznie sobie. Swojej determinacji. Sobie i nikomu więcej. Co się z nią stało?

Jest po prostu sama na świecie. Sama ze swoim bólem i swoją rozpaczą. Nigdy nikomu się nie zwierzała i nigdy nie okazywała słabości. Tylko ten jeden jedyny raz, kiedy Artur dosłownie z dnia na dzień, bez uprzedzenia, po prostu zawiadomił ją, że to koniec, coś w niej pękło. I tylko Aneta miała dostęp do jej łez, rozpaczy i kompletnej bezradności. A teraz nawet ona zawiodła.

Widać takie jest życie, że nigdy nikomu nie można zaufać. Nie można pokazać, jak bardzo się jest zranionym, bo zawsze wszyscy wykorzystają to przeciwko tobie.

Dosyć tego.

Nie pozwoli sobie niczego zabrać. Nigdy. Żadnych miłości, żadnych przyjaźni.

Wytarła nos i spojrzała na kalendarz. O trzynastej ma spotkanie z kontrahentem z Wiednia. Musi wyglądać jak człowiek.

I nie życzy sobie, żeby Aneta uczestniczyła w tej rozmowie. Poradzi sobie bez jej pomocy. Nie chce jej więcej widzieć.

Zadzwoniła do asystentki i poinformowała ją, że obecność pani Anety nie jest wymagana. Nie jest konieczna. A nawet jest niepożądana.

— Niech pani to jakoś załatwi, pani Wiolu.

Wyjęła lusterko i pomalowała usta. Lepiej. Ale daleko jej do dawnej Ali promieniejącej cichym szczęściem. Nic nie robi kobietom tak dobrze jak miłość.

Trzy lata fantastycznego uczucia diabli wzięli. Fantastycznego uczucia we troje. Ciągle o tym zapominała.

Kiedy Artur po raz pierwszy przyjechał z Gdańska, wydawał się zagubiony. Przedstawiciel okręgu nadmorskiego czasowo oddelegowany do pracy w stolicy. Skromny. Sympatyczny. Przystojny. A niech go diabli!

Za dziesięć jedenasta zjechała do bufetu, kupiła sok pomarańczowy. Nie znosiła kawy ani herbaty, a konferencja na pewno przeciągnie się do popołudnia. Wsiadła do windy. Wysoki mężczyzna wbiegł do budynku i zatrzymał ręką zasuwające się drzwi.

— Nie będę przeszkadzał? Na którym piętrze pani pracuje?

— Piąte — warknęła.

— Ja też na piąte — ucieszył się.

Patrzyła na czubki swoich butów.

Dureń.

Dureń wszedł do tej samej sali co ona. Szef podniósł się i powiedział:

— Chciałem przedstawić nowego partnera. Alu, będziecie razem pracować. Mam nadzieję, że współpraca będzie owocna.

Owocna?

Spojrzała na niego spod oka. Dość miała współpracy ze wspaniałymi mężczyznami. Ale ten wcale nie był wspaniały. Wysoki, owszem, ale okrągławy. Wiedeńczyk. Mówi po polsku, jakby się tu urodził. Uśmiechnięty. Jakby było z czego się śmiać. Ale oczywiście współpraca będzie owocna.

Spotkanie z szefem trwało dwie godziny. Wiedeńczyk był kompetentny i dwa razy stanął po jej stronie przeciwko szefowi. Szef machnął ręką:

— Sami to sobie omówcie i przedstawcie jutro rozwiązanie.

Nigdy nikt nie stanął po jej stronie, zawsze musiała walczyć samotnie, jeśli przypadkiem miała inne zdanie. No, raz, Aneta... A poza tym na ogół wszyscy po wyjściu od szefa mówili: „Fantastyczne! Znakomite! Jesteś genialna. Ale wiesz, ja mam kredyt, ja nie mam takiej umowy o pracę, zrozum, ja mam chorą matkę, ja mam dzieci... Ala, życie to kompromis...".

Kompromis. Kompromis Artura miał na imię Iza. Zabawne.

Wiedeńczyk przyszedł do niej po trzeciej i do siódmej siedzieli u niej w biurze, ona i Wiedeńczyk. Nie było łatwo mu wytłumaczyć, że polski odbiorca jest dość specyficzny. Reklamy zachodnie nie przekładają się na grunt ojczyźniany. Target jest niby taki sam, ale specyfika naszego narodu kompletnie inna. Musi być prosto — najlepiej pokazać te tysiąc talerzy, które można zmyć jedną butelką czegoś tam. To trafia. Albo wyrafinowany humor, ale to można wyłącznie przy specyficznych produktach. Niestety, daleko nam do reklam angielskich. Wiedeńczyk rozumiał, o co chodzi. Przez cztery godziny zrobili plan kampanii, którego nie powstydziłby się sam Disney. Gdyby robił reklamy.

Dawno praca nie wydawała jej się tak przyjemna. Facet miał nie tylko olbrzymią wiedzę, ale również poczucie humoru. Bezcenne w tej branży.

Wychodziła z biura późno, bo zostały jej jeszcze zaniedbane sprawozdania. Poza tym dokąd miała się spieszyć? Na parkingu było już pusto. Oprócz jej ukochanego golfa tylko granatowe audi. Pochyliła się i patrzyła uważnie pod nogi. Chyba gdzieś tu upadł talizman.

— Podrzucić panią?

Wiedeńczyk stał tuż przed nią. No i co z tego, że ma miły uśmiech?

— Dziękuję, mam tu samochód.

— Zaczaruję i nie ruszy. Będzie musiała pani skorzystać z mojego.

— Nigdy mnie jeszcze nie zawiódł, ale dziękuję.

Otworzyła drzwiczki i włożyła kluczyk do stacyjki. Samochód pocharczał cichutko, ale nie zapalił. Krztusił się, aż wreszcie zgasł.

Wysiadła. Jeszcze i to! Jakby mało było nieszczęść na dzisiejszy dzień!

Wiedeńczyk nadal stał obok swojego samochodu. Lepsze to niż nic.

Podeszła.

— Niech pani wsiada. — Otworzył jej drzwiczki. — Zawiozę panią nawet na koniec świata. Proszę się nie martwić, tu nic mu się nie stanie. Obiecuję, że jutro ruszy.

— Takich cudów nie ma. Chyba że jest pan również mechanikiem — uśmiechnęła się.

— Takie cuda są. Nie jestem mechanikiem. Musi odpocząć, widzę to. A jutro ruszy. Założymy się?

— Jest pan magikiem?

— Również...

Spojrzała na niego. Okrągła twarz uśmiechała się, był naprawdę miły, choć głos miał nieco chropawy.

— Założę się — zdecydowała. — Lepiej znam swój samochód niż pan.

— Ale ja uprawiam magię.

— Zobaczymy.

Podał jej poważnie rękę, tylko kąciki oczu przymknęły się od uśmiechu. Piękne zęby.

— O bukiet róż i kolację. Dawno nie dostałem kwiatów od żadnej dziewczyny. A tak naprawdę będzie pani pierwsza.

Roześmiała się.

— Mógł mnie pan po prostu zaprosić. Może bym nie odmówiła?

— O nie. Ja pani nie zapraszam. To pani mnie zaprosi.

Był sympatyczny również prywatnie. Zabawnie opowiadał o locie z Wiednia. O starszej pani, która bała się latać i siedziała koło niego. Piła przez cały czas whisky. I kiedy musieli kołować w oczekiwaniu na wolny pas, staruszka się podniosła i powiedziała: „Proszę się zatrzymać, ja wysiadam, ja mam słabe serce", naśladował zabawnie piskliwy głos. Ala śmiała się do łez.

Kiedy wysiadała z samochodu, przechylił się w jej stronę i powiedział:

— Róże. Lubię róże.

Roześmiała się.

— W grę wchodzą tylko tulipany. Dla mnie.

— Więc o której mam rano podjechać? Chyba pani nie chce sprowadzać mechanika w tajemnicy przede mną? Musimy być tam razem.

Wieczorem leżała w wannie i uśmiechała się. Śmieszny facet. Magik. Podrywacz. Partner. Zabawny. Inteligentny. Miły. W tym „musimy być tam razem" zabrzmiało coś intrygującego, ale nie chciała o tym myśleć.

Rano podjechali razem na parking.

Włączyła stacyjkę. Golf posłusznie zapalił. On stał obok.

— Jednak róże.

Kupiła trzy róże. Zakład to zakład. A wieczorem poszli na kolację.

Anetę zobaczyła na korytarzu — szła wyraźnie w jej stronę, wyciągnęła rękę, ale Ala nie miała zamiaru wybaczać jej wczorajszej afery. Minęła ją bez słowa. Musi zacząć traktować się poważnie.

Po pierwszej kolacji była jeszcze druga, potem obiad, potem muzeum plakatu, dziwił się, że takie ubogie, potem spacer po Łazienkach, którymi był zachwycony.

Ala powoli, bardzo powoli pozwoliła sobie na zapominanie, kim był dla niej Artur. Ale do Anety nadal miała pretensje. W przyjaźni nie można sobie pozwalać na takie rzeczy, przyjaciel jest od wspierania, a nie ograniczania i pouczania. Aneta okazała się nielojalna. A poza tym, gdyby nie wyrzuciła tego kamienia… to kto wie, co by było?

W biurze huczało od plotek. Wiedeńczyk przylatywał co tydzień i wszyscy wiedzieli, że tylko niektóre podróże były służbowe. Ala kwitła, a w czerwcu przyjęła oświadczyny.

Była szczęśliwa. Spokojna. Jakże śmieszne wydawały się jej miesiące spożytkowane na tęsknotę za facetem od Izy. Teraz już dobrze rozumiała, co miała na myśli Aneta, ale z Anetą skończyła na dobre. Fatalnie się zachowała. Idiotycznie. Nawet nie odpowiedziała na dwa maile, które Aneta do niej wysłała od razu po tamtej kłótni. Może były zbyt prawdziwe — bo oprócz tego, że przeprosiła za wyrzucenie kamienia, miała czelność wypunktować jej, Ali, zachowanie. Oskarżyć ją o egoizm, brak szacunku do siebie i innych! Ha! Ci inni to właśnie biedna Anetka.

Wtedy była na nią wściekła, ale teraz przyznałaby jej trochę racji. Było już jednak za późno. Mijały się na korytarzu, zdawkowo uchylając głowę w takim niby powitaniu. Teraz by powiedziała: „Anetka, wybacz"... Ale nie miała odwagi.

Jack przy kolacji zaręczynowej opowiedział jej rodzicom, jak upychał szmaty w rurę wydechową golfa, żeby odwieźć Alę do domu. I jak mało miał czasu, żeby się dowiedzieć, który to jej samochód, bo znał tylko szefa i nikogo więcej, kiedy przyjechał po raz pierwszy. I jak wygrał zakład. I jak musiała iść z nim na kolację. „A potem, rozumiecie — już tylko mój osobisty czar..."

Żałowała, że nie ma z nimi Anety.

Wrócili do domu po północy, Jack przyglądał się jej, kiedy obcinała tulipanom końce — kupił ich z pięćdziesiąt. Nagle stuknął się w głowę.

— Moja pamięć!

Porwał kluczyki i zniknął za progiem, zanim zdążyła spytać, czego zapomniał.

Ustawiała wazon na parapecie, kiedy poczuła jego dłonie na ramionach.

— Witaj, najpiękniejsza i moja. Mam dla ciebie jeszcze jeden prezent. Prawie o nim zapomniałem. To będzie nasz talizman na szczęście. Znalazłem go pierwszego dnia, jak szedłem na spotkanie do naszej firmy. Na spotkanie z tobą. Zobacz, jaki zabawny.

Odwróciła się do niego i zamarła. W dłoni trzymał kamyczek.

— Był owinięty w taką kartkę z napisem „Odnajdź mnie". Nie sądzisz, że to na szczęście?

Zrobiło jej się ciemno przed oczami. Przecież to niemożliwe! Wiedziała, wiedziała, wiedziała, że to talizman!

Zarzuciła mu ręce na szyję i wyściskała. Patrzył na nią trochę zdumiony.

— Ty nic nie wiesz! To mój! To ja… Ja kiedyś…

No i co ma powiedzieć? Że dostała od jakiejś baby kamień na miłość innego faceta, a przez przypadek trafił do niego? Całe szczęście, że Aneta go wyrzuciła. A nuż by Artur wrócił. I wtedy nigdy nie spotkałaby Jacka. I całe życie mogłaby być nieszczęśliwa. Ale jak mu to wszystko powiedzieć, żeby nie wziął jej za kompletnie niezrównoważoną histeryczną neurotyczkę?

Już teraz na nią dziwnie patrzy. Jak nigdy.

— Hej, czemu się tak gapisz, najpiękniejszy mój?

— E, to nie działa — powiedział zrezygnowany. — Nie wiem, co to jest, ale nie działa.

— Działa! To jest najważniejszy… zaraz, zaraz, co nie działa? — Nagle się zorientowała, że on przecież o niczym nie wie, nie wie, że to magia.

— Kłamanie nie działa.

— Nie kłamię, tylko zastanawiam się, co ci powiedzieć…

— Ja kłamie. I to nie działa — powiedział Jack. — Ja tak nie umie.

Jedyne błędy językowe, które robił, to „umie" zamiast „umiem" i „rozumie" zamiast „rozumiem". I zamieniał „ę" na „e". Co ją nawet bawiło.

— Czego nie umiesz? — Dalej nie rozumiała, o co chodzi, kamyczek był chłodny, prawdziwy, jej, wrócił do niej w tak niezwykły sposób, ale teraz poczuła się zaniepokojona.

— Nie znalazłem go wcale. Dostałem. Ona powiedziała, żebym tak powiedział, to uwierzysz, że możesz być szczęśliwa. Choć to przesąd, ale jeśli tobie potrzebny, to tak zrobiłem. Ale to nie zadziała, kłamanie nie działa, ja ci nie chcę kłamać.

Ala najpierw zaniemówiła, a potem zaczęła się jąkać.

— Kto... kto ci... jaka ci, jaka ona?

— Aneta, z trzeciego piętra. Przepraszam.

Obracała kamień w dłoni, już się troszkę nagrzał, był wypolerowany, nieduży, żaden. Odłożyła go na półkę tuż koło czarnej okładki Umberta Eco. Wyprostowała kartkę — „Odnajdź mnie". A potem ją zmięła i wrzuciła do kosza.

— Niedobrze zrobiłem? Przepraszam.

— Kocham cię najbardziej na świecie — powiedziała spokojnie. — Jesteś najwspanialszym facetem na ziemi. Nie potrzebuję na szczęście żadnego kamienia, żadnej kartki, żadnej wróżby. Potrzebuję ciebie. Nie potrzebuję kłamstw.

Objął ją i przytulił.

A ona pomyślała, że jeszcze potrzebuje bardzo Anety, musi jej podziękować, że poszła i poszukała tego cholernego kamienia, mimo że nie wierzyła w takie bzdury. I musi ją bardzo, bardzo przeprosić. I musi z nią porozmawiać. I powiedzieć, że jej przyjaźń jest ważniejsza niż wszystkie wróżki świata i wszystkie talizmany i że przyjaciele są od tego, żeby sobie wybaczać głupie rzeczy. I bardzo, bardzo ją musi poprosić, żeby była ich świadkiem. I zrobi to od razu jutro, z samego rana. I nie pozwoli się spławić ani sprowokować. Spokojnie wysłucha wszystkiego i przyjmie z pokorą wszystko, co Aneta zechce jej przykrego powiedzieć. I że bardzo jej brakowało jej przyjaźni. I jeśli prawda się liczy, to będzie wszystko dobrze. I da jej połowę swoich zaręczynowych tulipanów i ten kamień na szczęście.

I niech go sobie wyrzuci.

1999

Taki piękny dzień dzisiaj

Problem wcale nie tkwił w tym, że postanowiła nieodwołalnie iść do adwokata. Nie w tym, że wreszcie podjęła decyzję, iż zgodzi się na rozwód. Nie w tym również, że czeka ją co najmniej kilka rozpraw, rozstanie, prawdopodobnie szukanie sobie mieszkania — jednym słowem, rozpoczęcie absolutnie wszystkiego od nowa. Przecież miała dopiero (a może jednak już) trzydzieści lat!

Problem tkwił w tym, że w dalszym ciągu go kochała. Nie wyobrażała sobie życia bez niego. Chociaż z drugiej strony — co to za życie? Ostatni raz zachowywali się jak małżeństwo... zaraz, zaraz, kiedy to było? Bo już w sierpniu okazało się, że na dawno planowany urlop ona może pojechać sama. Biznes, który rozkręcił Janek, wymagał stałego nadzoru.

— Odrobimy to w przyszłym roku — obiecywał, odprowadzając ją na pociąg. — Wypocznij. Nie myśl o niczym. Baw się dobrze.

Nie bawiła się dobrze. Samotne spacery po plaży spowodowały tylko tyle, że czuła się coraz bardziej rozżalona. Od czasu kiedy wyszli z długów, a Janek zdecydował się nawet na wzięcie samochodu na raty, układało się między nimi coraz gorzej. Co z tego, że w październiku mogła zamówić nową kuchnię? I tak siedziała w niej głównie sama. Kiedy przeniosła się ze swoim spaniem do małego pokoju? I dlaczego on nawet nie zwrócił na to uwagi?

Było jasne, że ich miłość się skończyła. Jego miłość się skończyła. A teraz ta wiadomość, którą odsłuchała po przyjściu z pracy:

— Mówi mecenas Frankowski. Panie Janku, proszę się ze mną pilnie skontaktować w sprawie pozwu…

Nawet nie miał tyle odwagi, żeby jej powiedzieć, że wnosi o rozwód. No cóż, dzieci nie mieli — bo „będzie na to czas, najpierw stwórzmy im godziwe warunki". To ona powiedziała czy on? Nie pamięta. Może wspólnie. Mieli przecież kiedyś wspólne plany. W końcu nie tak dawno. A może spróbuje z nim porozmawiać? Może jeszcze coś da się uratować? Może to tylko nieporozumienie?

Magda spojrzała na czyściutkie mieszkanie. O której dziś wróci? Może zrobić kolację i zaczekać? Może dzisiaj wróci wcześniej? Przed jedenastą? Co on tak długo robi? Ludzie przecież nie pracują po szesnaście godzin na dobę. A może on prowadzi podwójne życie?

Tak, dzisiaj zrobi pyszne kurze piersi, takie jak on lubi — w rozmarynie ze śliwkami suszonymi, kupi butelkę białego wina i po prostu na niego poczeka. Zapyta.

Wzięła do ręki telefon i wykręciła numer hurtowni. Odezwała się sekretarka.

— Oj, pani Magdo, męża nie ma, tylko co pojechał do Kielc, niech go pani łapie na komórkę.

Dzisiaj albo nigdy.

— Abonent czasowo niedostępny. Zadzwoń później — zaproponowała komórka.

To ostatnia szansa na porozumienie. Nie chcę tak żyć, pomyślała Magda, schodząc do sklepu. Kurze piersi się skończyły, kupiła indycze. Wino wstawiła do lodówki i wzięła telefon do ręki.

— Zostaw wiadomość po sygnale — rozkazał metaliczny głos.

— Chciałabym z tobą porozmawiać. Proszę, wróć wcześniej. Zadzwoń — nagrała się.

Smakowity zapach indyka roznosił się po całym mieszkaniu. Magda włożyła szarą sukienkę i podmalowała oczy. Z lustra jednak nie patrzyła na nią ładna, młoda kobieta. Dwie pionowe zmarszczki wokół ust pojawiły się niedawno. Rozprostowała zmarszczki palcami i próbowała się uśmiechnąć. Grymas na obcej twarzy ją przeraził. Boże, ja się nie umiem nawet uśmiechnąć.

Nie wyglądam staro. Po prostu wyglądam jak kobieta niekochana, pomyślała z rozpaczą.

Postawiła na stole dwie białe świece. Mógłby oddzwonić. Mógłby już wreszcie oddzwonić. Czemu on nie dzwoni?!

Niemiły, ostry dźwięk telefonu przerwał ciszę.

— To ty?

Napięła się.

— Czy znowu wrócisz w nocy? Chciałabym z tobą porozmawiać.

— Mam ważne spotkanie, z Kielc wyjadę przed wieczorem, więc... Stało się coś? — w jego głosie usłyszała niepokój.

Czy coś się stało? Nic poza tym, że jej życie leży w gruzach, nic poza tym, że jej małżeństwo okazało się pomyłką, nic poza tym, że spędza dni samotnie, nic poza tym, że...

— Halo? Jesteś tam? Nie mam w tej chwili czasu, ale postaram się wrócić koło dziesiątej.

— To się postaraj — usłyszała swój drewniejący głos i odłożyła słuchawkę.

Tak wygląda prawdziwe życie? To tak miało być?

Usiadła na tapczanie i spojrzała na pusty pokój. Najpierw nowa kuchnia, potem nowe meble do salonu. Ze dwa miesiące trwało namawianie go, żeby łaskawie wybrał się razem z nią na zakupy. A przecież przed ślubem często planowali wspólny dom. Myślała, że coś z tamtych dni wróci. Ale i tak wykpił się w ostatniej chwili.

Położył rano na stole pieniądze i powiedział:

— Na pewno weźmiesz coś ładnego. Nie mam czasu, wali się w biurze.

Wybrała coś ładnego.

Kanapę, na której właśnie siedzi, i dwa fotele, na których rzadko razem siadali, obite ciepłą zielenią, i mały okrągły stolik, na ogół z jej samotną szklanką soku. Albo mleka. Albo herbaty. Albo kieliszkiem wina.

Przy którym mieli wspólnie spędzać wieczory.

A potem święta.

Na Wigilii byli u jego rodziców. W pierwszy dzień świąt chciał, żeby zostali w domu. Na obiad do znajomych pojechała sama. Wróciła wieczorem, obrażona. Nie odzywali się do sylwestra. Nie tak miało wyglądać jej życie. Sylwestra spędzili u znajomych. Ona w nowej sukience, a on na rozmowie z jakimiś facetami, w drugim pokoju.

Zdawkowe życzenia — no to wszystkiego najlepszego w tym nowym stuleciu.

Wrócili do domu niedługo po północy. Sztywno położyła się obok niego, a kiedy objął ją w geście pojednania, zaczęła równo oddychać, żeby myślał, że już śpi.

Krótki seks od czasu do czasu i nic poza tym? Nowe meble? Nowy samochód? Oddzielne obiady i kolacje? Brak czasu na cokolwiek?

W lutym, tak, chyba w lutym, w małym pokoju, w przyszłym pokoju dla dziecka, zrobiła sobie sypialnię. Kupiła małe biureczko, pokój stał się przytulny i tylko jej. Miała jednak nadzieję, że chociaż zapyta dlaczego. Tymczasem wydawał się nawet zadowolony.

— Nie będę ci przeszkadzał późnymi powrotami — powiedział.

Usłyszała zgrzyt klucza w zamku i podniosła się. Była dziesiąta sześć. Nie poszła do przedpokoju, usłyszała, jak się rozbiera, wiesza klucze przy drzwiach, wchodzi do łazienki. Kiedy ostatni raz pocałował ją po przyjściu z pracy?

Stanął w drzwiach pokoju zdumiony.

— To jakaś uroczystość, o której zapomniałem?

— Siadaj — powiedziała spokojnie — musimy porozmawiać o rozwodzie.

Przed salą rozpraw numer 267 siedziało jeszcze kilka osób. Magda sprawdziła wokandę na drzwiach. Elektroniczna nie działała, na ekranie gumką recepturką przymocowana była kartka, po prostu XXI wiek. Krynicka przeciwko Krynicki — 12.45. O 13.00 już ZPH STOCZEK przeciwko ZPRS spółka z o.o. o zapłatę.

Piętnaście minut na moje małżeństwo? To i tak dłużej niż nasz ostatni seks, pocieszyła się Magda i spojrzała w okno.

Taki piękny maj. Szła do sądu na piechotę, maleńkimi uliczkami, kasztany już dawno wypuściły z mokrych pąków soczyście zielone liście, ale jeszcze kwitły magnolie, powietrze pachniało, obmyte rześkim deszczem. Taki wstrętny dzień! Dlaczego dziś jest tak pięknie, w tym najgorszym dniu jej życia?

To ona wniosła sprawę. Podjęła decyzję po tej upiornej kolacji, kilka miesięcy temu.

A przecież chciała tylko zapytać, co się dzieje, dlaczego nie ma dla niej czasu, ale jakoś tak się zachował, że w końcu wrzasnęła:

— Bardzo proszę, chcesz rozwodu, to się zgadzam, życie z tobą to koszmar!

A on podniósł się i krzyknął:

— To wnoś sprawę, jeśli tak uważasz! Mam tego wszystkiego powyżej uszu!

Oczywiście, tak jak zwykle, wszystko było na jej głowie. Zrozumiała, że nawet nie chce wziąć odpowiedzialności za ich rozstanie. Nawet na to nie ma odwagi.

Zobaczyła go, jak biegnie korytarzem sądu. No jasne, jak zawsze na ostatnią chwilę. Kiedy otworzyły się drzwi i wywołano ich nazwiska, weszli, nie odzywając się do siebie.

Sędzia spojrzała na dwoje młodych ludzi, którzy weszli do sali. Podniosła głowę i poinformowała sucho, że to rozprawa pojednawcza.

— Czy powódka podtrzymuje pozew? Pani składała pozew, to proszę po prawej stronie. A pan naprzeciwko, niech pan nie stoi na środku. Podtrzymuje pani pozew? Proszę zanotować, powódka podtrzymuje powództwo... Nie wniósł pan odpowiedzi na pozew? Ma pan teraz coś do dodania? Nie, proszę zaprotokołować, że pozwany nie oponuje przeciwko żądaniu pozwu...

Magda spojrzała na Janka. Wyglądał marnie. Przez ostatnie sześć tygodni mijali się, starając nie wchodzić sobie w drogę. Miał zmęczoną twarz, jakby lekko posiwiał. Dlaczego tak się wszystko ułożyło?

— Proszę pani...

— Chce pan coś powiedzieć? To proszę zwracać się do sądu.

— Właśnie to robię.

— Używamy formuły: „Proszę sądu". Słucham, do sądu pan mówi.

— Wysoki sądzie... — Janek podniósł się z miejsca.

— Słucham! — Sędzina była zła, to było widać.

— Jeśli żonie ma to pomóc, to ja się zgadzam...

— Zaprotokołowane!

— Ale... przecież... ja to wszystko robiłem dla niej... To znaczy, dla nas... To dlatego tak późno wracałem. Coraz dłużej pracowałem, coraz więcej miała i coraz mniej była z tego zadowolona... Zgadzam się, szanuję jej wolę, ale...

Dla niej? Dla niej się tak bardzo oddalił? Czy on dla niej nie był ważniejszy niż samochód, niż firma, niż te cholerne meble? Co on za bzdury mówi?

— To nieprawda! — Magda aż krzyknęła. — Nigdy nie chciałam sama jeździć na wakacje, niepotrzebne mi było punto, to nieprawda... Mąż myślał o rozwodzie, przygotowywał za moimi plecami pozew, odsłuchałam kiedyś wiadomość od mecenasa Frankowskiego...

Sędzia była naprawdę zmęczona. Zmęczona życiem i takimi właśnie idiotyzmami. Dwoje pięknych, młodych, zamożnych ludzi, którym się w głowach poprzewracało. Którzy zaplanowali swoje śliczne wygodne życie. Mieszkanie, domek pod miastem, wakacje za granicą, jak im się to znudzi, to zaplanują dziecko, jak dziecko im się znudzi, zaplanują psa i rozwód, potem drugi ślub, potem drugi rozwód, stać ich przecież, nic nie potrafią zbudować, nic nie potrafią przeczekać, nie rozwiązują konfliktów, prą do przodu, nie zważając na nic, jak przeszkoda, to zamiast ją ominąć, zmieniają kurs, czyli małżonka. Nie mogą się nauczyć, że nie musisz zmieniać mieszkania, jak zgubisz klucze, wystarczy wezwać ślusarza. Ale nie. Lepiej się żreć, kłócić, nie odzywać i sądowi zawracać głowę.

Orzeł na jej piersiach był naprawdę ciężki, co to za pomysł, żeby na szyi wieszać sobie parę kilo? Trzymała go w ręku, żeby choć odrobinę odciążyć kark, i miała dosyć, a ta sprawa to nie ostatnia sprawa dzisiejszego obrzydliwego dnia.

Korek na drodze, spóźniła się na pierwszą rozprawę prawie dwadzieścia minut, maj, wszyscy ci, którzy przez zimę trzymają samochody bezpiecznie w ukryciu, już wyjechali na ulice, kilka ciepłych dni i wylęgło się samochodowe bezhołowie. W nocy lało, a dzień gorący, jak tak dalej pójdzie, to nie wytrzyma do urlopu.

Straszny dzień, po prostu straszny. Wczorajszy też straszny. I przedwczoraj nie było lepiej.

Momentami czuje się jak stewardesa, a nie prawniczka. Gdyby nie walizki na kółkach, nawet połowy akt nie doniosłaby do samochodu. Wczoraj do drugiej w nocy ślęczała nad jakąś idiotyczną sprawą dotyczącą rozliczeń długoletniego i skomplikowanego procesu inwestycyjnego. Pozew — pięćdziesiąt stron, odpowiedź na pozew — czterdzieści stron, w sprawie zostały przez strony złożone po dwie opinie rzeczoznawców, oczywiście wykluczające się, na temat przenikania wilgotności przez papę termozgrzewalną. Po trzydzieści stron każda. I na dodatek musiała wgryźć się w aspekty prawa budowlanego, którego przepisy były tak samo wykluczające się jak te opinie.

Dlaczego nie została chirurgiem? Ciało ludzkie nie zmienia się tak jak przepisy, codziennie nowe, których gąszcz powoduje brak rozeznania specyfiki sprawy. Z tego wszystkiego najprzyjemniejsze są rozwody, bo to, co się dzieje między ludźmi, co prawda nie poddaje się żadnym regulacjom prawnym, ale przynajmniej nie ma się nad czym zastanawiać. A organy promulgacyjne? Rzygała nimi.

Obiad w bufecie sądowym i pretensje w domu, że nawet obiadu nie ma. A czy ona nie wolałaby zjeść ruskich pierogów przygotowanych we własnej kuchni niż kolejny raz żurek z kiełbasą? I wymówki, że nawet jak jest, to tak jakby jej nie było. Czy to tak trudno zrozumieć, że w sądzie tylko sądzi? A całą cholerną, durną robotę — przekopywanie się przez przepisy, wyszukiwanie odpowiednich, a przede wszystkim zapoznanie się ze sprawą — musi odwalać w domu i wtedy NIE MOŻE się zajmować niczym innym?

— O ile wiem, mecenas Frankowski to wybitny specjalista w odzyskiwaniu nieruchomości. — Niemądrzy ci młodzi ludzie.

Pozwoliła sobie na lekką uszczypliwość: — W pozwie nie podano, że przyczyną rozwodu jest próba odzyskania nieruchomości przez pozwanego. — Patrzą na nią, jakby spadła z księżyca. I patrzą też na siebie. — Przez pozwanego czy przez powódkę? Ja nic z tego nie rozumiem. Skoro mąż przygotowywał rozwód, to dlaczego pozew jest od pani, Magdaleny Krynickiej?

— Ja myślałam, że mąż skontaktował się w sprawie rozwodu...

— Gdybyśmy się zajmowali tym, co ktoś myśli, i na tej podstawie orzekali, sąd nie mógłby pracować — przerwała sędzia. — Sąd nie jest od myślenia o tym, o czym myślą strony. Niech strony najpierw wymyślą, co myślą, to ekonomia procesowa będzie zachowana. Słucham panią! — Sędzina patrzyła na Magdę, która za to w ogóle na nią nie patrzyła, tylko wpatrywała się we własnego jeszcze męża, jakby go dopiero teraz zobaczyła.

— To ty myślałaś, że ja za twoimi plecami... cokolwiek? — Janek też patrzył na żonę ze zdumieniem, że aż przyjemnie było ich obserwować. — Przecież ja tylko... Mówiłaś, że Karol kupił już dawno samochód, chciałaś mieć porządną kuchnię, a dzieci... nasze dzieci muszą mieć warunki...

— Strony mają dzieci czy nie mają? Ja tu nie mam słowa o dzieciach. Proszę o spokój! — powiedziała głośno sędzia i ciekawie przyglądała się małżonkom.

— Ja? Ja? — Magda podniosła się i zaczęła krzyczeć: — Przecież mnie w ogóle nie zależy na tej kuchni, ja chciałam…

— To nie jest forum dyskusyjne, państwo ze sobą mogą porozmawiać na korytarzu albo w domu! Chwileczkę! — Sędzia uderzyła dłonią w stół.

— Zgadzam się na rozwód. Kocham moją żonę i nie będę się sprzeciwiał jej planom. Żona przeniosła się do innego pokoju, prowadzimy osobne życie od dawna.

Magda patrzyła na Janka ze zdumieniem. Co on plecie? Muszą koniecznie porozmawiać, musi mu wyjaśnić, że po prostu chciała zwrócić jego uwagę, że coś jest nie tak! A on nie zareagował! Bo była mu obojętna! A przecież nie jest mu obojętna!

Sędzia zastanawiała się, czy znowu ich pouczyć. Głupie dzieciaki, nawet nie wiedzą, że im jeszcze zależy. A jej mężowi? Od siedmiu lat mają osobne pokoje, gabinety to się najpierw nazywało, w swoim zrobiła również spanie, żeby go nie budzić, kiedy kładła się czasem o drugiej w nocy. Nigdy nawet nie zapytała, czy jej mężowi to przeszkadza. Jak ludzie tak ciężko pracują, to nie mają czasu na… Na co? Na miłość?

— Kończmy posiedzenie, sąd postanowił, proszę notować, sąd postanowił, wobec niezawarcia ugody pomiędzy stronami, termin rozprawy wyznaczyć na dzień... — i tu sięgnęła do kalendarza i zaczęła kartkować.

— Nie chcę żadnej następnej rozprawy! — Magda nie patrzyła już na sędzinę, tylko prosto w niebieskawe oczy swojego tak bardzo zmęczonego męża. — Przecież ja cię kocham, myślałam, że ty mnie już nie chcesz, to nieporozumienie. — Wyciągnęła do niego ręce, a Janek ominął stół i nie zwracając uwagi na powagę sądu, stanął przed Magdą.

— Chodźmy stąd...

— Proszę państwa, proszę się uspokoić, mogą państwo stać tutaj przede mną albo wrócić na swoje miejsce. Każda opcja jest prawidłowa, proszę tylko przez chwilę mnie posłuchać. Ma pani możliwość wycofania pozwu. Wycofuje pani pozew? Proszę zaprotokołować: pozew złożony przez Magdalenę Krynicką przeciwko swojemu mężowi Janowi Krynickiemu zostaje w dniu dzisiejszym... Chwileczkę, inaczej. Sąd postanowił zmienić swoje postanowienie. Postanawia zawiesić postępowanie o rozwód na okres sześciu miesięcy. — Będą mieli czas, żeby się opamiętać. Życie jest jedno, nie będzie następnej szansy. Jeśli jej mąż jeszcze pytał, o której wróci i jakie ma plany, to może ona również ma jeszcze szansę... — Dziękuję państwu, do widzenia, proszę wywołać następną sprawę.

Nie obejrzeli się nawet, wychodząc z sali. Nie widzieli, że sędzia ponownie zdejmuje okulary i uśmiecha się ciepło do siedzącej obok protokolantki.

— Taki piękny dzisiaj dzień, takie pogodne niebo — mówi, przecierając starannie szkła. — Pani Jagodo, niech pani najpierw uchyli okno...

2002

Pierwsza rocznica

Góry skrzyły się w słońcu. Nieskazitelna biel stoków przyciągała wzrok i mimo okularów słonecznych Beata czuła, że ta srebrzysta biel razi ją w oczy. Było tak pięknie! Wiosna w mieście i zima trzysta kilometrów dalej! Tak pięknie! Gdyby nie fakt, że mieli tu być razem. A jest sama jak palec. Nie licząc setek osób na stoku. Sama!

— Kochanie, musimy odłożyć wyjazd, pojedziemy w innym terminie. Odwołałem hotel. Muszę pilnie wyjechać służbowo do Rzeszowa na szkolenie. Nagłe i niespodziewane zarządzenie prezesa w związku z przyjazdem Francuzów.

Nic jej nie obchodziło ani szkolenie, ani Francuzi.

O tym wyjeździe mówili przez ostatnie trzy miesiące. Że nareszcie będą mieli więcej czasu dla siebie. Że będzie tak cudownie jak rok temu. Kiedy się poznali — właśnie tutaj. No, trochę niżej. Upadła, jedna narta się nie wypięła i tą właśnie nartą podcięła innego narciarza. Oprócz obolałej kostki nie było większych strat. Ten wspólny upadek wspominali ze śmiechem. Gdyby lepiej jeździła, pewno nigdy by się nie spotkali.

Wieczorem odnalazł ją w jadalni. Podszedł, zapytał, czy jutro też ma zamiar wychodzić na stok, bo jeśli tak, to on zrezygnuje z jeżdżenia...

A następnego dnia zostali w hotelu oboje. Jej dokuczała noga, a on postanowił jej towarzyszyć.

A przez następne miesiące zdążyli się dobrze poznać. Poznać! Zakochała się na amen! Jak nastolatka! Jakby to była pierwsza miłość! Jakby wcześniej nie zdarzyło się nic ważnego.

Bo też wszystko, co dotychczas przeżyła, jakoś bladło przy Marcinie. Był naprawdę inny niż wszyscy mężczyźni, z którymi się spotykała. Był... Po prostu był wspaniały! Odpowiedzialny, czuły, dobry i — miał wspaniałe poczucie humoru!

Uśmiechnęła się do swoich myśli. No cóż, trudno. Pierwszą rocznicę bycia razem, którą mieli świętować wspólnie, będą świętować osobno. Świat się na tym nie kończy, ona odpocznie, należy jej się kilka dni urlopu. Mogła albo siedzieć w Warszawie i biadolić, że on nie mógł jechać, albo odrobinę wypocząć. Szef nie chciał cofnąć urlopu — podanie złożyła już w listopadzie.

— Pani Beato, to mi zepsuje cały grafik.

Beata spakowała narty, zadzwoniła do hotelu, niestety nie było już miejsc. A jednak pojechała. Znalazła przytulny pokoik u gaździny, z widokiem na góry. Do wyciągu daleko, ale przez tych kilka dni może sobie pozwolić na to, żeby jeździć taksówkami. I oto jest. Tak jak chciała. Tylko dlaczego jej tak nijako?

Z Marcinem byłoby lepiej. Weselej. Milej. Ale, na miłość boską, przecież nie jest do niego przywiązana na stałe! Tak samo jak nie jest przywiązana do służbowej komórki, którą zostawiła przy tapczanie. Skoro urlop, to urlop — nie będzie na czyimkolwiek pasku.

Poprawiła gogle i poszusowała w dół.

Dość głupawych rozmyślań i żalu, że go tu nie ma. I tak będzie wspaniale! Skoro nie chciał z nią być tego dnia... A obiecywali sobie nocny spacer po górach i szampana prosto ze śniegu. I gwiaździstą noc. I tylko oni we dwoje. Itede. Nie będzie więcej o tym myśleć!

Po raz piąty wjeżdżała na górę. Do wyciągu była kolejka, karnie ustawiła się za młodymi ludźmi. Kolana lekko ją pobolewały. Zdjęła gogle i poprawiła czapkę. Przez moment wydawało jej się, że daleko przed sobą widzi Marcina, jego niebieską kurtkę i śmieszną czerwoną czapkę z pomponem. Uśmiechnęła się do siebie. Jeszcze tego brakowało, żeby w każdym mężczyźnie widziała wyłącznie jego! Ale nie mogła oderwać wzroku od sylwetki tak bardzo go przypominającej. Ten sam wzrost, no, może troszkę wyższy, taka sama budowa ciała. Ten mężczyzna był z blondynką, jakimi w ostatnich sezonach zaowocowały góry. Długie blond włosy, rozpuszczone, mocny makijaż — widziała nawet z tej odległości, jak dziewczyna śmiała się, potrząsając zalotnie głową. Mężczyzna oddał jej narty i pomógł usadowić się na stołeczku. Dżentelmen.

Dużo łatwiej przychodziło mężczyznom być dżentelmenami wobec długonogich blondynek niż niskich brunetek, do których ona, Beata, się zaliczała. Postawiłaby wszystkie pieniądze na to, że ta blond piękność przejdzie się z nartami ze dwa razy w tę i z powrotem, potem uda, że chce wziąć kilka lekcji u instruktora, powdzięczy się do tych, którzy po całym dniu na nartach idą na piwo, a i tak wyląduje w łóżku z właścicielem najlepszej bryki na parkingu.

Kiedy wjechała na górę, poszukała wzrokiem blondyny i mężczyzny w czapce z pomponem. Albo już zjechali, albo blondynka musi jeszcze pouwodzić. Nie pomyliła się. Stali dwadzieścia metrów od niej. Ona klepała go po piersi, ciągnęła za rękaw, on stał cierpliwie i zachwycał się jej wątpliwym urokiem. Czy oni wszyscy są ślepi? Ten na pewno. Dziewczyna w którymś momencie wdzięcznie pomachała i równie wdzięcznie zawołała na całą okolicę:

— Widzisz? Popatrz! Zaczekaj! Jadę!

Mężczyzna odmachnął i chwilę patrzył za zjeżdżającą blond Wenus. Niestety, Wenus jechała tak, jakby się w tych nartach urodziła. Pomknęła w dół, a długie jasne włosy za nią nie nadążały. Beata stała zafascynowana. A niech ją diabli!, pomyślała z uznaniem.

Mężczyzna nie czekał. Odwrócił się i ruszył w stronę hotelu.

Serce Beaty podskoczyło i zamarło.

To nie był facet podobny do Marcina.

To był Marcin.

Z wyciągu posypali się młodzi ludzie.

Wtopiła się w nich, jakby to byli oczekiwani przyjaciele. Góry straciły srebrzystość, niebo poszarzało, kolorowe kombinezony na stoku przeszły w jeden brudny kolor, ludzie maleli, oddalali się, musiała wziąć głęboki oddech, zanim włożyła gogle i ruszyła w dół.

Weszła do pokoju, odstawiła narty, rozebrała się, stanęła pod prysznicem. Polała się zimna woda. Stała przez chwilę pod lodowatym strumieniem, potem szybko się namydliła i spłukała pianę. Szorowała skórę ręcznikiem frotté, aż bolało. Wysuszyła włosy, ubrała się. Potem otworzyła torbę i wrzuciła wszystkie rzeczy jak leci.

Komórka padła, zapomniała ładowarki. Ale po co jej komórka?

Rozejrzała się po pokoju, był pusty, spakowana torba przy drzwiach. Włożyła kurtkę.

— Przecież pani do środy miała zostać? — w głosie gaździny wyczuła nutę rozczarowania.

— Wezwano mnie pilnie do Warszawy. Zapłacę oczywiście za cały tydzień.

Głos miała drewniany i wrażenie, że w piersi bije drewniane serce.

Gaździna wzięła pieniądze i patrzyła na nią ze współczuciem.

Potem dworzec. W ostatniej chwili wskoczyła do pociągu. Stała z nartami koło ubikacji i nie mogła złapać tchu. Powinna znaleźć konduktora i zgłosić, że nie ma biletu.

Tak naprawdę nie miała już nic.

Ostatnia rzecz, o jaką podejrzewałaby Marcina.

— Wiesz, co to jest miłość? — słyszała jego przytłumiony głos. — Miłość jest nieobecnością lęku. A wiesz, czego się boimy? Boimy się miłości — szeptał do niej słowami de Mello. — Nie bój się. Musisz mi tylko ufać, reszta jest nieważna…

Tylko?! Przecież zaufanie to coś, na czym się buduje. Nieodłączna część miłości. Podstawowa. Wiara, nadzieja, miłość. Wiara, że ten drugi człowiek cię nie skrzywdzi.

Była w szoku.

Więc tak to sobie obmyślił? Szkolenie? Żeby nie pojechać z nią, żeby ona zrezygnowała... Żeby być z nową panią swojego serca. Świetną narciarką, co nie podcina ludzi na stoku. Uroczą blondynką. Coś nowego. Mężczyźni się tak łatwo nużą. Kiedy on zdążył tamtą poznać? I jak dobrze się ukrywał...

Nie mogła tego zrozumieć.

Stała na korytarzu, a łzy płynęły jej po policzkach. Kiedy przyszedł konduktor, nawet nie mogła poprosić go o bilet. Płakała.

Konduktor wpuścił ją do przedziału służbowego i patrzył ze współczuciem.

— Chłop panią rzucił, co nie? Ja się znam na życiu, nie płacz pani, młoda jeszcze jesteś, tego kwiatu pół światu...

Marcin był jedyny. Najlepszy. Niepowtarzalny.

Niepowtarzalna świnia. Ot co.

Szampan w rocznicę. Na śniegu. Za rok będzie świętował z blondyną. A ona będzie już zawsze sama. Oszukana i rozgoryczona. Tylko dlatego, że przestała się bać. Straciła czujność. Zaufała.

W domu była rano. Postawiła w przedpokoju narty i torbę, kurtkę przewiesiła na krześle. Buty zdjęła już w sypialni. Sięgnęła po tabletki nasenne. Niezwykle rzadko ich używała, ostatni raz po śmierci ojca. Ale teraz musi. Wysypała dwie na rękę i połknęła. W ubraniu rzuciła się na łóżko.

Spać, spać i o niczym nie pamiętać. Jutro o tym pomyśli, tak jak Scarlett O'Hara. Jutro...

Obudził ją dzwonek do drzwi, ostry, długi dźwięk. Jeszcze raz i jeszcze. Podniosła się, mało przytomna, i uniosła klapkę wizjera.

Przed drzwiami stały róże. To znaczy stał Marcin, przysłonięty przez kwiaty. Delikatnie opuściła klapkę i oparła się plecami o drzwi.

Dzwonek szalał.

Zasłoniła uszy rękami. Niech idzie i nigdy nie wraca! Nawet nie wie, że ona już wszystko wie! Czekała, żeby usłyszeć, jak odchodzi.

Wypakowała rzeczy, włączyła pralkę, powiesiła pranie. Zmyła dwa kubki, włączyła czajnik. Wyrzuciła puszkę po groszku do śmieci. Podlała bluszcz. Wyjęła z kontaktu ładowarkę i postanowiła odsłuchać pocztę. Może coś w pracy?

Wiadomości były trzy. Wszystkie trzy od Marcina. Że jednak chce ich rocznicę spędzić z nią. Urwie się z Rzeszowa i przyjedzie do Warszawy. To idiotyczne szkolenie nie jest tak ważne jak ich pierwsza rocznica. Wiadomość druga — że wie od Anki, że ona pojechała do Wisły. Jedzie za nią. Wiadomość trzecia — że czeka w ich hotelu, nie wie, gdzie jej szukać. I że kocha. I że do zobaczenia.

Z tego wszystkiego zrozumiała jedno — że Marcin był prawdziwy, a blondynka przypadkowa i prawdopodobnie nieprawdziwa.

Wiec nacisnęła „połącz" i przytuliła telefon do ucha.

Śmiała się i płakała na przemian, a on patrzył na nią zdziwiony.

— Tak się cieszę, ja też się cieszę! — Marcin tulił ją mocno. — Dziewczyno, gdzie ty mi się podziewałaś!? Chciałem ci zrobić niespodziankę, a tu telefon wyłączony, gdzie ty mi zniknęłaś!?

Sięgnęła po duży szklany wazon. Wstawiła kwiaty, spojrzała za okno. Niebo było ołowianoszare, przecudne, uwalniające pierwszy prawdziwie wiosenny deszcz.

I już, już chciała powiedzieć, że po prostu było jej smutno samej w górach, że miała telefon nienaładowany, że w ogóle jej tam nie było — bo przecież nie będzie się kompromitować zazdrością o jakąś idiotyczną blondynkę, a potem spojrzała mu prosto w oczy.

Zaufanie.

Wzięła głęboki oddech.

Przecież nie mogła wszystkiego zaczynać od kłamstwa.

1999

Pomyłka o wschodzie słońca

Kiedy wyszło słońce, wydawało się jej, że oto skończył się jeszcze jeden istotny etap w życiu. Nic już nie będzie tak, jak było, mało tego, nie powinno być tak, jak było. Morze pożółkło od pierwszych promieni, a zimny piasek dawał obietnicę ciepła. Mimo to otuliła się grubym swetrem jeszcze szczelniej, jakby dopiero teraz chwycił ją ziąb, odgarnęła jasne włosy i spojrzała daleko w morze.

Czas wracać. Jaki dziwny urlop sobie zafundowała. Słońce podnosiło się coraz wyżej. Nigdy nie zauważyła, że wschód jest szybszy niż zachód. Plaża była pusta jak okiem sięgnąć — żywej duszy, oprócz niej. Jeśli w ogóle można ją było nazwać żywą istotą. Albowiem czuła się martwa. Wypalona do cna. Przyglądała się światu zza grubej szyby własnego bólu, który z czasem zmienił się w obojętność. Nic nie jest w stanie wydobyć jej zza tego szkła. Po raz pierwszy od trzech lat myślała o tym bez goryczy i niepokoju. Tak po prostu musiało być. Dobrze, że tutaj wróciła.

Mogła się pożegnać i choć nic już się w jej życiu nie wydarzy, nauczyła się spoglądać w przyszłość bez paniki. Była w stanie patrzeć na morze bez bólu. Na wodę, która zabrała Mateusza. Nie, nie tylko Mateusza. To wszystko, co mogliby razem przeżyć, gdyby... No właśnie, przecież ich małżeństwo...

Może w momencie kiedy go zabrakło, zdała sobie sprawę, że tyle jeszcze mogliby... Ten tryb przypuszczający był zabijający przez kilka pierwszych miesięcy.

Gdyby... Gdyby wybrali się na urlop gdzie indziej... Gdyby Mateusz tak dobrze nie pływał... Gdyby nie był taki pewny siebie... Gdyby uważał... Gdyby nie poszedł się kąpać wtedy, wieczorem... Gdyby przedtem nie pił...

Kiedy do pensjonatu, w którym mieszkali, wszedł policjant, a gospodyni powiedziała, że to do niej, jeszcze nic nie podejrzewała. Nawet wtedy, kiedy zapytał, czy jest żoną. Jeszcze nawet wtedy — nie. A potem...

Potem znienawidziła morze.

Dobrze, że tu przyjechała. Czas się pożegnać. Gdyby Mateusz tak głupio nie zginął, mogliby wszystko naprawić. Mogliby stać się naprawdę kochającą parą. Mógł przestać pić. Przecież obiecywał. Obiecywał, że się wszystko zmieni. I zmieniło się.

Poruszyła się. Słońce mozolnie pięło się coraz wyżej. Woda pociemniała, białe koronki piany zostawały na piasku. Fale cofały się i wracały, psując misterny wzór i zostawiając nowy, inny, woda lekko pluskała i powracała w nieskończoność morza. Białe grzywy kłóciły się ze sobą jak okiem sięgnąć. A tam gdzieś... Zaraz, zaraz... Tam dalej przecież... Ciemna głowa pojawiająca się między falami?... Mateusz?

Poczuła uderzenie w dół brzucha. Leciutka mgiełka przesłoniła wodę i ciemną plamę głowy. To... Mateusz!

Zerwała się na równe nogi. To był on!

Wbiegła do wody, nie bacząc na to, że jest w sandałach.

— Mateusz! — krzyknęła ze wszystkich sił.

Z fal wyłoniło się ramię i pomachało w jej stronę.

Wtedy woda zaczęła się przelewać coraz bardziej i bardziej, niebo zlało się z morzem w jedno, wszystko razem zbliżyło się do niej niebezpiecznie blisko, a plaża wskoczyła na nią.

Kiedy otworzyła oczy, zobaczyła wokół siebie piasek. Zatopiona w nim, leżała jak na wygodnym posłaniu. Mateusz nachylił się nad nią, wyciągnął do niej dłoń, odruchowo uchyliła głowę — chciał ją uderzyć, nie zmienił się...

Kiedy mężczyzna usłyszał swoje imię, spojrzał w stronę brzegu. Stała po kostki w wodzie, nie widział kto to, z tej odległości to było niemożliwe...

Czyżby przypadek zrządził, że Ula... Ula przychodziła z nim wczesnym rankiem na plażę i patrzyła, jak pływał. Ale to było dwa lata temu. A może? Może to Ula?

Podniósł rękę i machnął do niej, jak kiedyś, jak zwykle. I wtedy zobaczył, jak zatoczyła się i miękko opadła na brzeg.

Oddychał ciężko, a mięśnie drżały z wysiłku. W ciągu niespełna dwóch minut był przy niej.

To nie była Ula.

Nie wiedział, co się robi z nieprzytomnymi obcymi kobietami. Mówił do niej, otworzyła oczy, ale gdy wyciągnął rękę, szybko zrobiła unik, jakby myślała, że chce ją uderzyć. Była blada. I miała przestraszone oczy. Jasne włosy rozsypały się na piasku.

— Gdzie pani mieszka? Pomogę pani dojść do domu. Źle się pani poczuła?

Dopiero teraz czuła się źle. Zrobiła z siebie idiotkę. Mateusz nie żyje, zaczepiła obcego faceta i teraz wszystko faluje, nie tylko morze, ale również plaża i on. Przestraszyła się. Przestraszyła się, że mógł wrócić.

Boże, taka była prawda. Okrutna prawda, której nie chciała przyjąć do wiadomości. Przestraszyła się, że wrócił. I że znowu będzie ją dręczył.

Nieznajomy mężczyzna nachylał się nad nią. Miał szare, spokojne oczy. Szybko cofnął dłoń.

— Przepraszam, przepraszam — szeptała.

— Pomogę pani, proszę mi podać rękę. — Drżała z zimna. — Proszę się nie bać.

Mówił do niej jak do skaleczonego psa. Była taka bezbronna. Po raz pierwszy od dwóch lat mocniej zaczęło bić mu serce. Pewnie od tego pływania.

Podała mu dłoń. Chciała się podnieść, ale świat wirował. Oparła się o niego. Mokre ramiona objęły ją i nie pozwoliły na upadek. Wsparta o niego, bezpieczna po raz pierwszy od lat, poddała się mężczyźnie.

Gospodyni otworzyła drzwi:

— Panie Mateuszu! Co pan tu robi w takim stro... — urwała w pół zdania.

Zanim zdążyła się zdziwić, że gospodyni zna nieznajomego i że to też Mateusz, już byli w kuchni.

Mężczyzna zaczął zdejmować jej mokre sandały, widziała jego mocne ramiona jak przez mgłę, potem gospodyni — pani Marta — podała mu kurtkę i spodnie swojego męża. W tym ubraniu wydawał się drobniejszy, a przecież prawie ją przyniósł znad morza.

— Nie będę przeszkadzał, pójdę już — powiedział cicho, ale woda właśnie się zagotowała i pani Marta postawiła na stole kubki gorącej herbaty.

— Dziękuję panu — wyszeptała cicho Jasnowłosa. Wstydziła się tak, że najchętniej zapadłaby się pod ziemię. — Myślałam, że to mój mąż Mateusz...

Głos miała delikatny, łagodny i cichy. Skąd taka kobieta wzięła się o tej porze nad morzem? Mężatka... Rozczarowanie rozpełzło mu się po kościach jak ciepło od kuchni pani Marty. Nie zauważył obrączki. No cóż...

Wyszedł w pożyczonych ciuchach. Jaka ładna kobieta, myślał. Taka jakaś... Nie mógł znaleźć właściwego słowa. Taka, którą mógłby się opiekować.

— Panie Mateuszu — usłyszał szept za sobą, drzwi uchyliły się i pojawiła się siwa głowa pani Marty. Skinęła na niego. — Niech pan przyjdzie wieczorem, odda kurtkę, bo stary wypływa...

Oczywiście, że wpadnie wieczorem. Odda spodnie i kurtkę. Pozna miłego pana, który ma to szczęście, że ma taką żonę. Tylko on był sam.

Wieczorem zapukał do drzwi i przez próg podał torbę z ciuchami. Ale pani Marta wciągnęła go do środka, zanim zdążył dać nogę.

Drzwi do kuchni były otwarte. Pusto. Więc jej nie zobaczy. Ale pani Marta już niosła herbatę i ciastka.

— Siedzimy sobie w ogródku, taki ciepły wieczór. Joasia bardzo się ucieszy!

Na zachodzie pomarańczowił się jeszcze ostatni poblask zatopionego w morzu słońca. Niebo żegnało odchodzący dzień. Jasnowłosa siedziała pod dużą jabłonią. Pachniało maciejką. Odwróciła głowę w jego stronę i uśmiechnęła się niepewnie.

To był zupełnie inny mężczyzna. Niepodobny do męża.

Nie, nie będzie się wstydzić. Pomógł jej. Był taki delikatny. Miał łagodność w oczach. I taki sam smutek jak ona.

Na jej widok serce zabiło mu szybciej. Jak ona na niego spojrzała! Nie mógł się mylić. Miała ciepło w oczach. I naprawdę się ucieszyła.

Skinął głową. Niestety nie może sobie pozwolić na nic więcej. Ona ma męża. A to najważniejsze. Nie dla wszystkich, nie dla jego żony, to było przeszkodą. Rzuciła go natychmiast, mimo że chciał poczekać, porozumieć się z nią, zmienić, wybaczyć i też prosić o wybaczenie, bo wina nigdy nie jest po jednej stronie. Może wina tak, ale odpowiedzialność nie.

Podszedł do dziewczyny i powiedział:

— Widzę, że doszła już pani do siebie. Miło panią widzieć. Miałem nadzieję, że poznam również pani męża.

— Mojego męża? — Znowu przestrach w jej oczach i coś, czego nie rozumiał. — Nie — głos się jej łamał. — Nie, to niemożliwe...

— Ach, więc sama pani na urlopie?

Nacisk na „sama" wydał mu się obrzydliwy. Ale było za późno. Przecież mówił to do Uli, nie do tej kruchej dziewczyny.

Jej oczy zmieniły barwę. Z twarzy znikł wyraz bezradności. Podniosła się, wyprostowała ramiona i zanim pomyślał, że zachował się jak idiota, zniknęła w drzwiach. Nie mówiąc ani słowa.

— No, jak tam, panie Mateuszu? Pomyślałam sobie, że to chyba los tak zrządził. Pan taki sam, od kiedy Jo... — pani Marta położyła rękę na ustach. — A Joasi mąż zginął trzy lata temu, panie świeć nad jego duszą, ale co on ją umęczył, to niech mu ziemia lekką będzie. Może byście się jakoś... Bo i pan wart lepszego losu, a ona kryształ czysty... Taki krzyż z tym swoim Mateuszem miała... Jemu tak samo na chrzcie dali... Może to znak jaki? Taką ona miała inną twarz przy panu...

Ach, jakiż z niego idiota!

Ale mimo nalegań pani Marty Jasnowłosa już do nich nie zeszła.

Wychodząc, szeptał z gospodynią w drzwiach. O wpół do szóstej zbudził go telefon. Pani Marta powiedziała, że Joasia już jest spakowana, czeka na taksówkę.

Wpadł na dworzec w ostatniej chwili. Pociąg do Warszawy ruszał. Wskoczył na stopień, chwilę mocował się z zamkniętymi już drzwiami. A potem ruszył wzdłuż pociągu.

Odnajdzie ją, wszystko wytłumaczy. Nie wiedział, co zrobi. Ale wiedział na pewno — nie pozwoli jej odejść.

1999

Niebo pode mną

Cykada siedziała tuż nad tawerną, na gałęzi sosny, i uporczywie dawała znać, że jest, leniwym, brzęczącym tarciem skrzydeł. Morze przelewało się przez kamienny brzeg spokojnie i monotonnie. Plaża o tej porze pustoszała, ze stolików ustawionych tuż nad brzegiem kelner usuwał zielone i białe obrusy i przytrzymujące je metalowe spinacze, zbierał poduszki z plastikowych krzesełek, uśmiechając się do ciemnej dziewczyny, która od rana uwijała się wśród gości, a teraz wycierała stoły mokrą szmatką.

Światła w małej restauracyjce pogasły i teraz na drugim brzegu zatoczki wyraźnie było widać ognisko rozpalone przez pasażerów jachtu Bawaria, który po południu zacumował przy skałach.

Od burt łodzi kiwających się parę metrów od brzegu odbijał się lekki blask, ale powoli noc czerniała coraz bardziej, granica między wodą a niebem zlewała się, a białe kamienie obmywane granatową wodą ciemniały z minuty na minutę, coraz wyraźniej przyjmując jej kolor.

Przypłynąłem tu wczoraj — po szesnastu godzinach nieprzerwanej podróży samochodem wjechałem na prom i po dwóch godzinach znalazłem się wreszcie na tej wyspie w Chorwacji, gdzie ostatni raz byłem dziesięć lat temu.

Tu gdzie moje życie mogło się rozpocząć i gdzie się skończyło, zanim się rozpoczęło.

Przez ostatnie dziesięć lat szukałem miejsc, gdzie przeszłość nie mogła mnie dopaść, gdzie nikt mnie nie znał i co najważniejsze, nie było nikogo, kogo ja mógłbym znać.

Hvar dzisiaj również był takim miejscem, gdzie poza uśmiechem na dzień dobry i zamawianiem jedzenia w małej restauracji nie musiałem do nikogo nic mówić, nie musiałem nikogo słuchać, nic mnie nie obchodziło. Potrzebowałem samotności, żeby przeżyć wszystko raz jeszcze i zrozumieć, jak mogło do tego dojść.

Wynająłem apartament tuż nad restauracją. Restauracja! Marne pięć stolików przy wąskiej uliczce i trzy nad samym brzegiem morza, dwadzieścia kamiennych stopni niżej, gdzie przy większej fali woda oblizywała ich nogi.

Tu *apartment* oznaczał pokój połączony z kuchnią, z małym balkonem wychodzącym na południe, przesłoniętym dwiema sosnami z prześwitującą między nimi wodą Morza Śródziemnego, i dwie miniaturowe sypialnie, do których prowadziły tak wąskie okrągłe schody, że torbę podróżną wypakowałem na dole i wnosiłem rzeczy partiami, uważnie patrząc pod nogi.

W maleńkiej łazience było akurat tyle miejsca, ile potrzeba na ustawienie maszynki do golenia, pasty i szczotki do zębów, kremu do stóp, który zawsze miałem przy sobie, oraz wody po goleniu, łagodzącej podrażnienia skóry.

Niestety nie miałem niczego, co mogłoby zlikwidować podrażnienie serca.

Wieczorem usiadłem tuż przy morzu, tyłem do świata. Przed sobą miałem dwie drewniane łodzie, wodę, niebiesko-biały obrus i duże piwo. Wskazałem palcem w karcie *fish soup* i kalmary. Zupa była przesolona, kalmary świetne, wypaliłem trzy papierosy, nie myśląc o niczym, i wróciłem do siebie. Boleśnie uderzyłem się w goleń, wchodząc po krętych schodkach, których — byłem tego najbardziej na świecie pewien — właściciel sam nie zamierzał nigdy używać. Rzuciłem się na łóżko i spałem jak zabity do drugiej w nocy.

O drugiej obudził mnie znany niepokój. Zszedłem na dół, wypiłem szklankę wody z cytryną, wyłączyłem klimatyzację i otworzyłem drzwi na balkon. Usiadłem na balkonie. Noc była cicha, jak wtedy, kiedy ona była przy mnie. Parne powietrze uderzyło mnie w twarz. Przeszłość uderzyła mnie jak obuchem, jakby dziesięć lat znaczyło dziesięć minut, jakby za chwilę miała koło mnie stanąć, położyć mi dłoń na ramieniu, jakbym miał za moment usłyszeć jej ciepły, gardłowy głos:

— Nie możesz spać, kochany?

Ale wokół panowała cisza, żadnego głosu. Siedziałem sztywno i patrzyłem w noc. Nikt mnie nie dotknął, nikt nic nie powiedział, docierał do mnie, samotnego na balkonie, tylko jednostajny szum morza.

Wróciłem do łóżka, prześcieradło było gorące, temperatura nie spadła poniżej dwudziestu ośmiu stopni, jak dziesięć lat temu. Wtedy też lato było gorące i wilgotne.

Obudziłem się o jedenastej, zlany potem, w pokoju było gorąco, upał wlewał się przez uchylone okno w dachu. Zwlokłem się ponownie na dół, przeklinając upiorne schodki.

I błogosławiąc miejsce, do którego moje dotychczasowe życie nie miało dostępu.

Rozłożyłem koc pod oliwką, która dawała cień, z dala od morza. Obok mnie usadowili się dwaj mężczyźni z dwoma kolorowymi materacami — oba w kolorze majtek, jakie mieli na sobie: jeden niebieski, a drugi różowy. Rzucili obok mnie ręczniki, jeden niebieski, drugi różowy, podnieśli swoje kolorowe materace i ruszyli w stronę morza. Na prawych stopach, tuż nad kostką, obaj mieli identyczne tatuaże, dwie błyskawice oplecione wężem, starannie wykonane w jakimś niezłym zakładzie.

Ona też miała tatuaż.

To było pierwsze, co zauważyłem na promie Jadroliniji, jedenaście lat temu, kiedy po serii wykładów promujących moją książkę postanowiłem odpocząć i włóczyłem się po Europie bez określonego planu. Wylądowałem w Splicie i zastanawiałem się, czy jechać do Jezior Plitwickich, czy dalej na południowy wschód. Zawędrowałem na stare miasto, tuż przy porcie, zawsze lubiłem wodę, i kiedy siedziałem przy małym cappuccino, dosiadła się do mnie para z Irlandii. Byli zachwyceni Hvarem, maleńką wyspą o zapachu lawendy.

Trzy godziny później gapiłem się z górnego pokładu na olbrzymie turbiny mielące granatową wodę, płynąc w stronę lawendy.

Zobaczyłem ją pierwszy raz na tym promie ze Splitu do Hvaru. Stałem oparty o skrzynię z kamizelkami ratunkowymi, słońce świeciło mocno, ludzie schodzili z górnego pokładu i szukali cienia gdziekolwiek, byle nie na ciasnych pokładach cztery i pięć. Nad nami wisiały łodzie ratunkowe, stałem tam i podziwiałem świat. Był przezroczystoniebieski, woda i niebo kładły się tym samym kolorem na boku i uśmiechały do wszystkiego, co żyje.

Tyłem do mnie siedziały plecy, krótka biała bluzka odkryła półkolisty ślad igły poniżej, między niebieskością dżinsów a bielą bluzki. Patrzyłem zafascynowany, kreska kończyła się w spodniach, kruczoczarne włosy wyprawiały harce na plecach, sięgały poniżej łopatek, a ja starałem się odgadnąć rysunek ukryty pod spodem.

Potem kobieta wstała i zniknęła mi z oczu, a we mnie pozostał niedosyt, jaki daje tajemnica, której nie można dotknąć.

I pamiętam swoje zdziwienie, kiedy pierwszy raz rozebrała się przy mnie, już młoda kobieta, a nie dziewczyna, matka dwojga dzieci, zgrabna i dojrzała jak owoc gotowy do zerwania, i ten tatuaż tuż nad pośladkami, duży jak dłoń, wyrazisty, nierozmyty, jakby ktoś wywołał zdjęcie na nieskazitelnym ciele.

Przesuwałem palcem po oku, po doskonale wytatuowanych rzęsach, między dwoma uroczymi dołeczkami rozpoczynającymi perfekcyjną wypukłość pośladków, a ona zadrżała, jej ciało zareagowało natychmiast gęsią skórką, podłożyłem rękę pod jej piersi, zbliżyłem usta do rozwartej źrenicy, z błyskiem, wśród ciemnego tatuażu, do źrenicy na jej plecach, wodziłem ustami z coraz większym pragnieniem, a jej pierś tężała i prężniejąca sutka prawie drapała wnętrze mojej dłoni. Zanurzyłem się w niej niespodziewanie dla siebie samego, szum morza był idealnie zgrany z naszym pragnieniem, pośladki miała białe, opalenizna nie zeszła poniżej wytatuowanego oka, tu na tej plaży, kiedyś, w życiu, które straciłem.

Tu był początek naszej miłości.

I tu wszystko się skończyło.

Mężczyźni wrócili z wody, ze śmiechem rzucili materace, chwycili za ręczniki i nawzajem się wycierali. No cóż. Miłość ma różne oblicza.

Przymknąłem oczy i zapadłem powtórnie w przeszłość.

Julia wyjeżdżała następnego dnia, a ja wiedziałem, że nie pozwolę jej odejść.

Na razie jeszcze wodziłem palcem po jej tatuażu, delikatnie głaskałem jej plecy, zatrzymałem dłoń na skórze poranionej niegdyś igłą.

— Skąd pomysł, żeby tu zrobić taki dziwny tatuaż?

— Żeby zawsze na niego patrzeć. Na Davida — odpowiedziała z prostotą. — Nawet jeśli jest za mną. Być z nim.

Byłem zaskoczony jej szczerością i pełnym naturalności przyznaniem się do czegoś tak intymnego.

— Nie odchodź — poprosiłem, a ona odwróciła się do mnie, jej piersi się zakołysały.

— Mam dzieci — szeptała tej ostatniej nocy na wyspie — muszę wracać. Spotkamy się, jeśli będziesz chciał, ale nic nagle… Jestem jeszcze obolała, chłopcy cierpią, byli bardzo związani z ojcem, nie spieszmy się… To tylko romans…

Nie chciałem romansu. Chciałem z nią spędzić resztę życia, cokolwiek to znaczyło i bez względu na cenę, jaką będę musiał zapłacić.

— Teraz to tylko seks — szeptała, stając za mną, kiedy tej ostatniej nocy wyszedłem z gorącego łóżka i przyglądałem się ciemności, na próżno szukając rześkości poranka, która nie nadchodziła. — Jeszcze się nie znamy — szeptała, a ja wiedziałem, że znam ją od zawsze, od początku świata, od dnia, w którym Bóg stworzył wodę i ryby, noce i dni, a potem stworzył ją.

— Mnie też się wydaje, że cię kocham, ale zobaczymy, dobrze?

Jej głos głaskał mnie i pieścił, byłem gotów rzucić wszystko, jechać z nią na koniec świata, być ojcem dla jej osieroconych dzieci, zacząć wszystko od nowa. Każde „poczekajmy" budziło we mnie lęk, że ją stracę na zawsze, że wróci do swojego życia, w którym ja się nie mieszczę, że zrezygnuje ze mnie, zanim…

— Przetrwamy, jeśli mamy przetrwać. Tam gdzie jest lęk, nie ma miłości — tak wtedy szeptała i uwierzyłem jej.

— *You! Eh, you!* — męski głos tuż koło mnie.

Nie do mnie, do Różowego, ale odbita piłka uderzyła mnie w udo.

— *I am sorry, I am so sorry…* — Nade mną stał Niebieski, uśmiechał się szeroko, gestem wskazywał piłkę, która leżała przy mnie.

Odrzuciłem piłkę bez słowa, jej głos zniknął bezpowrotnie, wstałem z koca, byłem spocony, ostrożnie ruszyłem w stronę morza. Rzuciłem się na wodę tuż przy brzegu, płasko, pode mną były kamienie, odpłynąłem w parę sekund na głębszą wodę, przyjemnie schłodziła moje ciało, zanurzyłem się i płynąłem w zupełnej ciszy, nieprzerywanej krzykami z plaży, kamienie pode mną oddalały się coraz bardziej i bardziej.

Kiedyś pływaliśmy razem, pływaliśmy tu tej ostatniej nocy przed pierwszym pożegnaniem i tej pierwszej, rok później, po powitaniu. Julia pływała jak ryba, radośnie, bez wysiłku, w amarantowym kostiumie, amarant kochała nade wszystko, kostiumie jednoczęściowym, który zasłaniał jej wytatuowane oko przed wzrokiem nieupoważnionych, i który przyciągał wzrok wszystkich na plaży. Jej ciemne włosy rozsypywały się pod wodą jak niteczki meduz, żyły obok Julii, płynęły obok niej, czasem ją wyprzedzając, a czasem zostając w tyle.

Przy skałach na cyplu Julia zrzucała kostium, zostawiała go na wystającej nad wodą stromej półce i pływała nago, otulona tylko czernią swoich włosów.

— Charles — usłyszałem — spróbuj, to zupełnie co innego: pływać nago i pływać w gatkach, zobaczysz, że jesteś jednym z tą wodą i z tym światem, uwolnij się — kusiła, a ja, jeszcze wstydliwy przy niej, tego naszego pierwszego lata, w ciągu tych pierwszych naszych trzech tygodni, nie chciałem się rozebrać w wodzie.

Teraz dopłynąłem do cypla, zdjąłem kąpielówki, położyłem je na tym samym wgłębieniu i popłynąłem w morze.

Czy zrozumiem, dlaczego ją straciłem?

— Jestem tutaj pierwszy raz... to przypadek — głos Julii brzmiał mi w uszach, jakby to wszystko było wczoraj. — Nigdy tu nie przyjeżdżam, lato spędzam z chłopcami u dziadków, przyjaciółka mnie namówiła, byśmy wyrwały się na parę dni, i w ostatniej chwili zrezygnowała, dlatego jestem sama...

— Owszem, możemy się spotkać, ale nie obiecujmy sobie zbyt wiele... Rok jest długi, a ten raj na chorwackiej wyspie jest wyjątkowy, bo to urlop, to nie prawdziwe życie, to odpoczynek, słońce, woda, południe... Ja twardo stąpam po ziemi... Jesteś moim pierwszym mężczyzną... od śmierci Davida... Ale nie chcę mieć złudzeń...

Przewróciłem się na plecy, ląd był daleko, słońce żarzyło się tuż nade mną.

Czy to wszystko zdarzyło się naprawdę?

Odwróciłem się ponownie i popłynąłem kraulem w stronę cypla, szybko, jakby od tego zależało moje życie, ale niestety nic już ode mnie nie zależało.

Dwa następne dni spędziłem na bezsensownej wędrówce. Odwiedzałem miejsca, gdzie byliśmy razem, wspomnienia nie układały się w żaden porządek, w żadnym z tych miejsc, ani w górach, ani nad morzem, nie mogłem odnaleźć odpowiedzi na pytanie: dlaczego?

Rano pojechałem na targ do Hvaru, kupiłem pomidory, oliwki, limonki, wodę i sześć piw. Kiedy wróciłem do Milny, słońce stało wysoko na niebie, a zegar na kościelnej wieży z tarczą zwróconą ku morzu wybił dwunastą.

Rowery, których nikt nie kradł, stały na stojakach z podniesionym wyżej przednim kołem jak konie szykujące się do skoku.

Stare renówki piątki, z szybą, którą każdy mógł odsunąć, otwarte, odpoczywały na parkingu za knajpą. Dzieci i kraby biegały wzdłuż plaży, rozochocone tym, co dorosłych rozleniwiało. Południe rozlewało się po całej wiosce. Zostawiłem zakupy na stole i zszedłem na plażę. Dzieci spieczone na głęboki czekoladowy brąz nurkowały przy brzegu, matki siedziały na kamieniach, lekko kolebały się w przybrzeżnej wodzie, morze obmywało ich nogi i uda, drobne fale wprawiały ciała w lekkie drganie, żółto-niebieski ponton z napisem „Challenger" kołysał się na błękitnej wodzie.

Młoda blondynka wsmarowywała w swoje spieczone ciało kolejną porcję oliwki, psikając sprayem na piersi, biodra, brzuch. Rozłożyła nogi, jakby chciała wpuścić słońce do środka.

Patrzyłem na to, chłonąc rzeczywistość dość obojętnie, jakby to nie był świat, który mógł mnie czymkolwiek zwabić.

Pamiętałem aż nazbyt dobrze każdy dzień i każdą minutę spędzoną tu dziesięć lat temu. Gdyby wtedy nie wydarzyło się nieszczęście, moje życie wyglądałoby zupełnie inaczej.

Z sąsiedniej knajpki wyszedł kelner, z białej plastikowej miski chlusnął wodą na pnącze, którego nazwy nie znałem. Zdrewniałe u dołu, fioletowymi kwiatami pięło się do góry, żeby zwisnąć niedbale po drugiej stronie plastikowego dachu.

I zobaczyłem siebie sprzed lat dziesięciu, stałem obok tego pnącza, kiedy minęli mnie dwaj mali chłopcy w krótkich spodenkach. Biegli, trzymając się za ręce, mignęły opalone nóżki w takich samych białych sandałach, za chwilę zobaczyłem ich znowu, szli spokojnie, każdy z nich opiekował się własnym dużym lodem, zlizywali czekoladę, odłamywali kawałki, koszulki takie same, z napisem „Happy and strong". Zaplamione białą lodową wanilią.

Ich matka stała przy kolorowym parasolu z napisem „Jako dobro pivo", zielonym, a amarantowy kolor jej kostiumu był tak niezwykły, że przyciągał oczy, i choć plaża usiana była młodymi ciałami, piersiami, ciemniejącymi sutkami, wiedziałem, że to ona, kiedy odrzuciła do tyłu włosy i skręciła je w podłużny rulon, zwinęła i upięła grubą spinką, która ledwie przytrzymała niesforny węzeł tuż nad karkiem.

— To ty? Jednak przyjechałeś... — zatrzymała wzrok na mnie, a jej gardłowy głos podziałał jak za pierwszym razem. Jej oczy uśmiechnęły się tak promiennie, że wiedziałem, iż nic już nas nie rozdzieli, nigdy, ani czas, ani odległość.

— Szukałem cię — powiedziałem po prostu, a ona, jakby to była najnaturalniejsza rzecz pod słońcem, wzięła moją rękę, ruchem znanym od początku świata, tak jakby mi zarzucała białą chustę na głowę, ratując od szubienicy, i zbliżyła swoje wargi do moich ust.

— Witaj — szepnęła.

— Mami, mami, a Aleks mi zabrał... — chłopiec w białych sandałkach z koszulką w ręku umilkł nagle, zatrzymał się przy nas niepewnie. Julia uśmiechnęła się do mnie, a potem kucnęła przy chłopcu.

— Tony, przywitaj się z Charlesem. — Pogłaskała chłopca po głowie, a Tony wyciągnął do mnie drobną łapkę, potem ją cofnął, przełożył trzymany w ręku kamyk do drugiej, lewej ręki i dopiero wtedy drugi raz poczułem w dłoni miękkie ciepło dziecinnego powitania, nieco nieufnego, ale radosnego.

— Witaj, Tony — powtórzyłem bezwiednie powitanie Julii. Zawsze mówiłem „hej" albo „jak się masz", ale teraz jej słowa były ważniejsze.

Chłopiec spojrzał na matkę.

— Aleks mi wziął mojego loda — poskarżył się.

Drugi chłopiec, starszy o rok albo półtora, przybiegł z buzią umorusaną cukrem pudrem.

— Aleks — powiedziała łagodnie Julia — nie zabieraj bratu słodyczy, jest młodszy, powinieneś się nim opiekować.

— Opiekuję się — naburmuszył się jej starszy syn, na oko pięcioletni. — A kto to jest ten pan?

— To jest Charles — powiedziała Julia.

— Cześć, Charles. — Aleks szybko wyciągnął rękę w moją stronę i tym razem to ja spłoszyłem się jego otwartym powitaniem, tak różnym od powitania jego brata.

— Witaj, Aleks — powiedziałem, ale chłopcy już nie zwracali na mnie uwagi, rzucili koszulki pod stopy Julii i wbiegli do wody.

— Tylko przy brzegu! — krzyknęła za nimi Julia. — Do tej boi, Aleks, pamiętaj! Nie wolno wam się zbliżać do łódek!

A potem Julia przytuliła się do mnie, a ja poczułem ciepło jej rozgrzanego chorwackim słońcem ciała i niezwykły, lekko słonawy zapach morza, muszli, Bóg raczy wiedzieć czego jeszcze, pachniała Morzem Śródziemnym, pachniała najpiękniej na świecie.

— Cieszę się, że się nie boisz...

Bałem się. Bałem się wszystkiego, co wiązało się z Julią i jej synami, bałem się, jak mnie przyjmą, czy zaakceptują, czy będę mógł im zastąpić ojca, bałem się i wiedziałem, że oto świat zesłał mi nie tylko kobietę, ale od razu rodzinę.

Lecz miłość do Julii i miłość Julii były najważniejsze i byłem gotów.

Ale jednego nie brałem pod uwagę.

Minęło dziesięć lat, a ja pamiętam nawet układ kamieni na plaży, kopczyki, które układały dzieci, białe stożki sterczące przy wyrzuconym na brzeg czerwonym pontonie z silnikiem Mercury. Minęło dziesięć długich lat, w czasie których nie mogłem odnaleźć spokoju, nie mogłem zapomnieć. Smutnych lat, miesięcy i dni, w których Julii nie było, a każda minuta każdego dnia przypominała mi o stracie nie do przeżycia. Ani inne kobiety, ani łatwy seks z nimi, ani przyjaciele nie byli w stanie ukoić tego bólu.

Byłem okaleczony na całe życie.

Zwinąłem parasol i poszedłem do restauracji, zająłem stolik jak najbliżej morza i odwróciłem się do lądu plecami. Przed sobą miałem tylko wodę, jeden kuter, dwie łódki. Tym razem zamówiłem homara i tępo patrzyłem przed siebie. To było to miejsce. To miejsce, gdzie moje życie dziesięć lat temu zamarło i już nigdy nie miało się zmienić.

Poznałem Julię tutaj, jedenaście lat temu, a po trzech tygodniach wiedzieliśmy o sobie wszystko, wszystko, co można wiedzieć, żeby móc się pokochać tak, jak to jest możliwe i dane niewielu. Wiedziałem zatem o Julii wszystko, o jej bólu i smutku po stracie męża — zginął w wypadku samochodowym pod Wiedniem, nie było w tym jego winy, jakieś roboty drogowe na autostradzie z Grazu, wszyscy stali w korku, trzy samochody za nim się zatrzymały, olbrzymi tir z naczepą staranował wszystkie cztery, sześć trupów na miejscu.

O jej synkach — Tony w ogóle nie chciał wyjść na świat, zastanawiał się ponad dwadzieścia trzy godziny, za to Aleks tak przyspieszył, że prawie urodził się w samochodzie! Ledwo zdążyliśmy!

Nie drażniła mnie liczba mnoga, bo teraz tylko ja wiedziałem, o czym śni i czego się boi. Wiedziałem, co lubi na śniadanie i jak gotuje jajka na miękko, zawsze bez zegarka, odlicza nad parującą wodą do dziesięciu, a czasami trzydziestu pięciu, i zawsze są ugotowane w sam raz.

I miałem rok na oswojenie się z myślą, że zostanę ojczymem jakichś nieznanych mi chłopców, którzy z każdą wizytą Julii, z każdym jej telefonem i listem byli mi coraz bliżsi, coraz bardziej znajomi.

— Och, Charles, nie wiesz, że Aleks prowokuje bez przerwy Tony'ego do robienia wszystkich tych rzeczy, których robić im nie wolno — głos Julii w telefonie z innego kraju był odległy jak nieznana galaktyka i bliski jak mój własny. Próbowałem bronić Aleksa, wydawał mi się podobny do mnie z przeszłości.

— A Tony, zapatrzony w Aleksa, właził za nim po śliskich skałach pokrytych zielonkawym nalotem, upadał i bez słowa skargi podnosił się, widząc wzrok brata. Szkoda, że cię tam nie było. Tony był jak zwierzątko, które uczy się od przewodnika stada, jak przetrwać, i ani razu nie zapłakał, przysięgam! — Julia ze słuchawki opowiadała mi bajkę, a ja widziałem rodzącą się rodzinę. — Byliśmy wczoraj nad morzem i Aleksa poparzyła meduza, wyobraź sobie, że tutaj powiedzieli, że na te oparzenia świetny jest sok pomidorowy, wyobraź sobie, jak wyglądał oblany litrami pomidorów! Ale nie zapłakał ani przez moment, za to Tony'ego nie mogłam uspokoić, bo tak bardzo rozpaczał, że jego bratu dzieje się krzywda!

Te bajki to jednak była rzeczywistość.

Julia dzwoniła z Włoch prawie codziennie.

— Kocham cię, Charles, ale ich kocham najbardziej na świecie, musimy być pewni...

Czekałem na homara dość długo.

Gruba niemiecka dziewczynka pracowicie rozłożyła ręcznik, na wszystkich czterech rogach umieściła kamienie, wyjęła z plastikowej torby płetwy i zakładała je mozolnie, sprawdzając parokrotnie długość zapięcia, a potem niezgrabnie podniosła się i powędrowała w stronę wody. Grube uda ocierały się o siebie, rozłożyła ręce, chcąc zachować równowagę, ale to nie było łatwe — morze się rozfalowało, a płetwy ślizgały na kamieniach. Zakołysała biodrami i powędrowała z powrotem w stronę brzegu, człapiąc i podnosząc wysoko nóżki. Usiadła ciężko na ręczniku, rozplątała zapięcia i wyjęła z torby przezroczyste gumowe buty do pływania.

Strzepnęła płetwy i położyła obok, wstała i ruszyła do wody. Upadła tuż przy brzegu na pupę, skrzywiła się, woda zabarwiła jasnoniebieski kostium na głęboki granat, wygramoliła się dzielnie i odczołgała w stronę ręcznika, usiadła, sięgnęła po plastikową torbę, wyjęła z torby okulary i maskę do pływania, odłożyła rurkę, założyła maskę i tym samym chwiejnym krokiem weszła ponownie do wody. Podmuch wiatru odrzucił plastikową pustą torbę w głąb lądu. Dziewczynka podwinęła włosy ruchem Julii i wyszła z wody. Podeszła do torby, schyliła się, przeniosła ją obok ręcznika, sięgnęła po biały podłużny kamień i przycisnęła nim torbę.

A potem tak samo niezgrabnie ruszyła z powrotem w stronę wody. Byłem pełen podziwu dla jej desperackiego spokojnego dbania o swój kawałek miejsca na ziemi, a może na morzu? Na brzegu odłożyła maskę, po czym weszła do wody. Usiadła na kamieniach i uśmiechała się do morza, jej tłuściutkie ciało falowało, za parę lat będzie ohydną tłustą kobietą, ale teraz miała w sobie ów urok niewinności, może nikt jej jeszcze nie skrzywdził jakimś nieopatrznym zdaniem, jakimś słowem rzuconym w złości. Jej ojciec siedział obok i popijał piwo. Dziewczynka chlapała wodą na siebie i dokoła, a potem, kiwając się jak kaczuszka, z ocierającymi się o siebie udami, podbiegła do ojca.

— Moja śliczna panienka! — rozpromienił się na jej widok. — Moja piękna córka!

Patrzyłem na jej plastikowe buty porzucone przy porządnie ułożonym ręczniku, a widziałem buciki Aleksa i Tony'ego — jedne niebieskie, a drugie przezroczyste, jak meduzy, które w październiku wylęgały się gdzieś poza widnokręgiem, a ciepłe prądy przywodziły je prawie na brzeg. Takie buciki mieli wtedy na swoich małych stópkach...

Aleks i Tony.

Gdyby...

„Gdyby" miało mnie prześladować do końca życia.

Gdyby tego dnia lało.

Gdybyśmy tego dnia wszyscy zostali w domu, gdyby wzięła ich Julianna, z których córką tak się chętnie bawili, jadąca na targ do Hvaru...

Ale oni zostali w Milnie.

— *Les enfants aux tableaux!*

Nie zauważyłem, że przy stoliku obok usiedli Francuzi, młode małżeństwo, ich dzieci siedziały nieopodal i robiły to, co robią dzieci na całym świecie: zajmowały się wrzucaniem do wody kamieni, które morze cierpliwie wypluwało na brzeg w czasie każdego sztormu.

— *Françoise, tu ne m'écoutes pas?*

Ciemnowłosa dziewczynka podniosła się i podbiegła do rodziców.

Moja kawa wystygła, jeśli można tak powiedzieć o cappuccino, które stoi w czterdziestu stopniach. Była ciepła jak powietrze i jak woda, z której przed chwilą wyszedłem. Była pozbawiona smaku, jak moje ostatnie dziesięć lat. Kelnerka przyniosła homara, którego rozłamałem, zjadłem z przymusem białe mięso z ogona, resztę rozgrzebałem i zostawiłem.

Położyłem na stoliku pieniądze z dużym napiwkiem i poszedłem do siebie.

Pobyt tutaj nie uleczył mnie, a jednak postanowiłem zostać, tak jak zaplanowałem.

Przeżywałem naszą miłość raz jeszcze, dzień po dniu, aż do chwili, gdy usłyszę po raz ostatni:

— Tony, Aleks!

Mieliśmy z Julią rok na zastanowienie się, czy to, co się dzieje między nami, jest prawdziwe. Mieliśmy rok, żeby nie popełnić błędu, żeby wiedzieć, że to na zawsze. Mieliśmy tylko rok dla siebie. To Julia wymyśliła, nie ja.

Kładła mi palec na ustach i mówiła:

— Wiem, że tobie już teraz się wydaje, ale ja muszę być pewna, nie mogę tego zrobić chłopcom. Jednego ojca już stracili. Nie przebolałabym straty drugiego. Nie chcę cię naciskać, teraz masz mnie, potem będziesz miał nas wszystkich, nie popełnijmy błędu.

Przez rok spotykaliśmy się głównie u mnie. Mogła zostawić chłopców u swojej siostry raz w miesiącu na weekend. Przylatywała w piątek wieczorem, odbierałem ją z lotniska i wiozłem do domu, miała wziąć tylko prysznic po podróży, stolik w knajpie był zamówiony, ale rezerwacja zawsze przepadała. Julia wychodziła z łazienki, ubrana, odświeżona, i zarzucała mi ręce na szyję. To wystarczało, żebym nie mógł czekać ani minuty dłużej, stałem i chłonąłem jej zapach, a potem, choć wiedziałem, że nie należy tego robić, że nie ucieknie, że mamy całe dwa dni, całowałem ją delikatnie i musiał nam wystarczyć odmrażany stek, który robiliśmy, zaśmiewając się, o pierwszej w nocy.

Julia siedziała na podłodze, opierała się plecami o tapczan i opowiadała o minionym miesiącu. Pytałem o chłopców, wiedziałem, że starszy poszedł do przedszkola, młodszy to bardzo przeżywał, Julia zastanawiała się, czy dobrze zrobiła, bracia byli nierozłączni, a kiedy przyjechała za miesiąc, mówiła z radością, że znalazła malutkie prywatne dwunastoosobowe przedszkole, że jednak mogą być razem, że obaj są tacy szczęśliwi. Aleksowi wypadła dwójka, za wcześnie, chyba się gdzieś uderzył, ale bał się przyznać, wypytywała Tony'ego, ale on tylko się rozpłakał i powiedział, że Aleks już mówił.

Z każdym miesiącem byłem bliżej dwojga nieznanych mi dzieci i bliżej Julii.

— Pozwól mi ich poznać — prosiłem, przytulając ją do siebie.

— Niech to będzie przypadkowe, Charles — gładziła mnie po głowie, od karku do nasady włosów, lubiła czuć ich szorstkość, więc i ja polubiłem tę pieszczotę, jak pies, który wszystko przyjmie od swojego pana. — Przyjadę z nimi tam, tak, właśnie tam — uśmiechała się. — Nie pojedziemy do Włoch, przywiozę ich na naszą wyspę i będę na ciebie czekać, od dwudziestego lipca, przyjedziesz, jeśli zdecydujesz, że chcesz z nami być.

Kiwałem głową, do dwudziestego lipca tak daleko, był kwiecień, w maju jechałem na wykłady do Johannesburga, w czerwcu Julia jechała z chłopcami do dziadków.

— To dobrze, Charles, to dobrze. Jeśli mamy być razem, czas i tak nie istnieje. — Julia gładziła mnie pod włos. — Wtedy wytrzymamy. Ale wiedz, jeśli nie przyjedziesz, jeśli ta decyzja okaże się za ciężka dla ciebie, to nie szkodzi. Kocham cię i będę cię kochała bez względu na to, co zdecydujesz. Wiem, że będziesz uczciwy wobec nas, a to najważniejsze...

Tuliłem ją do siebie bardziej niż kiedykolwiek, ale nie bałem się. Rozumiałem, że chce chronić synów przed przypadkowymi znajomościami, przed przypadkowymi przywiązaniami, ale ja wiedziałem, że chcę z nimi spędzić życie, bez względu na to, co się wydarzy.

Nie przewidziałem jednego.

Że los okaże się aż tak okrutny.

Ale to miało nastąpić za rok.

Na razie jeszcze Julia przyjeżdżała i mówiła:

— Czy wiesz, co zrobił Aleks? — śmiała się, aż nos jej się marszczył. — Czy wiesz, co znowu wymyślił Tony? — w jej głosie było tyle miłości, że kiedy słuchałem o jej małych chłopcach, czułem, jak ogarnia również mnie.

— Wczoraj złapałam ich na krzyżowaniu szpad — zawiadomiła mnie kiedyś przez telefon. — Sikali obaj do wanny i wyrzucili mnie z łazienki, a Tony powiedział, że jest już za duży, żeby mama ich pilnowała, wyobrażasz to sobie?

Poczułem się tak dumny, jakby to mój własny syn nagle postanowił wydorośleć.

Wytatuowane oko przyzywało mnie każdego dnia, z każdego błahego momentu mojego życia, z reklam telewizyjnych i banerów, w Europie, Azji, Nowej Zelandii. Oko było wszechobecne, nie dawało się zapomnieć, każde spojrzenie jakiejkolwiek kobiety i każda zamknięta powieka była nią. Moją Julią. Każdy człowiek był dla mnie jakąś częścią Julii. To było nie do wytrzymania.

Przyjechałem więc rok później, trzysta sześćdziesiąt pięć dni później od naszych pierwszych trzech tygodni, i poznałem chłopców, dla których miałem stać się ojcem. Chłopców w koszulkach „Happy and strong". Chłopców z lodami, chłopców w przezroczystych i niebieskich bucikach.

Moich przyszłych chłopców.

A dwa dni później utraciłem ich wszystkich.

Umówiłem się z Julią, że spotkamy się, niby przypadkowo, na plaży, żeby powoli chłopców oswajać z myślą, że przy ich matce pojawił się mężczyzna. I poznałem ich. I został mi ślad na dłoni od jednego niepewnego uścisku i drugiego śmielszego.

A potem odszedłem, jakbym był obcy, i patrzyłem na Julię z chłopcami z daleka, nie spuściłem ich z oczu, aż nastało popołudnie, a wtedy już w pokoju zacząłem czekać na pukanie do drzwi. Rozrywała mnie tęsknota za jej ciałem, dotykiem, spojrzeniem, była cały dzień tak blisko i tak strasznie daleko.

Przyszła przed dziesiątą. Stanęła w drzwiach, a ja pochyliłem się nad nią, zniknęła w moich objęciach, wtopiła się we mnie jak brakujący kawałek puzzli, byliśmy jednym, bałem się, że ją rozgniotę, więc delikatnie podniosłem ją i przytuliłem do siebie jak drogocenny kryształ, a ona wplotła we mnie swoje dłonie, dłonie o najdelikatniejszym na świecie dotyku, kaszmirową skórą, i powtarzała: „jesteś, jesteś", a ja nie mogłem wydusić z siebie słowa, całowałem jej uda i stopy, otwierała się przede mną jak kwiaty o wschodzie słońca, trzymałem jej dłonie w swoich i kochaliśmy się, jakby to miał być koniec świata.

Jeszcze wtedy nie wiedziałem, że był.

Spędziliśmy ze sobą cudowną noc, naszą ostatnią noc, pełną planów i marzeń o przyszłości.

Julia wymknęła się po drugiej, żeby Tony i Aleks, pilnowani przez Juliannę, nie zauważyli jej nieobecności, a ja odprowadziłem ją, mocno obejmując, choć już wiedziałem, że nie może mi się wymknąć.

— Do jutra, kochany, jutro już będzie inaczej. Bez dzieci moje życie nie istnieje, ale oni i ty to szczęście, o jakim nie śmiałam marzyć. Jutro, jutro się wszystko zmieni, powiemy im, że do nas dołączysz, do jutra, kochany, do dzisiaj — powiedziała, a ja patrzyłem, jak znika za zielonymi drzwiami.

Nie mogłem zasnąć. Zszedłem nad morze, zbyt podniecony następnym, wyczekiwanym przez cały rok dniem.

Gwiazdy wygwieździły niebo na przekór ciemnej wodzie. Patrzyłem przed siebie i chłonąłem ciepłą, spokojną noc, jak tylko można przyjmować coś, czego nigdy nie da się mieć na własność. Wschód czyhał przyczajony za górami, lekko dawał znać o swoim nadejściu. Gwiazdy bladły od strony nieba, kiedy znużony i pełen nadziei poszedłem do pokoju i zasnąłem z zapachem Julii na poduszce.

Po raz ostatni spokojnie.

Owego następnego dnia obudziłem się późno, zaspałem, było po dziesiątej, Julia czekała na mnie od pół godziny, zerwałem się jak oparzony, wskoczyłem pod prysznic i wybiegłem na plażę.

Ale na plaży coś się stało.

Julia biegła w stronę łodzi, poza wydzielonym kąpieliskiem. Nie widziała mnie, a w jej ruchach było coś, co przeszyło mnie na wskroś zapowiedzią późniejszego strachu.

Rozepchnęła dzieci, które stały na brzegu i coś sobie pokazywały. Stanęła i jak sztylet rozdziera serce, tak jej głos rozdarł powietrze:

— Aleks, Tony!!!

Nigdy przedtem ani nigdy potem nie słyszałem takiego bólu w głosie, takiej rozpaczy.

Tuż za łodzią ciała jej synków kołysały delikatnie fale Morza Śródziemnego. Leżeli twarzą do dna, z rozprostowanymi rękami i nóżkami w sandałkach, które miały chronić ich stopy przed zranieniem.

— Tony! Aleks! — krzyknęła i skoczyła.

Przy brzegu stał już tłum ludzi, jakby wszyscy upatrzyli sobie te kilkanaście metrów kwadratowych na widowisko, którego nie mogłem być świadkiem.

Wtedy uciekłem.

Wbiegłem na strome schody, chwyciłem torbę i dokumenty. Wymknąłem się tylnymi drzwiami na mały parking.

Zdążyłem jeszcze na poranny prom do Splitu.

Mogłem udźwignąć życie przy jej boku, ale nie śmierć.

W Splicie wsiadłem do samolotu.

Nigdy potem nie widziałem Julii.

I nigdy nie odzyskałem spokoju.

Co można teraz tu robić?

Pływać, czytać, jeść, spać.

Robiłem to nieprzerwanie od dwóch tygodni. I patrzyłem na innych, szczęśliwych, rozluźnionych ludzi, którzy przyjechali tu odpocząć z dala od zgiełku. Patrzyłem na ludzi, którzy przyjechali nacieszyć się sobą. Być razem. Patrzyłem na to, czego nigdy nie będę miał. Milna była cichą wioską, żadnej muzyki na plaży, żadnych wrzasków, rejestracje samochodów od rosyjskich, polskich, czeskich, chorwackich, serbskich przez niemieckie, belgijskie aż do angielskich. I spokój.

Niepotrzebnie tu przyjechałem.

Siedziałem w cieniu oliwki, gorące powietrze drgało, młoda Francuzka manewrowała między leżakami z dużą torbą plażową, psem i wózkiem z dzieckiem. Pies miał najdłuższą smycz, jaką kiedykolwiek widziałem, plątał się między ludźmi, a Francuzka kręciła się za nim wokół parasoli i przepraszała wszystkich w trzech językach — angielskim, francuskim i włoskim, pies próbował przepchnąć się pod leżakiem grubego plażowicza, Francuzka wpadła na niego, zgubiła okulary, uklękła, znalazła, skróciła smycz, pies pociągnął, z torby wysypały się kolejno: butelka wody, ręcznik, zabawki dziecięce, zatrzymała się, ponownie kucnęła, spakowała to wszystko byle jak i kiedy wstawała, pies szarpnął ją w stronę maleńkiego pinczera, który dotychczas spoczywał pod chustką swojej właścicielki.

Francuzka upadła na brzuch, dziecko obok roześmiało się radośnie, a butelka z piciem potoczyła się po kamieniach w stronę leżącej na kolorowym pareo kobiety.

Francuzka już przestała budzić zniecierpliwienie, skryta wesołość zapanowała na tym kawałku plaży. Przyglądałem się ze współczuciem, jak nieudolnie próbuje jednocześnie opanować zwierzę, bagaż i dziecięcy wózek, którego koła z trudem mieliły kamienie.

Maleńki pinczerek tańczył wokół jej psa, Francuzka krzyknęła, pinczer uskoczył w bok, a jej pupil wpadł prosto na odpoczywającą kobietę. Uniosła głowę i przysłaniając dłonią oczy, spojrzała na to, co działo się wokół niej, jakby dopiero teraz usłyszała harmider.

To była Julia.

Staliśmy nad brzegiem wody jak dziesięć lat temu. Cała krew odpłynęła mi do serca, które głucho i wolno wybijało nieznany rytm, raz przyspieszało, a raz zwalniało.

Nie wierzyłem własnym oczom, ale była tu, stała na wyciągnięcie ręki i uśmiechała się uprzejmym, obcym uśmiechem:

— Charles, to naprawdę ty?

I odrzuciła do tyłu włosy, jak wtedy, jeszcze piękniejsza, bez śladu zgorzknienia i rozpaczy, której się spodziewałem. Byłem jak skała, nieruchomy, teraz, po przejściu tych kilkudziesięciu metrów, gardło ściskały mi żal i tęsknota, których nie mogłem wypowiedzieć, i nadzieja, bo skoro Julia tu była, tu, gdzie nigdy już nie powinna wrócić, to może...

Nogi ciążyły mi jak ołów i pierwszy raz w życiu miałem wrażenie, że pęknę jak kiepsko sklejona filiżanka, zbyt krucha, i rozsypię się w proch, wystarczy jedno maleńkie dotknięcie, a nie zostanie ze mnie nic.

— Nie słuchasz mnie, to niespodzianka, prawda?

To był jej głos.

Nie była zwidem ani marzeniem, nie była wspomnieniem, była realna jak woda, głos jej obniżył się przez te dziesięć lat, był bardziej gardłowy, piękny głos mojej kobiety.

— Mami... — Przed nami stanął wysoki, prawie tak wysoki jak Julia, spieczony słońcem na brązowo nastolatek.

— Aleks, to mój znajomy, pan Winter. — Julia spojrzała na chłopaka, wyciągnąłem mechanicznie rękę i czas się cofnął.

To był... Aleks.

Zrobiło mi się ciemno przed oczami, dłoń chłopaka była chłodna i wilgotna, na jego torsie lśniły kropelki wody, musiał przed chwilą wyjść z morza.

— Aleks? — powtórzyłem i nie mogłem wyjść z zadziwienia, że moje słowa jednak wydostały się na zewnątrz ściśniętych ust.

— Aleks, gdzie Tony? — Julia uśmiechała się do syna tak samo jak dziesięć lat temu.

— Tony już jest w łodzi, płyniemy z Dinko, chciałem cię uprzedzić. — Aleks spojrzał na matkę.

— Bądźcie ostrożni — powiedziała Julia, a Aleks skoczył w wodę i kilkoma silnymi, dziwnie silnymi jak na ten wiek ruchami ramion dopłynął do łodzi, chwycił burtę obiema rękami i jednym zgrabnym ruchem wybił się na pokład.

— Pływają jak ryby — Julia uśmiechnęła się do mnie. — Nurkują bez tlenu na głębokość szesnastu metrów. Schodzą na dno jak kraby. Napijemy się kawy?

Patrzyłem na morze i nie rozumiałem.

Jaki Aleks, jaki Tony?

Aleks i Tony zostali wtedy w wodzie…

Co się stało?

Co się stało z moim życiem?

Siadłem jak drewniany przy Julii.

— Dwa cappuccino, poproszę — powiedziała Julia, jakby tych dziesięciu lat nie było. — I wodę, oczywiście niegazowaną, jedną z cytryną.

Pamiętała to, co budziło dziesięć lat wcześniej jej wesołość.

— Kawę popija się wodą, czystą wodą, żeby nie psuć sobie smaku. — Pamiętałem jej chichotanie, nieprzynoszące ujmy, jej rozbawienie, kiedy ukradkiem wrzucałem do szklanki cytrynę, która została na brzegu talerza z małżami.

Nie wiedziałem, co powiedzieć, patrzyłem na oddalającą się łódź, brązową sylwetkę Dinko, właściciela apartamentu, w którym się zatrzymałem, i na dwóch prawie jednakowych, szczupłych, wysportowanych chłopców.

Dinko zapuścił silnik, oddalali się szybko, zniknęli po wypłynięciu z zatoczki za ostrymi skałami, została po nich smuga na płaskim jak tafla lodu, ciepłym Morzu Śródziemnym.

Maleńka fala rozchodziła się w obie strony, aż leciutko zagrzechotała przy brzegu.

Spojrzałem na Julię, lekka siwizna ozdobiła jej skronie, długie włosy miała zaplecione w taki sam węzeł, jakby czasu nie było, jakby jednak okazał się on wymysłem fizyków i romantyków.

— Julio...

— Nie musisz mi niczego tłumaczyć, Charles. — Położyła łagodnie swoją dłoń na mojej ręce, a mnie przeszedł dreszcz i zadrżałem.

Julia pogłaskała mnie uspokajająco i tak bardzo obojętnie, jak uspokaja się psa, który przestraszony nagle wystrzeloną racą kuli pod siebie ogon.

— Niczego... Ja ciebie rozumiałam może bardziej niż ty mnie, ale Charles — pochyliła się ku mnie — ja naprawdę ciebie kochałam... A miłość nie musi nic wybaczać... Ja ciebie po prostu rozumiałam...

Czas przeszły, którym się posłużyła, uderzył mnie jak obuchem.

Kelnerka postawiła przed nami dwie kawy i dwie wody. Postawiła również spodeczek z cytryną. Julia zdjęła rękę z mojej dłoni.

Kelnerka odeszła, Julia nabrała na maleńką łyżeczkę spienione mleko, zawsze zjadała najpierw piankę. Nic się nie zmieniło, chociaż zmieniło się wszystko.

Włożyła łyżeczkę do ust i oblizała, napotkała mój wzrok.

— Przyjeżdżałam tu co roku, w nadziei, że może zmienisz zdanie... Nie, nie obwiniam cię o to, po prostu moje zrozumienie było w niezgodzie z moją miłością... Czekałam... Tak jak się czeka na wschód słońca, od ciebie nic nie zależy, jeśli chodzi o wschód słońca, prawda? Czasem jest ukryty za chmurami, ale zawsze jest... Cieszę się, że cię widzę...

Nie rozumiałem, co do mnie mówiła, nie wiedziałem, o czym mówi. Co się stało? Co się stało wtedy, dziesięć lat temu, co się działo przez te dziesięć lat? Czemu jej nie szukałem, nie szukałem wybaczenia za tę haniebną ucieczkę z miejsca tragedii i mojej zbrodni, za jej krzyk: „Aleks, Tony!!!".

— A... a... chłopcy? — wydukałem wreszcie.

— Chłopcy są fantastyczni... Są najlepszą częścią mojego życia... Uwielbiają tu przyjeżdżać... Jakby się urodzili w morzu... Aleks schodzi już na czterdzieści metrów, mówią, że pod wodą nie ma kłamstwa, pod wodą jest tak, jak z tobą naprawdę jest. Tylko cisza i jeśli w tobie jest strach, to strach, a jeśli w tobie jest jasność, to nie ma nic lepszego… Zresztą oni umieli wstrzymać oddech przez minutę, jak mieli po cztery lata… Aleks nauczył Tony'ego, a pierwszy raz, kiedy to zaprezentowali… mój Boże, o mało nie przypłaciłam tego zawałem… Tego lata, pamiętasz? — jej głos miał ten sam koloryt co wtedy, przez moment, a potem zamilkła, przełknęła ślinę. — Nie, nie możesz pamiętać, ciebie już nie było… Sprawdzali, jak długo wytrzymają pod wodą… Tu, koło tych łodzi… To znaczy nie tych, ale wtedy tutaj też były zacumowane…

Ścisnąłem dłonie w pięści, żeby nie krzyczeć. Nie mogłem podnieść wzroku, wpatrywałem się w krzesło za nią, odsunięte od stolika. Ciepły wiatr poruszał ceratą.

— Myślałam, że nie żyją! Boże, myślałam, że umrę w czasie tych paru sekund. Ale — roześmiała się, a moje serce skurczyło się boleśnie i uświadomiłem sobie, że wiem już wszystko — to był tylko żart, głupi żart.

Ach, więc żart.

Żart, który kosztował mnie życie.

Żart, który pozbawił mnie powietrza.

Żart, którego ciężar dźwigałem przez ostatnie dziesięć lat.

Tylko żart…

— Aleks zresztą miał przygodę pod wodą — Julia mówiła pogodnie, patrzyła na mnie — ale później, dużo później. Zszedł z butlą, myślał, że za wolno podaje tlen i że się skończyła, wypluł ustnik, wyrzucił butlę i wypłynął, ale miał stracha, bo nie wiedział, czy mu wystarczy powietrza na wynurzenie...

Julia była taka sama jak kiedyś, tak piękna i tak dobra, jak ją zapamiętałem. Patrzyłem, jak mówi, i bałem się, że mój wzrok przyklejony teraz do jej ust pochłonie ją całkowicie.

— Schodzisz w głąb i masz ograniczone pole widzenia, nie wiesz, co za tobą, co z boku, patrzysz tylko przed siebie, ale nie widzisz tego, co nad tobą... — Próbowałem skupić się na tym, co mówiła, ale słowa nie układały się w treść, były osobne, były niczym, zatykały powietrze między nami.

Żart.

To była moja kobieta, kobieta, której mężem miałem zostać. Przy której miałem żyć i która przy mnie miała się starzeć.

— ...a ośmiornicę chwytasz pod brodę, pod kołnierz, żeby dziobem cię nie załatwiła. Oni mówią, że ośmiornice są jak koty... Z butlami ich nie biorą, Tony uważa, że i on, i ośmiornica muszą mieć takie same szanse...

Chłopcy, których ojcem miałem szansę zostać.

— ...podobno łaszą się tam, pod wodą... Są ciekawe, pływają obok ciebie, przyzwyczajają się do twojego widoku...

Chłopcy, którzy mówiliby o ośmiornicach również do mnie. Którzy rośliby przy mnie.

— Szkoda, że nie słyszałeś, jak oni pięknie o tym mówią. Tony jest nadal wpatrzony w Aleksa, ale też imponuje Aleksowi. Tony pierwszy zszedł z butlą, nie bał się...

Szkoda, że nie słyszałem. To mnie powinni opowiadać o tym wszystkim.

— Czasem myślę, że Pan Bóg się pomylił i zesłał mi dzieci jakiegoś rybaka. Kiedy temperatura wody w zeszłym roku sięgnęła trzydziestu dwóch stopni, Aleks szalał, w nocy nie mogłam go odciągnąć od Internetu, sprawdzał temperaturę wody z satelity, przy trzydziestu czterech stopniach jakieś gatunki ryb przestałyby istnieć...

Takiego bym miał syna.

Którego nie ma.

Julia była piękniejsza niż kiedykolwiek wcześniej, dojrzałość przydała jej urody, jak to się dzieje z prawdziwymi pięknościami. Drobne zmarszczki koło oczu i ust były wyrazem życia, a nie starzenia się. Byłby świadkiem tych zmarszczek, tego życia, tych kłopotów, tych trosk i tych radości.

— ...a z butlami byli na czterdziestu.

Rozpierałaby go duma, tak jak ją.

— Ty nauczyłaś ich pływać?

Łagodność jej spojrzenia była tak trudna, tak strasznie trudna…

— Nie… To była niespodzianka… To było tego roku, kiedy my… kiedy ty… kiedy ja — zawahała się — byli mali jeszcze, a już wytrzymywali pod wodą prawie minutę. A wtedy… położyli się tutaj, przy łodzi, kiedy ciebie już nie było… — nie usłyszał wyrzutu w głosie, cień smutku, ale wyrzutu nie. — Ileż wtedy było radości… jacy byli dumni z siebie, że tak przestraszyli matkę… A ja przytulałam ich i przytulałam jak idiotka, płakałam i śmiałam się na przemian, choć może powinnam im wtedy spuścić lanie…

Ach, to był ten rok.

Ostatni rok jego życia.

— Dobrze, że tego nie widziałeś, mówię ci, cała plaża się zleciała — Julia uśmiechnęła się i znowu położyła swoją dłoń na mojej dłoni, a mnie znowu przeszedł dreszcz od stóp do głów.

To był strach, wtedy, to nie była miłość, to był tylko strach.

Julia miała rację — tam gdzie jest strach, nie ma miejsca na miłość.

Ale te dziesięć lat, czy to nie dość na pokutę? Wystarczy, żeby wybaczyć? Czy jeśli powie prawdę, mają jeszcze szansę, jakąkolwiek, na cokolwiek? Na to, żeby jeszcze raz spróbować się poznać? Powiedzieć prawdę? Czy jeśli zobaczy jego prawdziwą twarz, odwróci się ze wstrętem? Dziesięć lat... Tułania się po świecie, pisania, wykładów i nieżycia. Żałowania rano i wieczorem haniebnej ucieczki. Czy wina może zostać odpuszczona? Jeśli żal był tak prawdziwy? Teraz już nie stchórzy, nigdy więcej. Nigdy.

Julia milczała, ja również. Jeszcze chwila, jeszcze moment, nie tak od razu, daj mi jeszcze zebrać to wszystko do kupy, już się teraz nie przestraszę, ale muszę...

— Poznajcie się, proszę, to Charles. — Ręka Julii ścisnęła jego dłoń. Podniosłem wzrok. Przy naszym stoliku stał wysoki, lekko siwiejący mężczyzna. — A to właśnie Jakub, mój mąż — Julia nadstawiła policzek pod pełne usta mężczyzny.

Uśmiechnął się do mnie i mocno uścisnął moją rękę, prawie bezwładną. Odsunął krzesło i usiadł przy Julii, jego Julii, mojej Julii, nie mojej Julii.

— Charles to znajomy sprzed lat, właśnie opowiadam mu historię mojego życia — Julia uśmiechnęła się promiennie do Jakuba.

— A jesteś przy...? — Jakub zawiesił głos.

— Przy pierwszym dowcipie chłopców, po którym prawie serce mi pękło.

— To masz jeszcze sporo do opowiadania. — Mężczyzna wiedział o niej wszystko, ja nic. — Zjemy razem obiad? Przyjaciele Julii są moimi przyjaciółmi. Juliet, włóż coś, to słońce cię zabije, przyniosę pareo, pójdziemy tam — wskazał ręką odległą knajpkę. — Tam są najlepsze krewetki z czosnkiem, chyba że masz ochotę?... — zawiesił głos, a ja zobaczyłem, że ją kocha, że to jej słowa się liczą.

— Dobrze — powiedziała Julia. — Dopijemy tylko kawę.

— Oddam leżaki wobec tego. — Jakub podniósł się i ruszył w stronę plaży.

Widziałem, jak układa jej rzeczy, przewiesza przez ramię jej kolorową chustkę, składa zielony parasol i oddala się.

— Poznałam Jakuba trzy lata temu, tutaj, ale nie byłam gotowa... Pobraliśmy się w zeszłym roku, jest dla mnie bardzo dobry, chłopcy go polubili. — Julia patrzyła na męża, a moje serce krwawiło. — A ty, Charles, co z tobą? Opowiadaj. — W jej oczach była łagodność, schyłek dnia, pogodzenie ze wszystkim, co niesie los.

Było za późno. Na wszystko było za późno.

— Nic — wzruszyłem ramionami. — Nic. Żyję, pracuję... — Dziesięć lat strachu wypełniło mnie po same brzegi, po koniuszki palców, zaczaiło się pod skórą, chciało wypłynąć, wydostać się, a ja musiałem nad tym zapanować. — Miło było cię spotkać. — Podniosłem się. — Przeproś Jakuba, nie zjem z wami, muszę dzisiaj jechać, mam sporo do przygotowania przed wykładami. — Te zdania przepełniły mnie, czułem, jak moje zęby zaciskają się z obawy przed skowytem, i starałem się nie widzieć śladu rozczarowania na twarzy Julii.

Strach...

— Szkoda, ale miło było cię widzieć, Charles. — Julia podniosła się również, jej usta musnęły mój policzek, a potem uśmiechnęła się gdzieś poza mnie, do niego, do swojego męża.

— Do zobaczenia, Julio — zaskowyczałem kłamstwo.

— Do widzenia, Charles. — Julia odwróciła się i wtedy widziałem ją po raz ostatni.

Spakowałem się natychmiast.

Wrzuciłem torbę do samochodu, a pieniądze za pobyt zostawiłem u właściciela knajpy.

Ruszyłem przed siebie i ledwie wyjechałem na drogę, już wiedziałem, że dokądkolwiek ucieknę, zabiorę ze sobą samego siebie i to będzie nie do zniesienia.

Wąska droga między wysuszonymi wzgórzami prowadziła mnie na drugi koniec wyspy. Czterdzieści minut później stałem przy Starim Gradzie i patrzyłem na rozkład promów. Nie miałem dokąd uciec. Pociłem się mimo włączonej klimatyzacji.

A potem wrzuciłem wsteczny i zawróciłem z przystani. Pojechałem przed siebie, ale wyspa nie była duża. Półtorej godziny później byłem znowu nad morzem. Zjechałem w boczną drogę, zaparkowałem auto w krzakach i zszedłem na brzeg. Słońce miało się ku zachodowi, cień wzgórza przesuwał się szybko ku wodzie. Rozebrałem się i wszedłem do morza.

Nie mogłem się całe życie bać.

Pod wodą jest prawdziwie, jeśli strach, to strach.

Musi się przekonać, co z nim jest, jak bez tej wiedzy będzie mógł żyć?

A jeśli miłość, to miłość.

Wziął potężny haust powietrza i zanurkował.

Schodził w dół coraz głębiej i głębiej. Ramionami zagarniał wodę, która ciemniała z każdym ruchem. Gdzieś nad nim, w górze, ostatnie błyski słońca, których już nie mógł zobaczyć, błądziły na spokojnych falach. Tu w dole był spokój, nie bał się, wchodził w wodę lekko, jak ostrze noża w masło. Nie bał się. Zanurkował jeszcze głębiej. W to ciemniejące niebo pod nim.

Tym razem nie oszukiwał siebie.

To była miłość.

Był naprawdę pełen miłości.

Nawet wtedy, kiedy zdał sobie sprawę, że nie starczy mu powietrza, żeby wypłynąć z powrotem na powierzchnię.

Powrót taty

Mam dwanaście lat, wybity przedni ząb, za chude ręce i nogi, które podobno plączą się przy każdym ruchu, i zły charakter.

— On ma po prostu zły charakter — powiedziała nauczycielka, stawiając mi kolejną dwóję z matematyki.

— To kwestia charakteru — wzdycha mój ojciec, który przyjeżdża raz na tydzień do domu, w piątek w nocy, i wyjeżdża w niedzielę po obiedzie.

— Ty w ogóle nie masz charakteru! — wykrzykuje często matka. — Jeśli myślisz, że nie powiem ojcu...

Zamykam się wtedy w łazience, z szafki pod wanną wyjmuję schowaną w tajemnicy przed innymi domownikami książkę, np. *Bellew Zawierucha* Londona, i wyobrażam sobie, że razem z nim wędruję przez mroźną Północ i w końcu znajduję tyle złota, ile potrzeba, żeby już nie chodzić do szkoły.

I oczywiście nie mieszkać z rodzicami.

Może gdyby bardzo chcieli, to kiedy by się okazało, że jestem bogaty i znany na całej Północy, odpaliłbym im cokolwiek, żeby mieli na mały domek, gdzieś w okolicach Dawson, a bratu może bym kupił nawet zaprzęg i osiem psów, żeby miał na początek.

Ale się waham. Choć wtedy na pewno zobaczyliby, jakim jestem wspaniałym synem i bratem. Z prawdziwym charakterem. Z czarnym charakterem.

— Ile możesz siedzieć w tej łazience? Co ty tam robisz? — zawsze ktoś puka do drzwi, a ja odkrzykuję:

— Już wychodzę!

I pociągam za spłuczkę, woda spływa bulgoczącym strumieniem z szumem, z tym szumem napełnia się zbiornik, a ja odkładam płytkę ceramiczną, żółtawą i obtłuczoną z prawej strony, która zasłania schowek pod wanną, wyjmuję proszek do prania, dwie butelki nafty, której nikt nie używa, i głęboko, pod karton, w którym są stare gąbki (bo mogą się jeszcze przydać) i ryżowa końcówka do szczotki, wciskam ukochaną książkę.

Jeśli się zagapię i w tej łazience siedzę za długo, matka stoi przed drzwiami zaniepokojona.

— Możeś ty chory? — Kładzie mi rękę na czole. — Masz problemy z żołądkiem? Ugotuję ci ryżu — mówi czasem i wtedy dzielnie jem ryż gotowany na mleku, czego nie znoszę z całego serca.

W któryś piątek ojciec nie przyjechał. Dzwonił, że nie może w tym tygodniu, rozmawiał krótko i się spieszył. Matka po rozmowie z nim zamknęła się w swoim pokoju, a ja i Jurek, mój brat, właściwie byliśmy zadowoleni. To „zobaczysz, ojciec ci da, jak przyjedzie" odwlekało się bezpiecznie w czasie. Może do przyszłego piątku matka zapomni?

Ale już następnego dnia wezwano ją do szkoły.

— On po prostu się nie uczy, jest leniwy, nierozgarnięty, nie umie się skupić — mówi nauczycielka matematyki, a ja stoję obok, ale jakby mnie nie było.

— No cóż — odpowiada matka, jakby mnie nie było — już sama nie wiem, co mam robić, jak go zmusić. Wie pani, mąż pracuje bardzo daleko, ja jestem z nimi sama, z tym że starszy nigdy nie sprawiał kłopotów, a on...

I nadal mnie nie ma, coraz bardziej mnie nie ma, jeszcze bardziej niż zwykle. Zaczynam być, jak wychodzimy razem ze szkoły. Matka szarpie mnie za ramię i ma zmęczoną twarz pielęgniarki.

— Ja już nie wiem, jak do ciebie przemawiać, ja nie wiem, co mam z tobą zrobić, ja nie wiem...

Wiem, że ona nie wie. Nie jestem w stanie jej wytłumaczyć, że to nie moja wina, że na lekcji matematyki liczby nie składają się z cyfr, cyfry działają osobno, mnożone i dzielone nie chcą się składać we właściwe wyniki, to jest za trudne.

Za trudne od początku.

W drugiej klasie szkoły podstawowej miałem przebłyski, że to takie proste, ale nauczycielka uśmiechała się wtedy jadowicie i syczała:

— Nasz geniusz pewnie wie najlepiej...

A klasa wybuchała śmiechem i ten błysk rozpadał się w niewiedzę, więc stałem przy tablicy i cyferki, które miałem złożyć do kupy, rozbiegały się na wszystkie strony i mnożenie trzy razy dwa było jeszcze bardziej bez sensu.

A potem było tylko gorzej.

— Iks plus igrek równa się trzy.

— Dwa iks plus trzy igrek równa się osiem.

— Ile wynosi igrek? Piotrek?

A ja chowałem książkę, którą miałem rozłożoną na kolanach, wstawałem, oblewałem się rumieńcem, rzucałem okiem na tablicę, nikt mi nie podpowiadał, i mówiłem:

— Igrek odjąć iks równa się jeden.

— Czy ktoś coś z tego rozumie? — rzucała pani nauczycielka. — Czy ja o to pytałam? Czy ty nigdy się nie skupisz? Beatka, proszę.

A Beatka podnosiła się i mówiła:

— Igrek równa się dwa.

Beatka była moją miłością od początku podstawówki. Nigdy się oczywiście o tym nie dowiedziała. Nie byłem taki głupi, żeby dać cokolwiek po sobie poznać. Wracałem do domu sam, jak zwykle, parę kroków za Jaśkiem, i nie mogłem zrozumieć, że nauczycielka nie rozumiała, że ja powiedziałem to samo, co Beatka, tylko inaczej.

Więc może nie lubiłem matematyki, bo nie lubiłem kolejnych pań od matematyki.

Jakim cudem przechodziłem z klasy do klasy?

Ano jakimś.

Ojciec i tak za ciężko pracował, żeby go to cokolwiek obchodziło.

Jasiek, mój brat, ooo, to co innego. Jasiek wiedział nawet, jak oblicza się powierzchnię graniastosłupa, i nigdy nie miał kłopotów z żadnym przedmiotem. Jasiek był ulubieńcem nauczycieli.

— Czy ty nie możesz być taki jak Jasiek? — pytała mnie wychowawczyni, która trzy lata wcześniej uczyła mojego brata.

Sęk w tym, że nie mogę. Bardzo bym chciał, ale nie mogę.

Jest to wystarczający powód, żeby znienawidzić Jaśka doszczętnie, ale ja kocham brata nade wszystko.

Jasiek jest dla mnie niedościgłym wzorem.

Co prawda on nie ma pojęcia, że gdzieś na świecie żyją warany i mają trzy metry długości, że długim, żółtym, rozwidlonym językiem badają otoczenie, a potem wsuwają go do organu Jacobsona w podniebieniu, żeby określić zapach, i że składają jaja, co mnie wydało się bardzo zabawne, jak o tym przeczytałem kilka lat temu. Nie wiem, co to jest organ Jacobsona, ale wyobrażam sobie, że to rodzaj woreczka w gębie potwora. Mój brat nie ma pojęcia, że ja wiem, co to są bakterie posocznicy, które waran przechowuje sobie na ostrych zębach, ale nie mam o to do niego pretensji. Nikt nie wie, że ja wiem. Czy to moja wina, że nikt nigdy nie zapytał mnie o warany?

Jasiek bardzo często podkreśla:

— Jesteśmy kumple, mały, co nie?

I od tego zdania, od samego początku, od „jesteśmy" rozlewa się we mnie ciepło, ogarnia mnie, ładuje w bezpieczny kokon świata, w którym ja i Jasiek stanowimy jedno, nikt nie jest ważniejszy, nawet mama i nawet tata, którego i tak nie ma.

A Jasiek tak mówił często.

— Jesteśmy kumple, mały, co nie? No, dygaj ze śmieciami.

I wynosiłem śmieci, choć tego dnia na Jaśka przypadało wynoszenie.

— Mały, wracaj sam do domu i nikomu ani słowa. Jesteśmy kumple, co nie?

I wracałem sam do domu i nikomu ani słowa.

— Fajny z ciebie kumpel, mały. My, mężczyźni, musimy sobie ufać. — Jasiek klepał mnie po ramieniu, a ja rosłem do samego nieba i ojciec wtedy wcale nie był nam potrzebny.

Tak było do owego dnia, kiedy dotarło do mnie, że nie mam nikogo na świecie. Poczułem wtedy, że ziemia usuwa mi się spod nóg.

Było tak: do Jaśka przyszli koledzy, ja pobiegłem do kuchni, bo mnie wyróżnił, bo poprosił:

— Skocz nam po wodę, mały!

Wróciłem do pokoju z tą wodą i szklankami za szybko. I usłyszałem, jak Jasiek kończy:

— ...bo to gamoń. Głupi małolat.

Jeszcze nie rozumiałem, że to o mnie. Ci, którzy przychodzili do Jaśka, często obgadywali innych kolegów. Wniosłem butelkę mineralnej i szklanki, a wtedy Jasiek roześmiał się i powiedział:

— O wilku mowa!

I koledzy Jaśka również parsknęli śmiechem.

A ja go kryłem przed mamą! Wiedziałem o Jaśkowym paleniu.

— Mały, nic nie powiesz, sztama przecież, co nie? — Jasiek nawet nie schował przede mną tego papierosa.

Nie dlatego nie powiedziałem. Nie powiedziałem, bo nie chciałem. A przecież wystarczyło, żeby się Jasiek ze mną przyjaźnił, i świat byłby inny.

No, niby wracał czasem w piątek ojciec — ku mojemu zdumieniu — ale nie wracał tak, jak chciałem. Wracał, ale był zmęczony, więc matka brała go pod opiekuńcze skrzydła na swój sposób.

— Co w szkole, synku. — pytał ojciec zdawkowo, całując mnie w policzek, a matka wypychała mnie z pokoju.

— Idź, idź, nie masz się czym chwalić, to przynajmniej ojca nie denerwuj.

A tato już nie pytał, czym to nie mam się chwalić, tylko zapadał się w fotel przed telewizorem z talerzem na kolanach. I wszystko w domu było jak na jakimś filmie, sztuczne, nieprawdziwe.

Matka cicho zamykała drzwi i mówiła do mnie:

— Piotrusiu, kochanie, wyrzuć śmieci. Znowu ci się zapomniało. — A nie jak zwykle: — Piotrek, ile razy ci mówiłam? Co to znowu za bałagan? Powiem ojcu, to ci pokaże!

I mówiła też:

— Daj ojcu odpocząć, nie zawracaj mu głowy.

Więc nie zawracałem mu głowy, nie zawracałem głowy nikomu, a ojciec przyjeżdżał coraz rzadziej.

Coś złego działo się w domu, ale nie wiedziałem co. Może gdybym zachorował, ojciec przyjechałby szybko, jak najszybciej? Ja bym leżał w szpitalu, a oni wszyscy pochylaliby się nade mną, lekarz kiwałby głową i mówił do nich:

— No nie wiem, nie wiem, co z nim będzie.

Ojciec usiadłby koło mnie na łóżku — może nawet kroplówka by była do żyły — i powiedział:

— Piotruś, synku, nie choruj mi tak.

A Jasiek by dodał:

— Wróć do domu, kumplu, no, co się wydurniasz?

A matka w swoim pielęgniarskim mundurku powiedziałaby łagodnie, tak jak mówiła do dzieci w szpitalu:

— Rozmawiałam z twoją panią od matematyki i obiecała, że cię przepyta, jak tylko wrócisz do szkoły… Nie martw się, a teraz śpij. — I pogłaskałaby mnie po głowie.

Ale, niestety, nie zachorowałem ciężko.

Ponieważ ani ojciec, ani mama, ani Jasiek nie mogli być moim światem, całym światem stały się książki. Nie wiedziałem, dlaczego mam się uczyć głupich ciągów liczb i wielkości zaludnienia w różnych krajach. Wiedziałem, że codziennie na świecie umiera sześć tysięcy dzieci z braku wody, więc liczby nie mogą się liczyć. Wiedziałem również, że na Jawie żyje trzy tysiące waranów, ale jakie to miało znaczenie? Liczby wydawały mi się byle jakie, nieważne i niestałe.

Za to czytałem wszystko, co mi wpadło w ręce.

W szkole czytałem przewodniki po świecie, które pożyczała mi bibliotekarka, choć na ogół takich poważnych książek nie proponowała dzieciom z niższych klas. W domu, kiedy nie było rodziców, brałem z półki książki po kolei: słownik ortograficzny, poradnik o roślinach doniczkowych, życie Pana Jezusa dla dzieci, Tołstoja, Puszkina, Sienkiewicza, Christie… Nic mnie nie nudziło, choć niektórych słów nie rozumiałem. Spisywałem je sobie na kartce, a pani bibliotekarka na dużej przerwie tłumaczyła mi, co jakie słowo znaczy.

Tak, jedyną osobą w szkole, która mnie rozumiała, była bibliotekarka.

Jeszcze zanim zacząłem znajdować przyjemność w szukaniu słów w słownikach, pamiętam, jak bardzo mnie dręczyło to „pochodzenie po kądzieli" i „po mieczu".

Czy to znaczyło, że jacyś przodkowie naprawdę chodzili po mieczach i po co? A co to była kądziel i dlaczego również ją rozdeptywali?

A „wciórności"?

Z wciórnościami było tak (było to, jeszcze zanim usłyszałem, że o wilku mowa, czekałem na Jaśka, żeby z nim wrócić do domu, żeby go kryć przed mamą).

Siedziałem w czytelni i podeszła do mnie bibliotekarka. Zdziwiła się, że czytam Sienkiewicza.

— Rozumiesz wszystko?

Pokiwałem głową, nie odpowiedziałem.

— A wciórności? — uśmiechnęła się bibliotekarka, zerknąwszy na otwartą stronę.

Pokręciłem głową, że nie.

— Ja też nie — ucieszyła się. — Nawet tłumacze Sienkiewicza na inne języki nie wiedzą, jak to przetłumaczyć.

Wtedy się ośmieliłem i zapytałem o kądziel i miecz.

To ona odkładała mi książki, które przychodziły raz w roku, kupowane przez szkołę, żebym mógł przeczytać pierwszy.

— Lubisz wiersze? — zapytała kiedyś.

Wierszyki? Za kogo ona mnie uważa? Wierszyki są dla dzieci i dla niedorozwiniętych umysłowo bab. Mężczyźni Północy, byłem tego pewien, nie czytali wierszy.

A ona siadła przy mnie, sięgnęła po jakąś książkę i zaczęła czytać:

Tato nie wraca ranki i wieczory
We łzach go czekam i trwodze...

To było o mnie. To ja czekałem na ojca „we łzach i trwodze", szczególnie po tym nieszczęsnym „o wilku mowa", kiedy się okazało, że dla brata nie istnieję. Gdyby ojciec... Ale ojca też nie było, choć miałem nadzieję, że pewnego dnia tato przyjedzie nie po to, żeby nam „dać" i „żebyśmy zobaczyli", tylko po to, żeby z nami być. Ze mną i Jaśkiem. Ale tato nie wracał... ranki i wieczory. Ładnie to ten pan napisał, pomyślałem. Uciekłem wtedy z czytelni i sam wróciłem do domu.

Poezja okazała się zaczarowanym domem, na którego progu czaiły się łzy.

Tato nie wraca ranki i wieczory...

Koniec podstawówki to jest coś! Potem nie szarpie się dziecka przed szkołą i nie grozi się ojcem, którego i tak nie ma. I nie stawia się przed oczy przykładu w postaci brata!

— Kto już przeczytał *Pana Tadeusza*? — Polonistka omiotła klasę spojrzeniem, a na mnie nawet się nie zatrzymała. Nikt nie podniósł ręki, więc swoją trzymałem na kolanach. Nauczyłem się patrzeć, co robią inni, żeby nie podpaść.

— Macie czas do piątku — zagroziła pani od polskiego. — W piątek będę pytać! Czuję, że przelecę się po klasie i wszystkim wam postawię ptaszki!

Wszyscy w klasie zachichotali.

Dawno przeczytałem *Pana Tadeusza*, jeszcze na początku roku. *Pan Tadeusz* był jak strumień na nierównych kamieniach, miał rytm kolejki wąskotorowej, pachniało w *Panu Tadeuszu* i złociło się wakacjami, drgało niepokojem... Słyszałem szczęk broni i skrzypienie drewnianych podłóg we dworze, szum wiatru w kniei, *Pan Tadeusz* był fantastyczny. Ale nie byłem taki głupi, żeby się do tego przyznawać.

Chłopak, który lubi poezję, musi być zboczony.

Tak kiedyś powiedział Jasiek, kiedy złapał mnie z *Ojcem zadżumionych*. Jasiek nie wiedział, że od poezji robi się dreszcz na plecach i ciarki na rękach i włoski się podnoszą.

Więc nie byłem głupi. Nigdy się nie przyznałem, że nauczyłem się na pamięć tego *Ojca zadżumionych* i *Powrotu taty*, i *Lilii*, i wielu innych wierszy — to było lepsze niż jakiś głupi film: moja wyobraźnia galopowała, słyszałem, czułem, wąchałem i doprawdy było wszystko jedno, o co chodziło poecie. Ważne było to, o co chodziło mnie.

Tego dnia nauczycielka matematyki złapała mnie na korytarzu.

— Poproś matkę, Piotrek, żeby do mnie przyszła, bo ja cię do następnej klasy nie przepuszczę!

Nauczycielka miała podkrążone oczy i taki dziwny głos, jakby ją gardło bolało albo co.

— Proszę pani, ja... — wydukałem.

— Nie chcę tego słuchać. Zmiataj!

— Ja, proszę pani, się poprawię, ja się uczyłem.

Nie kłamałem. Uczyłem się wytrwale przez ostatnie trzy tygodnie, ale sprawdzian wypadł pechowo.

— No, dam ci ostatnią szansę. Rozwiąż wszystkie zadania ze wszystkich grup, te, które były na sprawdzianie, to może cię przepytam przed radą. Ale matka niech przyjdzie.

Pobiegłem do szpitala, gdzie mama miała dyżur. Powiem jej od razu. Nie będzie przecież na mnie krzyczeć przy chorych dzieciach ani przy lekarzach.

Stała nad łóżkiem jakiejś dziewczynki, która płaczliwym głosem czegoś się od niej domagała.

— O, dobrze, że jesteś! Zostań tu z nią na chwilę, wołają mnie na czwórkę. — I mama wybiegła z sali, w ogóle nieciekawa, dlaczego tu jestem.

Mała spojrzała na mnie spod zmierzwionej grzywki.

— Ty nie jesteś pielęgniarka — wyseplenіła, bo brakowało jej dwóch przednich zębów.

— To co z tego?

— Chcę mamusi. Nie ma mamuuusi!

— Mojej też nie ma — podniosłem głos — i nie wrzeszczę!

Zamilkła zdziwiona.

— Mojej mamuuusi nie ma i tatusia nniieee maaa! — spróbowała po chwili zaczepnie.

— Ale oni wrócą! — Nachyliłem się nad dziewczynką. — Poszli do domu, ale wrócą.

— Ja chcę, żeby już wrócili!

— Ja też chcę, żeby mój tata wrócił, bo też go nie ma! Dla mnie go nie ma.

Dziewczynkę zatkało.

— Nie ma zupełnie? — Mała przestała się mazać.

— Ale ja też nie mam braciszkaaa ani siostrzyczki — nie rezygnowała, prawie obrażona.

— Ja też nie mam — powiedziałem. — Jestem sam.

Spojrzała na mnie z zainteresowaniem.

One to mają we krwi, że muszą cię pocieszyć, nawet jak mają pięć lat.

— Chcesz mojego misia?

— Nie, przytul go, a ja ci coś opowiem... Jak ci na imię?

— Agatka. Dlaczego jesteś sam?

— Bo tak wypadło... Jak będziesz grzeczna, to ci opowiem, jak jeden tatuś nie wracał i nie wracał, bo zbójcy na niego czyhali!

— Co to jest czyhali? — zainteresowała się przez łzy Agatka.

— Posłuchaj — powiedziałem i wziąłem małą za rękę i samo mi się powiedziało: — Tato nie wraca ranki i wieczory, we łzach go czekam i w trwodze...

— Jesteś ubrany w trwogę? — Agatka wyjęła z buzi dwa palce, które zdążyła tam włożyć przed chwilką, tamując nimi wyraźnie resztki łkania.

— Można tak powiedzieć. Ale wiesz co? Najpierw ci powiem cały wiersz, a potem ty mnie zapytasz o wszystko, a ja ci wytłumaczę, dobrze?

Palce Agatki powędrowały z powrotem do buzi, kiwnęła głową.

A ja zacząłem deklamować. Mówiłem tak, jakby mnie nikt nie słuchał, opowiadałem sobie o swoim ojcu, opowiadałem o czekaniu i bólu, opowiadałem tak, jak żaden aktor nigdy na żadnej scenie, robiłem pauzy, głos mi chrypiał, podnosił się i opadał, wszystko opowiedziałem Agatce, o czekaniu i o radości, jakiej nie doznawałem.

Skończyłem, spuściłem głowę. Agatka swoją drobną mokrą rączką dotknęła mojego policzka.

— Tata przecież wrócił — powiedziała uspokajająco.

(Tylko kobiety wiedzą, co się dzieje poza słowami, nawet jeśli mają tylko pięć lat).

— Tak, wrócił.

— Mój wróci i twój też wróci — powiedziała. — Nie martw się.

— I nie przejdę do następnej klasy — powiedziałem do siebie.

Agatka patrzyła na mnie z uwagą.

— Możesz zawsze wrócić do przedszkola — zaproponowała.

— Nie mogę. — Zapomniałem, że rozmawiam z dzieckiem, był obok mnie ktoś, z kim mogłem być całkowicie szczery i to było uczucie niezwykłe.

— Możesz, na pewno możesz. Jestem w zerówce, możesz, tam są duzi. Opowiesz mi jeszcze? Taki sam wierszyk. Straszny.

— A nie będziesz się bała?

— Nie, jak nie pójdziesz.

Przyszedł mi do głowy *Ojciec zadżumionych*, ale to chyba nie był najlepszy pomysł.

— No, mów — zakaprysiła Agatka.

— Zbrodnia to niesłychana, pani zabija pana — zacząłem cichutko — zabiwszy grzebie w gaju, na łączce przy ruczaju, grób liliją zasiewa, zasiewając tak śpiewa...

Nie byłem pewien, czy to wiersz dla małej dziewczynki, ale był na pewno bardziej odpowiedni niż *Ojciec zadżumionych*, który zaczął się od mordu autora na wstępie, mordu na wszystkich członkach rodziny, a nic innego nie przyszło mi do głowy.

— Do chatki pustelnika stuk puk, stuk puk, stuk puk...

Ogromne niebieskie oczy Agatki wpatrzone były we mnie jak w telewizor.

— Dalej, dalej — zaszeptała, kiedy zrobiłem przerwę.

Dokończyłem jeszcze ciszej, śpiewnie:

— Rośnij kwiecie wysoko, jak pan leży głęboko, jak pan leży głęboko, tak ty rośnij wysoko...

Agatka zasnęła. Jej złoty miś tulił się do rozgrzanego policzka.

Pochyliłem się, wyjąłem palce Agatki z jej buzi i odwróciłem się. W nogach łóżka stała matematyczka. Oczy miała zaczerwienione od łez.

Kiedy przyszedłem do szkoły przed radą, na jedenastą, nie miałem złudzeń. Nauczycielka od matematyki siadła przy stole, wzięła ode mnie kartki — czarna tablica za jej plecami — szybko przebiegła wzrokiem rozwiązania zadań, pokiwała głową i powiedziała:

— No, no...

Zamilkła, a ja czekałem.

Przysiągłbym, że w jej głosie było uznanie.

Milczeliśmy chwilę. A potem ona wstała, podeszła do tablicy i nakreśliła takie zadania, że zrozumiałem, iż żadnej taryfy ulgowej nie będzie.

— Zobaczymy, jak sobie z tym poradzisz — dodała.

Patrzyłem na niewiadome i czułem, jak krew odpływa ze mnie zupełnie, jakbym był pod kroplówką, tylko nie było nikogo, kto by się pochylił i powiedział „nie martw się".

A potem nauczycielka wstała i położyła mi rękę na ramieniu:

— Wiesz, że poezja i muzyka mają więcej wspólnego z matematyką niż liczby? Popatrz na to jak na wiersz...

I sam nie wiem, jak do tego doszło, że stałem przed tablicą i patrzyłem za jej głowę, i widziałem odmieniony księżyc, namioty na piasku, maleńkie dziecko, które karmiła mu żona, słyszałem rytmiczne stukanie do drzwi i wszystko stało się jasne...

Kiedy ojciec przyjechał w sobotę po południu, mama od razu, od drzwi, wskazała palcem na mnie i powiedziała z dumą:

— Zaliczył, wiesz? — i uśmiechnęła się tak pięknie jak do tych dzieci w szpitalu, tylko że ja byłem zdrowy.

A ojciec poklepał mnie po ramieniu i powiedział:

— Wiedziałem, że mogę na ciebie liczyć... Jasiek pewno ci pomógł, prawda?

I już chciałem kiwnąć głową, że tak, oczywiście, bo przecież jesteśmy z Jaśkiem kumple, choć on nie wie, że ja wiem o tym wilku, to przecież go nie zdradzę, ale Jasiek od razu powiedział:

— Nie... jakoś nie wyszło... chociaż obiecałem... to on sam.

I uśmiechnął się do mnie, podnosząc kciuk do góry, bo znowu był moim kumplem.

Koniec lata

Uporczywe brzęczenie much zwiastowało zbliżającą się burzę. Od rana się na to zanosiło. Nie było czym oddychać. Marta ściągała ze sznurka ręczniki. Przyjechała tu kilka dni temu — opiekować się podmiejskim domem znajomych. Karmić psa, kota i kosić trawę. Kartka przypięta w kuchni na lodówce przypominała jej, na co się zdecydowała: karmić, kosić, podlewać, zerwać, schować, zrobić, bawić się świetnie.

Oczywiście, że zamierzała się dobrze bawić. Żadnych spotkań, żadnych interesantów, żadnego pilnego załatwiania spraw, żadnych telefonów, komputerów, faksów, służbowych lunchów. Cisza i spokój. A przede wszystkim samotność, która po ostatnich trzech latach ciągłego kieratu była wybawieniem. Miała dziewięć tygodni zaległego urlopu. Firma, do której przechodziła, awansując na wyższe stanowisko, ruszała pod koniec września.

Z przyjemnością odkryła dość pokaźną bibliotekę na dole, obok stołowego. Nie będzie się nudzić. Dwa miesiące przerwy — nabierze sił przed rzuceniem się w wir obowiązków na nowej posadzie. Wiceprezes firmy w jej wieku — to początek prawdziwej kariery. Po ostatnich trzech latach ciężkiej pracy, kursów językowych i nieustannego podnoszenia kwalifikacji nareszcie awans. Wypracowany, oczekiwany, zasłużony. I pierwszy od trzech lat urlop. Wypocznie na pewno, choć nie tak wyobrażała sobie pobyt na wsi.

Te komary! I wszystkie inne latające zwierzaki! Wyprowadzały ją z równowagi. Owszem, motyle były piękne, ale osy? I pszczoły, które czyhały, żeby ją dopaść? Rano przewróciła się razem z leżakiem — tak wielki bąk na nią polował! Wbiegła do domu jak oparzona, a zza ogrodzenia przyglądał jej się nieznany sąsiad i — tak, nie myliła się — był naprawdę rozbawiony!

Nie życzyła sobie być przedmiotem czyjegokolwiek rozbawienia, a już na pewno nie obcego mężczyzny zza płotu.

Na dodatek pies Kuba w ogóle jej nie słuchał. Był duży, czarny i trochę się go bała. A kotka zniknęła wczoraj wieczorem i nie było jej przez całą noc.

Z zagraconej szopy z trudem wyjęła kosiarkę, żeby skosić trawnik przed domem — to miała być przyjemność — ale po paru minutach silnik chrząknął i zamilkł.

W nocy nie mogła spać — w tej ciszy wydawało jej się, że słyszy, jak ktoś się skrada. Gałęzie drzew ocierały się o siebie złowieszczo. A nad ranem nie dawały spać ptaki. Koszmar!

Już trzeciego dnia miała wszystkiego dosyć. Ale nie mogła wyjechać. Obiecała.

A teraz zdejmowała rozwieszone w sadzie pranie. Na pewno będzie padać. Niebo wyglądało na zagniewane. Napęczniało od ciemnych chmur, a ptaki ucichły.

Zanim weszła do domu ze stertą czystych, pachnących świeżym powietrzem ręczników, rozległ się pierwszy grzmot. Zawołała psa. Podszedł do niej niechętnie. Nie przepadała za zwierzętami. Przy jej trybie życia posiadanie jakiegokolwiek zwierzęcia było zresztą niemożliwe. Wpuszczając psa, przypomniała sobie o kocie. Nadal go nie było.

Starannie zamknęła za sobą drzwi tarasu. Zaparzyła herbatę, zdjęła z półki upatrzone wcześniej książki. Czeka ją spokojny wieczór. Za oknem szybko zrobiło się ciemno. Błyskawice przecinały niebo jak nigdy nad miastem — nad całym horyzontem. Grzmoty mruczały gdzieś w oddali. Może burza przejdzie bokiem? A na dodatek ta cholerna kotka!

Odłożyła książkę i wyszła do ogrodu. Ani kropli deszczu. Powietrze stało jak zaklęte, niebo rozświetlały kolejne błyski. Wydało jej się, że słyszy jakiś pisk. Musi wejść w ten mrok, może coś się stało? Nienawidzi kotów. Pobiegła w stronę sadu. Tak! Nie przesłyszała się! Piszczenie dochodziło z szopy. Otworzyła drzwi, wydawało jej się, że wszystkie pająki świata na nią napadły. Przecież musiały być w czymś tak obrzydliwym jak ta szopa.

W świetle kolejnej błyskawicy zobaczyła kotkę. Leżała bez ruchu. Spasiona? Otruta? Podniosła płaczącą kotkę i ruszyła w stronę ledwie stąd widocznych okien domu. Ciemność otoczyła ją ze wszystkich stron. Skądś nagle powiał wiatr tak silny, że szarpnął jej sukienką, jakby chciał ją obnażyć. Biegła w stronę domu na oślep. Grzmoty huczały coraz głośniej.

Cóż to za głupi pomysł, żeby tu przyjeżdżać! Pierwszy i ostatni raz dała się tak nabrać! Potknęła się. Gdyby nie ta kotka, może udałoby jej się chwycić czegokolwiek. Ale trzymała kotkę. Trzymała ją, nawet leżąc na ziemi. Pierwsze krople deszczu zamieniły się w potok z nieba. Podniosła się niezdarnie. Noga bolała, kotka zawodziła, a światła w oknach domu zgasły. Najpewniej elektrownia wyłączyła prąd. Tylko tego brakowało!

W jednej sekundzie przemokła do nitki. Kuśtykając, dobrnęła do domu. Znalazła świeczki, przy ich nikłym blasku włożyła kotkę do koszyczka w kuchni. Coś się z nią działo niedobrego. Pies siadł przy kuchence i patrzył wyczekująco na obcą panią. Deszcz walił w blaszany dach.

Kiedy zapukała do drzwi sąsiada, musiała wyglądać jak kupka nieszczęścia. Otworzył jej mężczyzna — ten zza płotu. Nie był rozbawiony, tylko zdziwiony.

— Potrzebuję weterynarza! — krzyknęła, ale chciało jej się płakać. — Do kota.

— Do Frani?

Znał te zwierzęta — ulga o mało nie ścięła jej z nóg.

— Chyba się zatruła. Ma taki duży brzuch i piszczy.

— Proszę uważać. — Podał jej na schodach rękę. — Jak jest burza, wyłączają światło. — Dłoń miał mocną i ciepłą. — Spojrzę na nią, wezmę tylko kurtkę.

Kiedy znaleźli się ponownie w kuchni, mężczyzna nachylił się nad kotką. Delikatnie dotknął jej brzucha.

— To nie zatrucie — powiedział — ona po prostu rodzi. Potrzeba jej spokoju, da sobie radę.

Poród? No nie! Jeszcze to? Jak mogli jej nie uprzedzić! Opadła ciężko na krzesło, mężczyzna wziął koszyczek z kotką i zaniósł pod schody. Znał ten dom lepiej niż ona. Potem wrócił do kuchni i powiedział:

— A teraz niech mi pani pokaże nogę.

— Nic mi nie jest — wyszeptała cicho.

— Przecież widziałem — burknął i uklęknął koło krzesła. — To tylko skręcenie — powiedział, zgrabnie robiąc opatrunek. — Chyba będzie pani unieruchomiona przez kilka dni. Proszę nie nadwerężać kostki. Teraz należy mi się herbata — oczy mu się znowu śmiały. Nie miała siły protestować. — Widziałem, co zrobiła pani z leżakiem... To ta pszczółka wczoraj tak panią wystraszyła?

Kiedy uderzył następny grzmot, aż podskoczyła. To nie był dobry moment na sprzeczkę z nieznajomym.

Siedzieli w kuchni przez następne trzy godziny. Burza trwała jeszcze godzinę. Potem tylko deszcz dudnił o blaszany dach. W tym czasie Frania powiła cztery malutkie, gołe kluseczki. Tomasz przyniósł jej jedną do kuchni. Była słodka, ślepa, niepodobna do niczego, co przedtem widziała. A pies po raz pierwszy, od kiedy tu przyjechała, podszedł i położył jej łeb na kolanach. Drapała go za uszami. Tomasz powiedział, że psy to uwielbiają. Po trzeciej herbacie i nalewce z pigwy, którą wyjął spod schodów, śmiali się z komarów, bąka, przewróconego leżaka i zatrucia Frani.

Tomasz przeprowadził się tutaj niedawno. Zauroczyło go to miejsce, las, ludzie, cisza, spokój. Zawsze chciał być weterynarzem na wsi, a nie w mieście. Miała szczęście, obiecał, że jutro wpadnie zobaczyć, co się dzieje z Franią i z kosiarką. Kiedy żegnali się o pierwszej w nocy, zatrzymał jej dłoń w swojej, a Marcie sprawiło to przyjemność.

Następny ranek powitał ją słońcem — cholerne ptaki darły się tak głośno, że nie mogła dłużej spać. Pokuśtykała do schowka pod schodami. Frania lizała cztery kluski. Kuba na jej widok zamachał ogonem. Usiadła z kawą pod jabłonią. Zza płotu wychynęła czarna czupryna.

— Mogę się przyłączyć?

Uśmiechnęła się.

Tomasz zgrabnie przeskoczył ogrodzenie. Do zbiornika kosiarki nalał benzyny. Skosił trawnik. Potem przywiózł Marcie zakupy. Przecież nie mogła chodzić.

Po raz pierwszy była na kogoś zdana. Ona — samodzielna wiceprezes!

— Jak więc z nami będzie? — powtórzył jeszcze raz pytanie. Leżała zamyślona. Palce miała wplecione w jego gęste, ciemne włosy. Po ostatnim miesiącu spędzonym z Tomaszem nic nie było już takie samo. Nie odpowiadała. Podniósł się na łokciu i pocałował ją w ramię.

— Zastanowiłaś się?

— Tak — powiedziała i wysunęła się spod niego. Narzuciła sukienkę na nagie ciało. Patrzył na nią uważnie.

— Muszę iść — powiedziała.

On milczał.

Otworzyła drzwi do domu. Kuba zaszczekał krótko i radośnie. Kocięta plątały się jej pod nogami i miauczały, czepiając się wesoło fałd jej letniej sukienki. Frania podniosła się i wyprężyła grzbiet. Marta spojrzała na spakowaną torbę. Wzięła prysznic.

Było już po drugiej, kiedy położyła się spać. Otworzyła szeroko okno. Dwa miesiące minęły jak z bicza strzelił. Szum drzew kołysał ją do snu. Kocięta, zwinięte w nogach łóżka, pomrukiwały przez sen. Pomyślała o Tomaszu — jak będzie bez niego żyć?

Obudziła się o świcie. Rześki chłód poranka wpadał przez otwarte okna. A za oknami szumiało i śpiewało. Znany harmider. Uśmiechnęła się. Zeszła do kuchni, Kuba radośnie skoczył jej łapami na piersi, podgrzała kaszę — to na pewno zdrowsze niż fabryczne jedzenie, a pies kręcił się miłośnie koło jej nóg. Zniosła torbę. Odłożyła nieprzeczytane książki z powrotem do biblioteki. Cztery kocie kłębuszki ocierały się o nią z popiskiwaniem. Nalała mleka do rozłożystego talerza, a kocięta mlaskały pracowicie.

Jak mógł choć przez moment pomyśleć, że ona z wszystkiego zrezygnuje? Z kariery. Z życia w mieście. Z huku tramwajów. Ze zdawkowych znajomości, ze świata biznesu, w którym liczyły się złote karty kredytowe. Co by robiła w tej dziurze? Śmieszne, doprawdy śmieszne. W ogóle jej nie zna! Nie po to zaplanowała swoje życie w najdrobniejszych szczegółach, żeby teraz z tego rezygnować. Nie po to wzięła kredyt, kupiła w samym centrum mieszkanie, nie po to zainwestowała w kursy MBA, nie po to zbierała certyfikaty, nie po to skończyła zarządzanie zasobami ludzkimi i podyplomowe studium top managementu, żeby to odłożyć ad acta. Że miłość jest najważniejsza? Przecież tu nawet wyłączają elektryczność!

Niemało ją to kosztowało. Zrezygnowała ze wszystkiego. Czy nie chciała się bawić jak inni? Czy nie chciała mieć wolnych weekendów? Czy nie wolałaby jeździć częściej do rodziców zamiast na służbowe kolacje do Paryża? Czy nie milej byłoby siedzieć z przyjaciółkami w pubie zamiast organizować kolejne wyjazdy integracyjne dla kolejnych korporacji? Co on sobie wyobraża? Że teraz, kiedy już tyle osiągnęła i tyle za to zapłaciła, jakiś wakacyjny romans może to wszystko zniszczyć?

Poklepała Kubę po grzbiecie, natychmiast trącił ją nosem w dłoń, dopominając się dalszych pieszczot. Włożyła klucze pod schody, koło krzewu jaśminu — zgodnie z umową.

A potem weszła przez otwartą furtkę do ogrodu Tomasza. Siedział przy drewnianym stole, czytał. Przed nim dymiła gorąca kawa. Spojrzał na nią. Zaskoczony?

— Mogę się przyłączyć? — zapytała i postawiła torbę koło stołu.

Jeszcze nie wierzył ani sobie, ani jej. Wstał i objął ją. Kiedy przytuliła się do niego, usłyszała mocne bicie jego serca, ostry gwizd jakiegoś ptaka i poczuła zapach świeżo skoszonej trawy.

— Mówiłam ci przecież, że się zastanowiłam. Mogłabym tu uczyć angielskiego — wyszeptała w jego ramiona.

1999

Nieudana randka

Przez ostatnie miesiące lizała rany jak pies. Schowana przed światem, zajęta była głównie rozpamiętywaniem swojej Wielkiej Miłości. Dlaczego? Dlaczego to się tak skończyło? Jakby całe dalsze życie zależało od odpowiedzi na to pytanie.

Andrzej. Przystojny narzeczony. „Boże, jaki on cudny", wyszeptała jej kiedyś Jolka. No i architekt. „Ma przynajmniej dobry zawód", powiedziała matka. I stanowczy: „Ślub bierzemy w czerwcu, kochanie". Delikatny: „Nie chcę, żebyś się denerwowała, to biurowe sprawy". I obsypywał ją różami: „To są królewskie kwiaty dla królewskiej dziewczyny". Co prawda wolała konwalie, ale...

Wiedział, o co im w życiu chodzi. Jej i jemu. „Przede wszystkim miłość, a miłość to wolność. Nie musimy wszystkiego robić razem, wystarczy, że się kochamy". Nikt piękniej tego nie powiedział.

W lutym więc Andrzej wyjechał na narty — na kilka dni — sam, z kolegami.

— Tak się cieszę, że zdążyłaś, myślałem, że masz zajęcia. — Cmoknął ją w policzek na dworcu.

Wrócił z nart wypoczęty, opalony. Niestety, w czasie jego nieobecności ktoś z pracowni zawalił termin projektu. Popołudniami siedział w pracy.

— Ale już niedługo, Myszko... — zawieszał głos, a jej robiło się gorąco od tego głosu i dotyku jego warg.

— Myśl o mnie, Myszko. — Nachylał się do jej ust, kiedy żegnali się wieczorem na rogu Alej i Marszałkowskiej. Ostatni autobus uwoził ją do domu z jego obrazem pod powiekami.

Basia kiedyś mimochodem powiedziała:

— Czy przypadkiem on nie szuka ciepłego gniazdka, żeby móc robić to, co chce? Jesteś zbyt tolerancyjna.

— Masz dla mnie coraz mniej czasu — skarżyła się, wtulając głowę w jego ramię. Śmiał się i całował jej policzki.

— Ty podejrzliwa Myszko, co to będzie po ślubie?

No i milkła wtedy, zazdrosna narzeczona. Idiotka po prostu. Ale tamten wieczór mieli spędzić razem. I poszaleć. Była gotowa do wyjścia: pachnące włosy, właśnie wkładała na siebie sukienkę, którą lubił, kiedy zadzwonił telefon.

— Myszko, przepraszam, tak mi przykro. Nie mogę się ruszyć. Muszę dłużej posiedzieć.

Zadzwonię wieczorem, jak tylko skończymy, wybacz, Myszeńko, ten osioł Michał zawalił termin... Kocham cię...

Sukienka leżała jak ulał. I tak jej się żal zrobiło, idiotce, że nikt jej nie zobaczy tego wieczoru. Więc zadzwoniła do Basi.

— Pójdziesz ze mną na kolację?

A Basia się zgodziła. Bo gdyby nie... Gdyby nie zdecydowały, że zjedzą w Wilanowskiej... Baśka miała samochód, jechały powoli przez całe miasto. Huczące, rozpędzone, tłoczne. Uniosła wzrok: nieba, jak to w mieście, nie było. Gdzie jest niebo?, pomyślała, a Baśka paplała cały czas.

Siedziały w najlepsze i jadły pyszną kaczkę, kiedy wszedł Andrzej z obrzydliwie śliczną i niesmacznie zgrabną dziewczyną.

Baśka wysyczała:

— Uspokój się, przecież to może być koleżanka z biura.

Ale to nie była koleżanka z biura. Poznała ją od razu. To była dziewczyna, którą minęła na dworcu. Kiedy urwała się z zajęć, gdy Andrzej jechał na narty. Ta sama beznadziejnie zgrabna dziewczyna. Tylko teraz nie miała ze sobą nart.

Andrzej jej nie zauważył, choć usiedli tak blisko. I usłyszała, jak mówi do tamtej obrzydliwej kobiety:

— Czego się napijesz, Myszko?

Jakże płakała, a Basia w kółko mówiła:

— Musisz to wyjaśnić. Może to nic nieznacząca znajomość?

Wieczorem zadzwonił Andrzej. Że mu tak strasznie przykro, ale chyba go rozumie. Że jeszcze siedzi w biurze, że ma wszystkiego dosyć, że taka zmarnowana sobota.

Wtedy wykrzyczała mu, że była w Wilanowskiej, że kto to jest ta dziewczyna! A on głosem, którego nie znała, obcym i wrogim natarł na nią — że jak śmie go śledzić, że zaufanie, że się nie spodziewał, że jeśli przywiązuje większą wagę do nieporozumień niż spokojnego związku, to on musi się poważnie zastanowić, czy chce z nią być.

Ona już się nie musiała zastanawiać.

Baśka nie miała racji.

Zajęła się więc wylizywaniem ran.

I oto znowu zakłada niebieską sukienkę. Bo zadzwoniła ta idiotka Baśka, że ona musi, m u s i jej pomóc. Otóż Baśka miała się spotkać z jakimś Jarkiem i nie może, bo wyjeżdża. I nie ma już jak się z nim skontaktować. Z tym Jarkiem. Więc bardzo ją prosi, niech idzie, niech wytłumaczy, niech coś zrobi, przecież jest jej przyjaciółką. O siedemnastej u Chińczyków. Pozna go na pewno: niewysoki, ciemna broda, okulary.

Wciągnęła sukienkę, przejrzała się w lustrze. Miała smutne oczy. Włosy przeciągnęła grzebieniem. Niedbale.

Siedział przy stoliku w rogu. Niewysoki. Znacznie niższy od Andrzeja. Lekko łysiejący. Andrzej miał gęstą czupryne. Spocone ręce. Andrzej zawsze był opanowany i uśmiechnięty. I okulary. A Andrzej miał taki świetny wzrok.

Nie była zachwycona spotkaniem.

— Czy pan Jarek? Jestem przyjaciółką Basi, nie mogła przyjść…

Poderwał się. Potrącił szklankę z wodą, rozlała się szerokim strumieniem. Stał speszony, aż żal jej się zrobiło tego biednego, niezdarnego faceta.

— Basia? Ale przecież… — wyszeptał. — Czy napije się pani czegoś? Nie rozumiem…

Wyglądał na speszonego. Andrzej nigdy się nie peszył.

Uśmiechnęła się z przymusem i siadła.

W rozmowie się plątał. Andrzej się nigdy nie plątał. A ona nie bardzo rozumiała, o co chodzi. Do momentu kiedy zadzwonił telefon komórkowy. Nie miała się jak z nim skontaktować?, błysnęło jej jak flesz. Och, ta podstępna Baśka!

— Przepraszam, nie mogę wyłączać telefonu — powiedział zakłopotany.

Była wściekła. Na Baśkę i tego faceta. Randka w ciemno? Ona im pokaże!

Andrzej swój telefon odbierał ze swobodnym wdziękiem, który nie raził. Telefon w dłoni Jarka budził niechęć. Po prostu palant i tyle.

Ale Jarek przy tym telefonie się zmienił. Może urósł. I jego głos nabrał stanowczości, kiedy powiedział:

— Tak. Będę. Za moment.

A potem kiwnął na kelnera, zapłacił. Wziął ją za rękę. Nie miał już spoconych rąk i powiedział:

— Muszę jechać do pacjentki, potem odwiozę cię do domu. Nie chcę, żebyś o tej porze wracała sama. A powinniśmy pewne rzeczy wyjaśnić.

Była tak zdumiona, że poszła za nim do samochodu. Bardzo chętnie mu wyjaśni, co o nich myśli — o Baśce i o nim.

Jarek jechał szybko, choć bez pewnego fasonu właściwego Andrzejowi. Ani jednego pisku opon.

Podjechali pod willę na Mokotowie.

W drzwiach stał mężczyzna:

— Wchodźcie państwo, wchodźcie.

Jakby z nim była! Ale weszła. Jarek zniknął w innym pokoju. Ona siedziała sztywno nad szklanką soku, którą usłużny gospodarz natychmiast podał.

Zza uchylonych drzwi słyszała głos Jarka. Ciepły. Pełen dobroci i czułości, o jaką nigdy nie podejrzewałaby żadnego mężczyzny. Słuchała głosu, który był oparciem, ostoją, pomocą, ratunkiem, wybawieniem. Spokojnego głosu, który niesie ulgę. Głosu, który czeka, żeby móc odpowiedzieć. Głosu, który pyta, żeby usłyszeć. Głosu, któremu można zaufać. Głosu, w którym nie ma odrobiny fałszu.

Kiedy wyszedł z pokoju, zamykając swoją lekarską torbę, zobaczyła innego Jarka. Wyższy był czy jej się tylko zdawało? Owszem, zakola na czole, mimo że na pewno był młody, młodszy niż Andrzej. Taki świeżo upieczony doktor. Poprawiał okulary niezdarnym ruchem ręki. Właściwie wzruszającym. Miał piwne oczy. Też łagodne. I ładne dłonie.

— Przepraszam cię — powiedział. — Przepraszam.

Wyszli w czerwcową noc. Nie chciała wcale wracać do domu. Chciała, żeby mówił. Ale on milczał. Może więc pojedzie autobusem. Nie, nie pojedzie, jest noc.

„Myśl o mnie, Myszko", przebiegło jej przez myśl pożegnanie Andrzeja przy ostatnim autobusie. Też była noc.

— Czy możemy się jeszcze zobaczyć? — zapytał, otwierając drzwi samochodu. Wtedy, kiedy straciła już nadzieję na to pytanie. Błogosławiła Baśkę. To jest jednak moja najlepsza przyjaciółka. Wiedziała, czego mi potrzeba, pomyślała.

Spotkali się po dwóch latach. Przypadkiem. W kawiarni.

— Myszko! Jak... jak ty pięknie wyglądasz! — Zdumienie w oczach Andrzeja i podziw. Tak, po raz pierwszy prawdziwy podziw. Uśmiechnęła się.

Jarek podszedł do niej z płaszczem w ręku.

— Poznajcie się, panowie, mój mąż — zawahała się... — kolega z dawnych lat...

Płaszcz miękko spoczął na jej ramionach. Patrzyła na nich obu. No, rzeczywiście, Andrzej był wyższy. Nie wszyscy wysocy mężczyźni są atrakcyjni.

Uśmiechnęła się do Jarka, do swojego ślubnego męża. Podniosła konwalie do twarzy i odwróciła się w stronę wyjścia.

1999

On jeszcze nie wie, że mnie kocha

— A ja? — chciała wyszeptać i poczuła, jak zimno idzie w dół, od brzucha do podbrzusza, jak z braku powietrza tężeją płuca (co wciągnęła do tych płuc zamiast?), jak obręcz zaciska się coraz bardziej. — A ja? Ja się nie liczę? To, że cię kocham?

Spuścił wzrok i milczał.

Obręcz się zacisnęła i gardło zaczęło się zwężać. Oczy zapiekły, a nogi stwardniały. Zniknęło gdzieś ciało, pustą skórę wypełniło zimno. Było wszędzie: w dłoniach, ramionach, udach, między nogami. Tylko z tyłu, tam gdzie powinny być plecy, znajdowała się dziura i zimno wchodziło do niej przez tę dziurę.

Nie powinna się tak upokarzać. Przecież powiedział, postanowił, podjął decyzję. Ona już nie była ważna, nie musiał się z nią liczyć. Nie tylko nie musiał, ale też nie chciał. Wszystko się skończyło, a ona gwałtownie szuka czegoś, co można uchwycić, jakiegoś drobnego kawałeczka ich razem, który odchucha, którym się zaopiekuje, który wtedy na nowo wzrośnie i przywróci ich sobie. Czegokolwiek, jakiegoś ważnego wspomnienia, przecież, na miłość boską, kochali się! Nie można tak nagle, z dnia na dzień, przestać kogoś kochać!

Żeby tylko mogła powiedzieć, że teraz będzie inaczej, że to ważna rozmowa, że cieszy się, że powiedział jej o swoim niepokoju, ale ona się poprawi!

Zrobi coś, przecież może na nią liczyć, nie pomyślała, nie odgadła na czas, nie domyśliła się, straciła swoją kobiecą intuicję, poczuła się zbyt bezpiecznie, to jej wina, ale ona się zmieni, zmieni siebie, swoje postępowanie, to już się więcej nie zdarzy, będzie czujna, będzie uprzedzać jego myśli, nie dopuści do takiej sytuacji.

Co zrobiła czego nie zrobiła wytężyć siły przypomnieć sobie wyostrzyć wzrok w przeszłość a pamiętasz

jak kiedyś a przypomnij sobie jak dwa miesiące temu jakich słów użyć

jakiego tonu głosu jak spojrzeć co poczuć żeby go nie przestraszyć żeby żeby

żeby rozumiał że ona rozumie że tym razem się naprawdę postara nie dopuści w porę zareaguje uprzedzi… co zrobić co zrobić

zrobić coś żeby zobaczył że ją kocha że tamto wszystko co mówił to pomyłka pomylił się…

Oczywiście! To takie proste! On się pomylił! On nie chciał tego powiedzieć!

Kochany, pomylił się, a ona źle zrozumiała, on miał co innego na myśli, och, jaka jest głupia, zaraz spojrzy mu prosto w oczy jasnym, prostym spojrzeniem i zobaczy, że tamto to nieprawda, że prawda w jego oczach to czułość i ciepło!

Kochany, jak mogłam cię podejrzewać, że nie wiesz, co mówisz, jak mogłam być taka głupia, by myśleć, że mnie nie kochasz, ty mnie kochasz, tylko zapomniałeś, że mnie kochasz, kochasz mnie najbardziej na świecie.

Jesteś moją kobietą, jesteś moim marzeniem, jesteś moim wybawieniem, jesteś moją połówką, pachniesz jak nikt na świecie, zawsze będę z tobą, nikt nas nie rozłączy.

Tego przecież nie mówi się żartem, nie mówi się ot tak sobie, nie mówi się dla zabawy, to są słowa z serca, prawdziwe i niepodważalne, o tym powinna pamiętać, a to nie on, tylko ona właśnie o tym zapomniała.

Kochany, on nie to miał na myśli…

I spojrzy na niego, a w chwili kiedy spojrzy, przypomni mu to wszystko, wszystko się obróci, na dobre się obróci, wróci dzień...

To wszystko przez nią, ona nie zrozumiała go dobrze, nie zrozumiała intencji, pomyślała tylko o sobie, nie o nim, a przecież jest zapętlona i przerażona, nieraz jej to mówił, i teraz też jest przerażona, że on rzeczywiście mógł pomyśleć to, czego pomyśleć nie mógł!

To przez nią! Przez jej wybujałą wyobraźnię, jej strach, który kazał tak brzydko, niedbale zinterpretować jego słowa.

Nie, nie, nie.

Trzeba wziąć głęboki oddech, jeszcze jeden i jeszcze, uśmiechnąć się, zaraz wróci wzrok, który dotyka, i zaraz sobie wszystko wyjaśnią... Wyjaśnią to całe głupiutkie nieporozumienie. Za które go będzie tak czule przepraszać... I znowu będzie dobrze...

Zaraz się skupi i będzie wiedziała, jak popatrzeć, żeby zobaczył, jak spojrzeć, żeby wiedział, jak powiedzieć, żeby nie przestraszyć, co zrobić, żeby nie było winy. Ani winy, ani wstydu. Już!

Podniosła oczy i zobaczyła jego zielonkawe tęczówki. To nie były puste oczy — patrzył na nią z obojętnością i odrobiną troski.

— Dobrze się czujesz?

Nie

nie czuję się ani dobrze ani źle coś natychmiast trzeba zrobić żeby zrozumiał bo on nie rozumie nie rozumie że to boli że nie wolno zabijać jest nie zabijaj a on zabija...

Nie! Oczywiście, że nie! Stop! Rozpędziła się!

Tak nie wolno. Powoli, jeszcze raz... nie dawać się ponosić emocjom... pomyśleć, zrozumieć, co powiedział. Niczego nie dodawać, niczego nie odejmować.

Zapytał, jak się czuje. Zapytał, czy czuje się dobrze.

Czyli nie wszystko stracone... Nie wszystko.

Zebrać się w kupę, nie pokazywać, nie przestraszyć, on nie chce mieć do czynienia z dzieckiem, tylko z kobietą, kobiety są wytrzymałe, silne, mądre. Dorosłe kobiety nie histeryzują, nie pokazują po sobie, nie pozwalają. Dorosłe kobiety wiedzą, czego chcą. Odczytują intencje prawidłowo. O co on zapytał?

Dobrze się czujesz?

Co to znaczy?

Trzeba pomyśleć, spokojnie pomyśleć.

Dobrze się czujesz?

To znaczy, że mu zależy. Troszczy się o nią. Nie musiał zadawać tego pytania, a jednak zadał. Poczuł to, co ona czuje, ponieważ są połówkami tej samej pomarańczy, tego samego rajskiego jabłka, on nawet o tym nie wie, ale już zawsze będzie czuł tak samo jak ona, a ona będzie czuła jego ból, zdenerwowanie, troskę, tak jak to było zawsze, od półtora roku, a przedtem i tak się nie liczy, bo to był czas, w którym jego nie było, więc nie było też czasu ani przestrzeni, ani życia, ani historii, nie było niczego, zanim się poznali, i ona to przekonanie przywróci. Nie miała racji, jak zwykle. Nie miała racji.

Czy dobrze się czujesz? — To znaczy, że nie myśli tylko o sobie. Myśli o niej. Myśli o niej ciepło, tylko nie umie tego wyrazić.

Dobrze się czujesz? — To znaczy, że nie jest mu obojętna. Chciałby, żeby się czuła dobrze, zauważa każdą zmianę jej zachowania. Może zbladła, tak, na pewno zbladła i on już wie, przeczuwa, że coś z nią jest nie tak. Obcy ludzie nigdy by tego nie zauważyli, ale on nie jest obcy.

Tak!

To jest dowód, nie wymyślony, tylko namacalny dowód na bliskość, na intymność, padły te słowa, a słowo ciałem się stało…

Stoi oparty o ścianę. Tu mają być w przyszłości deski dębowe — tak ustalili. Na razie jest ściana, trochę chropawa i dawno niemalowana, ale czysta. Nad nim licznik, zębate kółeczko prawie bezszelestnie odmierza niewidzialną elektryczność. Nie powinien się kręcić — wszystko jest wyłączone, nie gra radio ani telewizor. Światła niepozapalane... Tak cicho... Powinien stać w miejscu, tak jak stoi mężczyzna, ale zębate kółeczko lekko drga, czerwony ślad się przesuwa... 2345, a teraz pomaleńku piątka jest wypychana przez szóstkę... Co jest włączone? Ach, lodówka, oczywiście, zawsze lodówka. W lodówce piwo, które on lubi... Na górnej półce. Dawno nie pił piwa... Już jest szóstka... 2346... Ten licznik będzie zabudowany... gdy położą deski. Grube deski, poziomo, nowocześnie. Sam zaplanował półki i szafkę. Półka pójdzie pod licznikiem, aż do rogu, potem nad drzwi... Będzie ładnie. Postawi się tam gliniane wazony i najwyższe książki. Drzwi się pomaluje, obije skórą lub skajem, a może nawet skórą w jakimś ładnym kolorze, żółtym, nie, żółty nie będzie pasował do dębu, chcieli zostawić naturalny kolor dębu — tylko lekki lakier ekologiczny, wodny... Wymyślą jakiś kolor, jeszcze jest czas. Dużo czasu...

A on stoi nieruchomo. Oczy zielonkawe, małe zwężone źrenice. A pod oczami cienie z niewyspania.

Nie jest szczęśliwy. To dla niego cios. To, że musi jej mówić przykre rzeczy. Kto go do tego zmusił? Dlaczego się zdecydował? Przecież ona widzi, że nie jest szczęśliwy. Patrzy na nią. Nie miała racji, w jego spojrzeniu jest troska. Czeka, aż ona coś powie. Czy dobrze się czujesz? Odpowie mu. Nie zmartwi go bardziej.

— Dobrze. Dobrze się czuję.

Co teraz? Co teraz? Co robić? Co mówić? Może milczeć? Przekonywać? Zatrzymać? Płakać? Nie ma powodu płakać. Nie może być smutna. Nic się nie dzieje. To jej rozigrana wyobraźnia. On chce coś przemyśleć i nie znalazł innego sposobu. Poczekać?

— Muszę już iść. Chciałbym odebrać od ciebie swoje rzeczy...

Ach, oczywiście. Jego rzeczy. Jego swetry, pachnące swetry, i bluzy obszerne i cieplutkie, w które zawijała się wieczorem, kiedy go nie było. I pachniała nim, wodą Gio, jego wodą, zasypiała w jego pustoramiennym swetrze, kiedy nie było go przez tydzień, a ona tęskniła za jego dotykiem. Może to śmieszne, może inne kobiety tego nie robią, ale ona robi tak zawsze, jak on wyjeżdża. Czuje się bezpiecznie, zasypia z jego obrazem pod powiekami... Więc jego swetry, jego bluzy, jego spodnie i skarpety. I rakieta tenisowa z rączką przyciemniałą od jego potu, jego płyty, delikatny jazz, jego książki, które rozkładał przez dwa dni, które zwoził do jej domu tak niedawno, jego zdjęcia, kiedy był mały, malutki chłopczyk ułożony na kocyku, z główką na bok, z rozłożonymi nóżkami, trzy fałdki z jednej strony na maleńkich udkach, trzy z drugiej, z małym sterczącym fifraczkiem, i potem, kiedy grzecznie siedział na akademii pierwszomajowej w mundurku, i kiedy uczył się jeździć na nartach, i jego matka, której nie poznała, a która by ją lubiła, piękna kobieta — umarła, kiedy miał szesnaście lat — i jego matka siedząca na ławce w parku, a on na rowerku. Tak. Jego rzeczy. Są przecież u niej.

Dobrze. Myśli teraz, że musi to odebrać, wziąć w obce, nieprzyjazne miejsce — tak myśli, może nawet wydaje mu się, że to prawda, że tego chce.

Mój Boże, tak mu się wydaje.

Dobrze. Niech więc teraz idzie i niech przyjdzie, kiedy będzie chciał, po swoje rzeczy. Ułoży je, przejrzy, przyjrzy się im.

I pomyśli spokojnie o sobie. Żeby nie zobaczył wtedy brzydkiej, strachliwej kobiety. O nie! Kiedy on przyjdzie, ona będzie najpiękniejszą kobietą świata, włoży tę spódnicę, w której wygląda jak Hiszpanka, wyglądasz jak Hiszpanka, pachniesz słońcem, jesteś pełna seksu, uwielbiam cię — tak będzie wyglądać. Włoży również tę bluzkę, którą niedawno kupiła — czarną, z łezką, z dekoltem w kształcie łezki, będzie miała piękne włosy i oczy, otworzy mu drzwi i...

Zaniedbała się ostatnio, zapomniała, co robić, żeby dobrze wyglądać, poczuła się bezpiecznie i on przestał w niej widzieć ją, a zaczął widzieć kogoś obcego, i wtedy prawdopodobnie zapomniał, że tylko ona wie, że tylko ona rozumie, że tylko ona może, że są dla siebie stworzeni, dwie połówki tego samego jabłka...

A kiedy przyjdzie i ona przywita go bez śladu wyrzutu, jakby nic się nie stało, zarzuci mu ręce na ramiona, przytuli się, tak jak on lubi, dotknie piersiami mocno, oprze się o niego, a jego ręce ją obejmą — nie będzie myślał o żadnych rzeczach, o fotografiach, rakietach, swetrach i narzędziach, książkach i długopisach, będzie wiedział, że wraca, a nie, że odchodzi.

Stoi nieporuszony. Ściana daje mu oparcie, ręka opuszczona, trzyma w niej klucze, klucze od ich domu. Dłoń jest zaciśnięta, kostki zbladły, krew odpłynęła. Denerwuje się. Niepotrzebnie. Ma takie piękne dłonie — silne i delikatne. Nikt jej nigdy tak nie dotykał z taką czułością, jego palce mimochodem spotykały się z jej naskórkiem, czasem nie wiedziała, czy to pragnienie dotknięcia tak parzyło, czy sam dotyk poruszonego powietrza. Jego delikatne ręce, ręce dla niej, teraz ściskają klucze. Podświadomie nie chce się z nią rozstać. Te klucze to przecież symbol. Nie patrzy na nią, patrzy przed nią, w podłogę.

Tu będzie leżał zielony dywanik, już dawno wypatrzyła go w „Twoim Domu", przyjazny wełniany dywanik, ale to dopiero potem, jak się zmieni podłogę, ta jest zniszczona, tyle lat chodzenia, wchodzenia i wychodzenia, czysta oczywiście, ale zniszczona. Jak położą deski, to jednocześnie zmienią podłogę. On kiedyś mówił o deskach sosnowych, ale to chyba strasznie niepraktyczne. Gdy na taką deskę upuści się niechcący coś twardego, to od razu zostaje ślad, sosna to miękkie drewno, będą zostawały ślady od obcasów. Ona chciała gres, teraz już nie robi się drewnianych sosnowych podłóg. Ale jeśli ten dywanik pokryje deski, to właściwie mogą być. Mogą być, oczywiście, deski. To przecież wszystko jedno... Dlaczego nie patrzy na nią, tylko w podłogę? Nie może patrzeć na jej cierpienie. Zawsze był wrażliwy, dobry i wrażliwy... więc nie będzie go narażać, obwiniać, krzyczeć, robić awantur. Nie, nie i jeszcze raz nie. Żadnej histerii i żadnego cierpienia. Nie ma powodu cierpieć. To tylko chwila, w związku bywają trudne chwile. Szczególnie w dobrych związkach. To jest jedna z nich. Pamiętać, że to minie... Przywołać lekki uśmiech.

A kiedy on przyjdzie... zobaczy, co jest naprawdę ważne...

I kiedy on przyjdzie, będzie myślał, że przychodzi po rzeczy, a zobaczy w jej oczach to wszystko, do czego trzeba wracać i od czego nigdy się nie ucieka,

zobaczy, jak bardzo się myli, jak niepotrzebne, niewłaściwe było mówienie że jej nie kocha

jakie to głupie było ale ona mu wybaczy wszystko mu wybaczy nie zrobi mu krzywdy świat jest wystarczająco zły ale jeśli tylko będą razem nic im nie będzie straszne a jemu wróci na twarz ten uśmiech ukochany i

i kiedy on stanie w drzwiach i zobaczy swoją kobietę swoje marzenie czyli ją to jesteś moja tylko moja niczyja inna nigdy prawda jesteś moją kobietą

i kocham cię powróci i ciało się znowu wypełni będzie ciepłe i różowe a zimno wyjdzie sobie tak łatwo jak przyszło tak właśnie będzie...

— Poprosiłem Wojtka, przyjedzie po moje rzeczy. Kiedy może do ciebie zadzwonić?

Nie ma odwagi się przyznać, że bardzo chce, chce wyjaśnić, boi się jej, boi się, że jego decyzja jest chwilowa, że to jakiś absurdalny nastrój, gdyby mu nie zależało na niej, mógłby być obojętny, mógłby do niej milion razy przyjść i wyjść, obojętność jest przekleństwem i końcem, ale tu nie ma obojętności, głos mu się załamuje, ciężko mu to mówić, ciężko z jakiegoś powodu, którego ona jeszcze nie zna, ale się dowie, dokopie się go, doszpera, przeczuwa ten powód i wierzy — to miłość, to tęsknota za nią…

Mówi i myśli coś innego, ale on naprawdę nie wie, co czuje. Jak mu uświadomić, że przecież nie chce się wcale rozstać! Nie chce!

Gdyby chciał, mógłby sto razy wejść i wyjść, wynosić każde zdjęcie, które jej pokazywał, każdą książkę, którą czytał, każdy sweter, każdą dyskietkę mógłby nosić oddzielnie do samochodu, tak by to było nieważne, czy ona jest i patrzy, czy ją to boli, czy cieszy… Ale to jest ważne. To jest niepodważalny dowód, dowód na to, że nie chce sam przyjść, ponieważ boi się zobaczyć ją w mieszkaniu, w którym byli tacy szczęśliwi, w przedpokoju, w którym tyle razy go witała, nie chce wspomnień, ponieważ boi się, że jego decyzja jest ułomna, biedna, zeschnięta, niewłaściwa.

Coś mu się stało, jeszcze nie wie co, ale domyśli się, jak tylko się zastanowi, jak nie będzie działać pod wpływem chwili, to się dowie...

Tak więc wszystko w porządku.

— Lepiej będzie dla ciebie, jeśli nie będziemy się przez jakiś czas widywać...

Teraz odważył się podnieść głowę. Włosy ma matowe, a wzrok, nie jego to wzrok, inny, przestraszony. A w jego głosie znowu troska, spokój... łagodność... Znowu się o nią martwi.

Człowiek martwi się o ludzi, których kocha. Oczywiście, czasem martwi się wojnami albo jak spadnie samolot, ale to jest inny rodzaj zmartwienia. Człowiek martwi się z miłości. Skoro martwi się o nią, dba o to, co będzie dla niej dobre, to znaczy, że ją kocha, choć może nie w pełni to sobie uświadamia. Myśli, że tak będzie lepiej, bo nie chce jej ranić. Jeśli człowiek nie chce ranić drugiego człowieka, to przecież nie z obojętności, tylko dlatego że się z nim liczy, liczy z jego uczuciami, myśli o tym, żeby nie sprawić mu przykrości, to, co ona widzi, nie jest prawdą, nie ma w jego oczach prawdy, prawda jest w tym, co on mówi, co będzie lepsze dla niej i tego się trzeba trzymać, dopóki on nie zrozumie...

Potem zrozumie... Niedługo... Zrozumie, że ona jest dla niego wszystkim, jego ostoją, spełnionym marzeniem, jego tęsknotą i zaspokojeniem tej tęsknoty. Właśnie dlatego nie mówi, że to będzie lepiej dla niego... podświadomie wie, że dla niego to będzie straszne: nie widzieć jej, nie czuć jej, nie dotykać jej. Mężczyźni łatwiej odcinają się od tego, co czują... to dla niego będzie gorzej jej nie widzieć, będzie smutniej, będzie rozpaczliwiej, więc musi powiedzieć, że tak będzie lepiej dla niej.

I wie, że ona go rozumie. Musi tak powiedzieć. Szanuje go za to. Kocha go za to. Zawsze będzie go kochać.

— Muszę już iść. Do zobaczenia.

Do zobaczenia... Powiedział: „Do zobaczenia". Nie przesłyszała się, tak powiedział. No i proszę! Nie „żegnaj", nie „żegnaj", nie na zawsze, „do zobaczenia", po prostu „do zobaczenia", czyli za chwilę, niedługą chwilę, po prostu zobaczymy się, choć teraz jest lepiej, tak mu się wydaje, zupełnie niesłusznie, wydaje mu się, że musi wyjść, ale proszę, oto

„muszę", a nie „chcę"
„do zobaczenia", a nie „żegnaj"
wszystko w porządku.

— Tu są klucze.

Jakie on ma delikatne dłonie. Pięść rozkurczyła się, breloczek — srebrna świnka, kupiła takie dwie — zastukotał o klucze. Brzęknęło, kiedy położył je na stoliku pod lustrem, tak jakby kryształ cieniuchny tam stawiał.

To znaczy, że klucze są dla niego ważne, tak samo ważne jak ona. A więc i o tym pomyślał. Żeby nie stawiać jej w sytuacji trudnej, jeśliby ktoś, z kim by była... będzie...

Nie! Skąd! To nie dlatego! Jak mogła pomyśleć, że on dopuszcza możliwość, że ona go może zostawić, być z kimś innym, kogoś innego kochać, do kogoś innego się przytulać?

Przecież on to robi dla siebie! Ze strachu. On musi się ubezpieczyć, żeby nie przyjść jak do siebie, bo przyszedłby za chwilę, ledwie by zjechał na parter, już by nie wiedział, po co poszedł. A klucze — jeśli zostawia, to żeby ich brak przypominał mu... ten dźwięk kluczy w kieszeni — te klucze gdzieś tam w świecie, tam gdzie wydaje mu się, że nie chce iść, mogłyby go kusić do przyjścia, do otwarcia drzwi — on nie dla niej te klucze oddaje, on oddaje swoją chęć jak najszybszego powrotu, on oddaje kusiciela — gdyż boi się jeszcze bardziej niż ona, obawia się siebie, głuptas...

Jakby było możliwe uwolnienie się od prawdziwej miłości... Zawsze się ją zabiera ze sobą... zawsze... dokądkolwiek się udajesz, zawsze swoją miłość trzymasz przy sobie.

— Idę. Wojtek zadzwoni do ciebie w środę. Czy tak będzie dobrze?

Wojtek? Jaki Wojtek? Ach, ten... Taki wysoki, dobrze zbudowany kolega z uczelni. Wojtek? Czy tak ma na imię? Nie pomyliło mu się? Wojtek przecież kiedyś bywał u nich... Ostatnio nie przychodził. Wojtek... Dobrze, niech zadzwoni w środę, do środy tyle czasu...

Do środy wszystko się zmieni... to cztery dni... Do środy Wojtek już nie będzie musiał dzwonić, była tego pewna. Nie będzie się teraz kłócić o szczegóły. Dzień w tę czy we w tę.

Da mu te cztery dni. Podaruje mu je jak najcenniejszy prezent.

Cztery dni i cztery noce bez niej, bez jej zapachu (poznałbym cię na końcu świata), bez jej ramion odkrytych, przerzuconych przez jego tors rano (te twoje łapiny budzą mnie do życia), bez jej dotyku i ciepła głosu, bez jej czekania, bez jej... bez niej... bez niego, Chryste

cztery dni i cztery noce...

nie nie nie to tak jak wyjazd jak delegacja tylko bez paniki do środy tyle czasu wszystko się może zdarzyć weźmie się w garść ogarnie to wszystko podzieli dni na godziny a godziny na minuty a minuty na sekundy... i da mu tyle czasu ile mu potrzeba żeby zrozumiał że ta głupia mrzonka ten wybryk nie zaważy na ich związku…

Ktoś musi wiedzieć, co jest ważniejsze, co jest lepsze, co jest właściwe. I nikt nie jest doskonały. Każdy popełnia błędy. Jemu też się mogło zdarzyć.

— To cześć.

Przecież już powiedział „do zobaczenia", a jeszcze się nie ruszył, choć oderwał od ściany. Teraz robi krok w stronę drzwi. Niech idzie. Mężczyzna musi pobyć sam ze sobą.

Nie chce odpowiadać. Albo właściwie chce. Ale przecież nie „cześć", nie „trzymaj się ciepło", nie „do zobaczenia"… Zdawkowo, tak jak zwykle, tak jak co dzień, z uczuciem, ale normalnie…

— To na razie.

Udało się!

Udało się to „na razie". Jak zwykle. Bez pretensji, bez żalu, bo niby o co żal? Zamknęła za nim drzwi i oparła się o nie mocno. Oddychała pełną piersią, z ulgą. To „na razie" brzmiało prawie wesoło, nie, może nie wesoło, ale radośnie. Radośnie? Normalnie, ale raczej radośnie niż smutno. To na razie, na razie, do za chwilę, do jutra.

Może niepotrzebnie robi problemy? Już kiedyś tak było — tak strasznie się pokłócili — on krzyczał, że ona go nie rozumie, że nic nie rozumie. Był strasznie niesprawiedliwy. Potem przepraszali się długo i to były najwspanialsze chwile ich życia. Udało jej się wytłumaczyć wszystko — jest tak wiele pokus, ale jeśli będą pamiętać o tym, co najważniejsze, nic ich nie zniszczy, nic nie zaboli. Obiecała, że go nigdy nie zrani, i on to obiecał. Wystarczyło uważać, uważać na swoje zachowanie, patrzeć uważnie na drugiego człowieka, jeśli jest się uważnym — tak jej powiedział — to wszystko jest proste. Zrazu było trudno, musiała się wielu rzeczy domyślać, czasem płakała, ale nigdy przy nim — wiedziała, że sprawi mu to przykrość. A potem łzy po prostu odeszły, tak jak odeszła przeszłość, złość, niezadowolenie. Nauczyła się cieszyć ze wszystkiego, co jej ofiarowywał, a nawet z tego, czego nie dostawała. Obietnice zobowiązują. Więc dlatego „na razie".

Wyszedł. Zamknął za sobą drzwi. Jeśli stanie przy drzwiach, usłyszy jego kroki. Usłyszy zgrzyt windy podjeżdżającej na to siódme piętro. Usłyszy trzaśnięcie drzwi, trzeba trzasnąć drzwiami, żeby się zamknęły, inaczej nie zaskakują — czeka się i czeka, więc trzeba je lekko popchnąć, tak żeby trzasnęły, wtedy winda ruszy...

Ruszyła. Zjeżdża w dół i zastanawia się, dlaczego to zrobił.

Niech się zastanawia.

Teraz tylko spokojnie trzeba wrócić do pustego pokoju. Jak gdyby nic się nie stało. Nic. Bo przecież nic się nie stało. Nie denerwować się, nie myśleć o tym, co będzie, bo na pewno będzie dobrze.

Może wieczorem do niego zadzwoni. Jak gdyby nigdy nic, żeby wiedział, że ona nie czuje się zraniona. Jak człowiek rozumie właściwie różne rzeczy, to już nie można go zranić. Po prostu zapyta, jak się czuje... Albo o cokolwiek...

Trzeba zapalić światło. Zrobiło się ciemno. Proszę, jest tak, jak było. Nic się nie stało. Pamiętać, że nic się nie stało. Klucze niech leżą tam, gdzie je położył. Jak wróci, zobaczy, że nic się nie zmieniło, że ona czeka. Jest późno. Trzeba się położyć. Zdjąć ubranie, umyć się. Może zadzwonić? Tylko zapyta, jak dojechał, powie dobranoc. To chyba nic złego?

Abonent czasowo niedostępny... Zadzwoń później.

Jest poza zasięgiem albo nie naładował komórki. Zapomniał. Był zdenerwowany, nie pamiętał.

Nie może popadać w paranoję i obracać wszystkiego na niekorzyść. Tego robić nie wolno. Dowie się jutro od Bożeny, gdzie mógł pójść. Może właśnie do Wojtka? Nie ma swojego mieszkania i na pewno niczego nie wynajął na te parę dni. Może wyjechał... Ale gdzie miałby wyjeżdżać bez niej? To nie ma sensu. Prawdopodobnie jest u Wojtka. Musi wszystko przemyśleć, tak mu się wydaje, zastanowić się. Jeszcze nie wie, że za nią tęskni.

Jeszcze nie wie, że brakuje mu jej uśmiechu i rannego śniadania. Jutro poczuje się źle, kiedy się obudzi gdzieś w obcym miejscu i nie zobaczy jej przy sobie.

Ale teraz nie trzeba o nim myśleć. Nie trzeba interpretować zdarzeń. To właśnie interpretacja niszczy związki. Niewłaściwa interpretacja.

Trzeba zmyć dwie szklanki i dwa talerze. Od rana tkwią w zlewie. O czym tak długo rozmawiali? Przecież już jest noc. Jutro rano umyje. Nic się przecież nie stanie do rana tym dwóm szklankom. Późno już, jest zmęczona. Już chce odpocząć. I musi pomyśleć o wszystkim w spokoju.

Czy warto się rozbierać?

Położy się na razie na kanapie w dużym pokoju. On na pewno będzie chciał zadzwonić, powiedzieć, że to pomyłka. Odwołać te straszne słowa, które już padły, że jej nie kocha, że wszystko się zmieniło, że chce odejść.

Wtedy musi być blisko telefonu.

Nie chce jej się pić. Ani jeść. To śmieszne, przypomnieć sobie o jedzeniu dopiero wtedy, kiedy na pewno nie jest się głodnym. Można zgasić światła, po co jej światło? Licznik i tak będzie odmierzał swoje kilowaciki. Ile cyferek się zmieniło od czasu, kiedy stał w przedpokoju? Trzeba sprawdzić. To śmieszne, mierzyć czyjąś nieobecność w kilowatach. Za ile kilowatów zadzwoni? Wróci? Przeprosi, że sprawił jej ból?

Nie będzie o tym myśleć.

Pomyśli o grubych dębowych deskach, o tej szerokiej półce, która z przedpokoju uczyni właściwie pokój, o podłodze. Jak wróci, od razu się do tego zabiorą. Nic nie będą odkładać na później. Wszystko będzie w porządku. Można zgasić światło, skulić się na tapczanie.

Nie myśleć, że w środku jest zimno, bo za chwilę ciepło powróci, jak tylko on się zorientuje, co zrobił. Wtedy wszystko się obróci na dobre, wszystko wróci na miejsce, wróci ciało do skóry...

A może jednak pójdzie do sypialni. Przytuli się do jego swetra. Zapachnie nim. Jest przecież tak, jakby wyjechał na chwilę, na parę dni. I wróci, na pewno wróci.

Wojtek przyjdzie po rzeczy. To może lepiej, będzie miała więcej czasu, żeby przygotować się na właściwe spotkanie. To szczęście mieć więcej czasu.

Nie ma swetra. Spakował wcześniej. Więc wziął już część swoich rzeczy, a ona tego nie zauważyła. To nic.

To nic.

Musi odpocząć, musi nabrać dystansu. Będzie gotowa, kiedy wróci. I na pewno nigdy nie usłyszy od niej słowa pretensji. Nigdy.

Musi się wziąć w garść. Wtedy palce osłonią ją przed światem. Przez palce pokój wygląda trochę inaczej. Taki rozkawałkowany. Dywan w brązowe pasy. Nogi od stoliczka… Kaloryfer… Notes na podłodze…

Notes! Jego notes! Upadł i sobie leży… Notes to jest bardzo ważna rzecz… Tam są wszystkie telefony i niektóre adresy… Adresy poczty e-mailowej… Nie zauważył notesu!

Tak… może Wojtek przyjedzie po rzeczy, ale przecież nie po ten notes. Nawet nie wie, że tu upadł. Zadzwoni za parę dni i zapyta, czy przypadkiem nie zostawił notesu. A wtedy jej głos będzie jak dzwon, ciepły, gardłowy, taki jak lubił… I kiedy usłyszy jej głos, przestanie się bronić przed miłością... Przypomni sobie wszystko, co najlepsze, a ona powie, tak, jest tutaj, twój notes... a on zapyta: mogę wrócić? Teraz jeszcze nie wie, że ją kocha... Ale kiedy zapyta, ona chwilę się zawaha, a potem roześmieje radośnie i powie: kochany mój, ja czekam na ciebie.

Zawsze już będzie czekać...

2002

Poprawka z rozpaczy

Każdy ma okazję zacząć wszystko od nowa. Każdy ma okazję zacząć wszystko od nowa. Powtarzała to sobie w kółko. Jeszcze raz, i jeszcze. Każdy.... Każdy, tylko nie ona.

Siedziała tępo przy stole w kuchni i patrzyła w okno. Szarobure niebo łasiło się do ciemnych dachów. Śnieg stopniał. Drzewa dawno potraciły liście, nagie gałęzie szarpał wiatr. Strugi wody spływały po szybie, zamazując ostrość świata.

W jej oczach nie było łez. Nie płakała.

Kiedy dowiedziała się o jego śmierci, poczuła, jak ktoś nakłada na nią pancerz. Twardy, żelazny. Nie zachwiała się nawet, nie zemdlała, świat nie przestał istnieć. Oddychała tylko płytko, tak jakby ktoś nagle spuścił powietrze wokół ziemi i w to puste miejsce wpompował jakiś ciężki nieznany gaz, którym nie można odetchnąć pełną piersią.

Podniosła się z krzesła, zapaliła zapałkę, przytknęła do gazu, płomień zasyczał i rozpalił się niebieskawo. Nastawiła czajnik. Zmrok zapadał wolno, nieuchronnie. Wsypała do szklanki dwie łyżeczki kawy, zalała wrzątkiem. Drobne granulki uniosły się na powierzchnię, a potem rozpadły w czerń. Kawa była mocna, za mocna na tę porę. Ale wolała nie spać po kawie, niż nie spać w ogóle.

Każdy ma okazję zacząć...

Kto to powiedział? Nie pamiętała. To zdanie przykleiło się do niej i nie chciało odpaść — jak refren usłyszany gdzieś w radiu, który nosi się przez cały dzień przy sobie i mimowolnie nuci. Uporczywe zdanie zachowywało się równie natrętnie. Jak może zacząć wszystko od początku? Jak? Bez niego?

To dopiero dwa miesiące — pocieszała się dwa miesiące po jego śmierci.

To dopiero pół roku. Tyle czasu trwa żałoba.

To tylko rok. Tyle czasu trwała kiedyś żałoba.

Dopiero rok minął od jego wypadku. Już minął rok. Wszystko jest takie świeże — tłumaczyła się sama przed sobą, patrząc przez kolejne miesiące w lustro.

Widziała coraz starszą, coraz bardziej zgorzkniałą kobietę. Włosy traciły blask, lekkie nitki siwizny coraz skuteczniej przedzierały się przez gąszcz jej ciemnych włosów. Zmarszczki wokół ust pogłębiły się, a przecież miała dopiero trzydzieści sześć lat.

Dlaczego? Dlaczego ja? Na to pytanie nie znajdowała odpowiedzi.

Nie lubiła zasypiać, mimo że Szymon przychodził do niej we śnie często. Stał w drzwiach sypialni, prosił ją o coś. O co? Budziła się zmęczona.

Tamtego pamiętnego dnia pokłócili się. Szymon trzasnął drzwiami. Miała mu za złe, że akurat na weekend znalazł sobie służbowe zajęcie. Jechał do Krakowa. I nie chciał jej zabrać. Była wściekła. Wiedziała, że nie powinna — ale nic na to nie mogła poradzić. Ludzie nie powinni się żegnać w ten sposób. Nigdy w złości… bo nie wiadomo, co się może zdarzyć — zapamiętała zdanie swojej babci. Żegnaj się tak, jakby to było ostatni raz. I nic dziwnego, że nie zapanował nad samochodem. Zjechał na lewą stronę — uderzył w fiata punto jadącego z naprzeciwka. Szymon i kobieta z punto zginęli na miejscu. Ocalała jej córeczka — z poważnymi obrażeniami trafiła do szpitala.

Nie mieli z Szymonem dzieci. Najpierw nie było na to środków, potem ochoty. I najlepszy czas mijał. A po trzydziestym piątym roku ryzyko wzrasta. Wiedziała o tym najlepiej. Była pediatrą.

Gdyby choć miała dziecko…

Mogłaby zacząć wszystko od nowa.

Zasnęła niespokojnie, Szymon znowu pojawił się w drzwiach — miał błagalny wzrok, coś mówił, czegoś od niej chciał, to było takie męczące. Nie mogła sobie wybaczyć, że zginął przez nią.

Obudziła się przed piątą, ze zdrętwiałymi plecami. Przed nią stała nieruszona kawa. W kuchni było ciemno. Otworzyła oczy, nieprzytomna — zdawało jej się, że jeszcze w pustych ścianach słyszy: „Pomóż mi, proszę". Można zacząć wszystko od nowa...

Nigdy dotąd nie przyśnił jej się z taką ostrością. Sen był bardziej realny niż rzeczywistość. Wylała kawę do zlewu, wzięła szybki prysznic i położyła się do łóżka.

Obudził ją telefon. Spojrzała na zegarek. Wpół do jedenastej.

— Dzwonię z Centrum. Wiem, że pani jest na urlopie, ale może mogłabym tym razem prosić o konsultację? Przysłali nam z prowincji, kolejny raz... nie bardzo wiem...

Od roku była na tak zwanym urlopie — najpierw zdrowotnym, teraz bezpłatnym.

Każdy ma okazję...

— Przepraszam, ale jestem na urlopie, proszę zwrócić się do...

— Właśnie o to chodzi, że doktor Janowska przejęła ją za panią, ale musiała wyjechać do Paryża, nikt nie zawiadomił rodziny i przyjechali.

Zacząć wszystko od nowa.

— Ja… nie wiem, czy jestem najlepszą osobą… przecież…

— Pani doktor, bardzo proszę w imieniu rodziny, proszę nam pomóc…

Pomóż mi, błagam — słowa Szymona i słowa oddziałowej nałożyły się na siebie i zadźwięczały mocnym echem.

— Będę za godzinę — powiedziała wbrew sobie.

Dziewczynka miała lniane włosy i ciemne duże oczy. Nie mówiła od przeszło roku. Ani słowa. Jak na szok — to był zbyt długi czas. Świadoma odmowa? To zdarzyło się tylko w *Układzie* Kazana.

Halina siedziała naprzeciwko dziecka i była kompletnie wyzuta z wszelkich pomysłów. Encefalografia mózgu w normie, wszystkie inne badania również.

Mała patrzyła na nią dużymi oczami, uważnie, przytomnie. I milczała. Każde pytanie przyjmowała z taką samą doskonałą obojętnością. Halina wiedziała już, że niepotrzebnie przyjechała. Nie mogła nic zrobić. Już nie nadawała się do niczego. Nie była w stanie pomóc.

Poprosiła pielęgniarkę o zaopiekowanie się dziewczynką, a ojca dziecka do gabinetu. Dziewczynka nie spuszczała z niej wzroku. Wzroku skaleczonego dzikiego zwierzątka.

Kiedy do gabinetu wszedł ojciec, poczuła przyspieszone bicie serca. Nie wiedziała dlaczego. Nagle zaczęło walić nieprzytomnie, arytmia minęła po chwili.

— Proszę, niech pan siada — wskazała mu miejsce naprzeciwko siebie. Nie wiedziała, co mu powiedzieć. Że nie potrafi pomóc? Że nie chce? Że nie może? Że ma własne sprawy, które bolą tysiąc razy mocniej?

Ojciec małej siadł i przymknął oczy. Był zmęczony. Był nieszczęśliwy. Był zrozpaczony.

— Nie ma żadnej nadziei? — jego głos był miękki, delikatny i smutny jak deszcz. — Jej matka... wie pani, zginęła... nasz psycholog radził, żeby małej nic nie mówić... Ale sam nie wiem. Nie ma nadziei...

O nie, tego nie powiedziała. Ale nie wie, co się stało, co było przyczyną — tu w karcie jest napisane: pobyt w szpitalu, uraz prawej nogi i wstrząśnienie mózgu, sześć dni nieprzytomna, ale badania w porządku, tomografia mózgu świetna. Patrzyła na mężczyznę, nagle nachyliła się do niego i — jakby to ktoś inny za nią zrobił — zapytała:

— Czy ma pan czas? Może spotkamy się poza szpitalem? Trudno mi cokolwiek powiedzieć, może dziecko jest przestraszone tym wnętrzem?

I sama przestraszyła się swojej propozycji.

Ale mężczyzna spojrzał na nią z nadzieją.

— Naprawdę? Byłaby pani skłonna? Myśmy przyjechali z tak daleka…

Z Centrum wyszli razem. Mężczyzna z Karolinką za rękę, dziewczynka wczepiona w niego kurczowo, ona trochę z boku, już żałująca tej dziwnej propozycji. Podprowadziła ich do swojego samochodu. Otworzyła drzwi. Dziewczynka skuliła się na tylnym siedzeniu, ojciec usiadł obok i mocno ją przytulił.

Prowadziła wolno. Zastanawiała się, gdzie jechać, gdzie dziecko poczuje się bezpiecznie, przecież jest takie małe — i nagle, znowu wbrew sobie, powiedziała:

— Może pojedziemy do mnie?

Weszli do pustego mieszkania. Nastawiła wodę, dziewczynka wykrzywiła buzię, ojciec otworzył torbę, czegoś nerwowo szukał, nie znalazł, podszedł do małej i powiedział:

— Zapomniałem, ale… — potem spojrzał na Halinę i zapytał: — Gdzie tu jest najbliższy sklep? Jeśli pani pozwoli, ja muszę jej kupić żelki, zostawiliśmy żelki w autobusie, a ja jej obiecałem, ona nie będzie spokojna, to była nagroda, przepraszam. — Pociągnął córkę za rękę, ale oparła mu się niespodziewanie.

— Zostaniesz? — zapytał z niedowierzaniem i znowu spojrzał na lekarkę. — Może zostać?

Kiwnęła głową. Nie rozumiała, co się dzieje. Sam na sam z dziewczynką przerastało jej możliwości. Ale mężczyzna wyszedł. Zrobiła trzy herbaty, otworzyła lodówkę — kawałek sera żółtego, kefir.

— Jesteś głodna?

Dziewczynka pokręciła przecząco głową.

Zamknęła lodówkę i stanęła przy oknie. Deszcz mżył nieporządnie, tu mocniej, tam słabiej, pogoda ustaliła się na następny miesiąc. Ciężkie niebo zwisało nisko nad ziemią, bure i przytłaczające. Luty i taki deszcz. A mówią, że najsmutniejszy jest listopad.

I wtedy wydało jej się, że słyszy głos dziecka. Wpadła do pokoju jak burza. Dziewczynka stała przy biurku, jak zahipnotyzowana wpatrując się w fotografię jej i Szymona. Kiedy zobaczyła Halinę, wyciągnęła do niej rękę.

Halina wrosła w podłogę. Skąd ma zdjęcie? Myślała, że wszystkie zdjęcia Szymona schowała rok temu. Nie chciała pamiętać gdzie. Szuflady były zamknięte, szafka również. Skąd fotografia w dłoni dziecka?

Podeszła do dziewczynki i wyjęła jej z rąk Szymona. Uśmiechniętego, żywego jeszcze jej męża.

A potem zrobiło jej się słabo, musiała usiąść. Nie chciała wcale płakać, ale widziała lnianą główkę dziecka, którego nigdy już nie będzie miała z Szymonem, i łzy same polały się mocno, a twardy pancerz, który oplatał ją od dwunastu miesięcy, rozpadał się na kawałki. Zanosiła się płaczem i przytulała do serca fotografię. I wtedy zadrżał w powietrzu drobny głosik:

— Nie płacz. Pan bum.

Podniosła głowę i spojrzała w ciemne oczy. Dziewczynka pokazała palcem na zdjęcie.

Halina objęła mocno dziecko. Oba wystraszone serca połączyły się w jedno bicie.

— To mój mąż — szeptała w jasne włosy dziecka.— Umarł, tak mi go strasznie brakuje! Miał wypadek.

— Wiem, bum, bum. Nie ma pana. Nie ma mamusi.

Halina nie rozumiała. Odsunęła dziewczynkę i patrzyła na nią oczami pełnymi łez.

— Karolinko...

Dziewczynka patrzyła w przestrzeń poza nią.

— Jeden samochód prościutko i bum, nie ma mamusi? Gdzie są moje żelki? Nie wiem, gdzie jest moja mamusia. Tatuś nic nie wie, nie wolno mówić tatusiowi, tatuś jest smutny — i zaniosła się łkaniem tak żałosnym, że całe ciałko spazmatycznie dygotało. Halina wzięła ją na ręce i tuliła w ramionach.

— Płacz, kochanie, płacz — mówiła sercem do dziewczynki, teraz przypomniała sobie historię choroby, że małą uratowali z wypadku, w którym zginęła jej matka. — Płacz, malutka, mamusia nie żyje, ale jest tutaj koło ciebie, tylko jej nie widzisz, ale jest. Jest radosna, cieszy się, że mówisz, cieszy się, że płaczesz, że żyjesz, będzie się tobą opiekować już zawsze, nigdy cię nie zostawi, malutka, nigdy, patrzy na ciebie z wysoka i całuje cię mocno.

Płakały razem, tuląc się do siebie. Dziewczynka podniosła oczy i powiedziała, chlipiąc:

— To znaczy, że nie uciekła? Dlatego że byłam niegrzeczna?

— Nigdy by cię nie zostawiła, nigdy. To był wypadek. Ale teraz może się tobą opiekować tysiąc razy mocniej.

— Powiedz jej, że już będę grzeczna. Powiedz jej, że już będę dobra. Myślałam, że mnie zostawiła i dlatego nie wolno mówić. Czy to mamusia ciebie przysłała? Zostaniesz ze mną?

Halina głaskała włosy dziewczynki. Czy to możliwe, żeby nikt o tym z dzieckiem nie rozmawiał? Kto pomyślał, że jak się dziecku nic nie powie, to ono zapomni?

Położyła małą na tapczanie i nakryła kocem. Dziecko przez sen westchnęło głęboko i Halina, podnosząc się na ciche pukanie, zdała sobie sprawę, że i ona również inaczej oddycha.

Dzwonek. Otworzyła.

— Przepraszam, pomyliłem klatki schodowe, tu wszystko takie jednakowe. Karolinko, żelki.

Uśmiechnęła się.

— Mam dla pana niespodziankę. Karolinka mi wszystko powiedziała.

— Jak to powiedziała?

— Powiedziała. Będzie dobrze. Teraz śpi. Napije się pan herbaty?

Odłożyła zdjęcie Szymona na stół, mężczyzna jak nieprzytomny wszedł najpierw do pokoju, potem za nią do kuchni.

— To cud — powiedział. — Nie wiem, jak pani dziękować.

Kiedy robiła herbatę, usłyszała jego głos. Głos jakby nie z tego świata, pełen niedowierzania, łamiący się głos mężczyzny:

— Boże, to był pani mąż? Tam była plama oleju, której nikt nie zabezpieczył. Dobrze, że jechał sam. Wiem, że pani też musi być ciężko. Czy to nie dziwny zbieg okoliczności, że trafiliśmy właśnie do pani?

Plama oleju?

Nie ona?

Odwróciła się z pełnymi szklankami, zobaczyła, jak mężczyzna odkłada fotografię Szymona i patrzy na nią — ze współczuciem, z ciepłem i z troską.

Każdy ma okazję zacząć…

1999

Zdążyć przed pierwszą gwiazdką

Noc przed Wigilią była najbardziej przykra. Święta nie są dla ludzi samotnych, święta są dla rodzin, dla dzieci, dla rodzin z dziećmi, dla par spodziewających się dziecka, dla szczęśliwie zakochanych, dla przyjaciół, dla znajomych — ile wtedy gwaru, a zapach ciasta snuje się po domach, choinki przygotowane w ogrodach i na balkonach wnosi się do czystych pokoi, pachnie świerkami, jodły stroszą swoje sztywne ramiona, a w dzbanach panoszą się gałązki, zieleniejąc wesoło. Dzieci się niecierpliwią — kiedy będziemy ubierać choinkę?

Kiedy niecierpliwiła się po raz ostatni?

Kiedy była dzieckiem?

Bardzo dawno temu.

Święta są dla przyjaciół. To co robimy? Wy do nas czy my do was? Ach, wspaniale, to my zrobimy rybę, a wy zróbcie sałatkę z czerwonej kapusty. Nareszcie będziemy mieli okazję się spotkać. Wolelibyśmy, żebyście wy do nas. A może wobec tego my do was drugiego dnia świąt? Oczywiście, że pójdziemy na pasterkę.

Święta są dla ludzi, którzy wierzą. W narodziny nadziei, zbawienia, odkupienie win, przeszłych i przyszłych. Dla uduchowionych ludzi, którzy przedkładają chwilę ciszy w pustym kościele nad gwar dużych supermarketów. Którzy w ciszy i spokoju godzą się ze światem.

Leżała bezsennie w dużym łóżku i próbowała nie myśleć. Nie chciała być pogodzona ze światem, była po prostu nieszczęśliwa.

Ale uporczywe tykanie zegara przywoływało wspomnienia. Czego jeszcze dodawała matka do piernika? Jaki smak miały lukrowane gwiazdeczki? Nie, nie. Piecze i gotuje się dla przyjaciół, dla znajomych, dla rodziny. Dla siebie się nie opłaca. Co zrobiłaby z całym sernikiem, piernikiem, rybą w galarecie?

Podniosła się i przeszła do kuchni. Mały domek, w którym mieszkała od początku, od zawsze, od trzydziestu czterech lat, domek odziedziczony po rodzicach, był miejscem przyjaznym. Stara podłoga zaskrzypiała — dębowe deski odzywały się jak przed laty, tym samym dźwiękiem.

Skrzypiała jak kiedyś, gdy skradała się pod pokój kominkowy. Nasłuchiwała pod drzwiami stłumionych głosów rodziców. To gdzie? Teraz? Tu? Połóż tutaj... Ona jest u siebie? Nie słyszy?

Słyszała tylko niezrozumiałe słowa i niezrozumiałe dźwięki, ale drzwi były zamknięte, podwójne drzwi do przedpokoju były przed nią zamknięte, w pokoju kominkowym już nakryto stół, w stojaku na trzech nogach, nogach lwa — kto wymyślił taki stojak pod choinkę? — metalowe pazury spoczywały za kominkiem, odsuńcie tę choinkę, zaraz rozpalimy w kominku. Choinka była wysoka, ojciec ucinał wierzchołek, który opierał się o sufit, pięcioramienna srebrna gwiazda lekko się kołysała, kiedy ubierały z matką drzewko. A potem rodzice kazali jej iść do swojego pokoju i wypatrywać Świętego Mikołaja.

Siedź w oknie i patrz. Przyjedzie. Może przyleci. Jak może przylecieć, skoro jest na saniach? Te sanie mogą latać. A renifery? Renifery też mogą latać. Nie mają skrzydeł, nie mogą. O to właśnie chodzi, że dzisiaj mogą.

Siedziała więc cierpliwie i patrzyła w ciemność za oknem. Domek rodziców prawie dotykał lasu, okna od strony zachodniej nie zaczepiały nawet o ślad człowieka. Tylko z kuchni i pokoju kominkowego widać było okna sąsiadów, dom przy domu, oddzielone ogródkami i niskim drewnianym płotem.

Po którejś Wigilii zorientowała się, że Mikołaj musi przychodzić od tej właśnie strony, bo nigdy nic nie zauważyła, żadnych śladów sań ani kopyt, ani stóp, a przecież pod choinką piętrzyły się pudełka i pudełeczka, dla niej, dla mamy, taty, ciotki

Jaśminy i jej męża Filipa, który jest teraz w Kanadzie, i drobiazgi dla sąsiadów oraz ich syna Łukasza, którzy przychodzili po kolacji podzielić się opłatkiem. Ogień wesoło skwierczał w kominku, siedziała zaczarowana koło dużego zielonego fotela, na którym tata rozpierał się wygodnie i zapalał fajkę.

Jeśli więc on przyjeżdżał czy przylatywał od strony pokoju rodziców, to postanowiła podpatrzeć jego nadejście. Calutkie dni przed świętami była grzeczna — Mikołaj przychodził tylko do grzecznych dzieci — ale się nie udawało. Mama zamykała drzwi do pokoju, a potem były prezenty. Kiedyś udało jej się zobaczyć ślady śniegu na podłodze, te ślady prowadziły do drzwi altany... Potem zobaczyła mokre buty ojca i uśmiechała się do siebie, kiedy mama szybko, szybko prowadziła ją do okna, bo wydawało jej się, że już, tuż-tuż, a może słyszała dzwoneczki?

Więc biegła do okna i uśmiechała się do siebie w brzuchu, tajemnica łaskotała ją lekko, miała swój własny sekret, o którym nie mówiła rodzicom, żeby byli uśmiechnięci i zadowoleni, że wierzy w Mikołaja i renifery. A przecież ona cieszyła się, że buty ojca były wilgotne od śniegu, bo to znaczyło, że tata ją kochał.

A jeszcze wcześniej, w przeddzień Wigilii, zamiast spać, skradała się pod kuchnię, żeby poczuć zapach odwijanego piernika, który matka przekładała do kredensu po dwóch tygodniach trzymania go na dolnych półkach spiżarni. Pachniało miodem i gałką muszkatołową. To było tak dawno. Skupiała się na tym, żeby wspomnienia nie miały tu dostępu, ale skrzypienie podłogi pozwoliło na przesączanie się pod zmrużone powieki obrazów, których nie chciała pamiętać.

Ojciec z mamą, objęci, przytuleni, córeczka, nasza córeczka, moja córeczka — ojciec puszczał mamę i podnosił ją wysoko, wysoko, tak że mogła zdjąć z górnej gałązki choinki długi wąski cukierek zawinięty w złoty papier, nie, nie róbcie tego, proszę, umówiliśmy się — mama marszczyła brwi — nic nie zostanie z naszej choinki, bierz, bierz, zachęcały śmiejące się oczy ojca, niepewnie szarpała cukierek, choinka drżała pod jej małymi dłońmi, poczekaj, mówił ojciec, poczekaj, odwiązywał ciemną nitkę, a mama już nie udawała zagniewanej, cukier rozpuszczał się wolno w jej dłoni, kiedy druga połowa cukierka ginęła w buzi.

Sięgnęła do lodówki, nikłe światełko małej lampki rzuciło światło na jej bose stopy. Szklanka mleka przed snem pomoże jej zasnąć. Jaka bzdura. Popije melatoninę, piątkę, może jej umysł się uspokoi, tak jak uspokaja się przez te wszystkie dni w roku, w czasie których święta nie mają do niej dostępu.

Zamknęła lodówkę. Czy to nie ona odkryła, że spada sprzedaż lodówek, jeśli spot reklamowy pokazuje kobietę, która zagląda do wnętrza i pokazuje wszystkie półeczki i schowki? Pokazuje i pokazuje, taka wygoda, tu na masło, tu na jajka, tu na butelki, tu na mięsko, oto szuflady do zamrażarki, jakie wygodne, jakie czyściutkie, jakie pojemne. Dlaczego sprzedaż zaczęła spadać?

Ile czasu jej to zajęło? Odkrycie, że lodówka na spocie reklamowym musi być zamknięta? Nie może być otwarta tak długo. Psuje się. Nie spełnia swojego zadania. Jakie jest podstawowe zadanie lodówki? Trzymać zimno. Utrzymywać stałą niską temperaturę. Kobieta w reklamie rozmrażała lodówkę, zachwycając się niebieskimi estetycznymi półeczkami.

Ile czasu jej to zajęło? Czy to nie wtedy została dyrektorem marketingu? Specjalistką od reklam? Najwyższym autorytetem?

CHCESZ BYĆ MŁODA? CHCESZ BYĆ PIĘKNA? CHCESZ BYĆ NIEZALEŻNA?

ZASŁUGUJESZ NA TO!

Szampony, proszki, telewizory, chusteczki higieniczne, samochody, wycieczki, papier toaletowy, farba do włosów.

Wielka aktorka i proszek do prania. Aktorka seksbomba i pierwsza poważna kłótnia z szefem.

— Nie tak należy zrobić reklamę! Nie tak!

— A jak? Jak to sobie pani wyobraża?

— Ona nie powinna zostawiać śladów szminki po to, żeby je spierać! Mężczyźni będą chcieli zachować ślad szminki, to bez sensu!

— Ale to kobiety piorą te koszule, prawda?

— Jeśli seksbomba zostawia ślady, to nie po to, żeby znalazła je żona!

— Ten proszek ci pomoże! Oto, co mówi reklama!

— Pomoże zdradzać? Tego kobiety nie chcą! One w ten sposób nie myślą!

— Myślą!

— Nie tylko myślą, ale czują!

— Bardzo proszę, to co pani ma do zaproponowania?

Spot został nakręcony. Seksbomba wiła się w ramionach mężczyzny, ślady szminki brudziły biel koszuli.

OTO PROSZEK, KTÓRY WSZYSTKO SPIERZE!

A potem już była Wigilia bez ojca. Zielony fotel został odsunięty pod okno, nikt na nim nie siadał.

Tego dnia matka trzymała ją za rękę, głos miała nabrzmiały łzami.

— A dziecko? Dlaczego nie myślisz o naszej córce?

— Na pewno będziesz się nią dobrze opiekować.

— Tatusiu, gdzie ty chcesz iść? Kiedy wrócisz?

— Popatrz na nią, spójrz na mnie, nie możesz nam tego zrobić!

— Kiedy wrócisz, tatusiu, mogę iść z tobą?

— Powiedz to, sam jej powiedz, że nas już nie kochasz! Pożałujesz!

— Tatusiu, gdzie ty idziesz, tatusiu, nie odchodź!

— Idź do swojego pokoju, tatuś nas już nie kocha!

— Nie szantażuj mnie!

— Nie masz Boga w sercu! Idź, Natka, do swojego pokoju! Tatuś już nie chce z tobą mieć nic wspólnego!

— Nie wykorzystuj dziecka przeciwko mnie!

I trzaśnięcie drzwi.

I nigdy więcej mokrych butów w przedpokoju. Ciocia Jaśmina, chlipiąca w Wigilię, pochylona za blisko twarz.

— Biedna, biedna córciu...

Wcale nie była jej córcią, była córeczką tatusia!

— Nie zaczekamy na tatusia? Przecież jest nakrycie dla niego...

I matka podrywająca się od stołu, od choinki, w pędzie porywająca puste nakrycie, czekające na wędrowca, i płacz matki z kuchni, i ciocia

Jaśmina biegnąca za nią, i wujek, który niezdarnym ruchem przyciągał ją do siebie.

— Chodź, Naciu, rozpalimy ogień.

Nie lubiła, jak ktoś mówił na nią Naciu — była Natką, Natalią, Talią. Nacia brzmiała jak nać pietruszki, a ona nie chciała być pietruszką, była królewną swojego taty, a nie zielskiem.

Ogień nie chciał się rozpalić, tata robił to zgrabniej, nie dymiło na cały pokój.

A potem Wigilie bez cioci i wujka. Przeprowadzili się do innego miasta, krótkie kartki z życzeniami: „Niech Bóg ma was w swojej opiece".

Ale Bóg nie miał ich w opiece, a w każdym razie jej nie miał w opiece, bo tata już nigdy więcej się nie pojawił w jej życiu i w żadną Wigilię, kiedy ponoć dzieją się cuda. Cud się nie zdarzył, nie pojawił się w drzwiach, nie wziął jej na ręce, nie zbliżył się do choinki i nie powiedział:

— Moja córeczka! Moja duża córeczka!

I nie odwiązał żadnego cukierka spod sufitu, a choinka nie zachwiała się, stukocząc radośnie bombkami.

Matka z roku na rok stawała się bardziej nieobecna, wpadała w siebie coraz bardziej i bardziej, kurcząc się i malejąc.

— Nie ufaj mężczyznom. Musisz sobie radzić sama. Nigdy im nie ufaj — szeptała w rzadkich chwilach przytomności. A potem przenosiła się w swój własny, niedostępny Natalii świat, w którym roiło się od dobrych wspomnień, zatrutych wspomnień, świat, w którym dla Natki nie było miejsca.

I wijąca się seksbomba brudząca koszulę. I najlepszy proszek świata, dostępny dla twojej kieszeni. Oszczędzisz! Widzisz, jak ładnie schodzi obca szminka? Możecie po tym proszku nadal udawać, że nic się nie stało!

Nie! Nie tak ma być!

Ta seksbomba niech wybrudzi mu koszulę, dobrze. I niech on, wychodząc, zauważy. I ta seksbomba niech nieudolnie wyczyści te plamy, zostaje ślad, szarawy, brzydki zaciek. On wchodzi do innego domu. Wita go inna kobieta.

— W środę też mam konferencję.

Przebitka na łazienkę. Na kobietę. Na proszek. Cięcie.

Środa. Patrzy na zegarek. Osiemnasta. Żona wchodzi do pokoju, trzyma w rękach śnieżnobiałą koszulę, bez plam, zacieków, przebitka na tamte ręce seksbomby z brudną koszulą, on bierze z rąk żony koszulę, waha się, obejmuje ją — nie pójdę, niech sobie radzą beze mnie.

Koniec.

— Pani mi tu jakieś trele-morele proponuje. Jak ja mam to w czterdziestu sekundach zmieścić? To opowieść, to bajka! To tylko proszek do prania!

— Ludzie chcą bajek, ten proszek ratuje jej małżeństwo! A ten mężczyzna widzi, komu na nim bardziej zależy!

— Mówi pani jak prosta kobieta!

— Odwołuję się do prostych uczuć!

— Myli się pani, pójdzie spot już nakręcony!

Nie myliła się. Sprzedaż również zaczęła spadać. I dlatego seksbomba powędrowała na półkę i poszły spoty prorodzinne.

— Pani Natalio, chciałbym panią przeprosić. Pani intuicja, wyczucie, znajomość rzeczy… Wróci pani na stanowisko? To znaczy, chciałbym zaproponować pani coś nowego… Na nowych, lepszych warunkach…

FARBA DO WŁOSÓW! POKRYJE TWOJE SIWE WŁOSY!

— Nie, panie dyrektorze, niech nie pokrywa. Dlaczego kobiety mają się przyznawać do siwizny? Niech będą radośniejsze, ładniejsze. Może niech przyjaciółce pokażą zdjęcie sprzed farbowania. Ale czy ta farba jest dobra?

— A skąd ja mogę wiedzieć, pani dyrektor? Przecież to nie ma znaczenia! My tej farby nie produkujemy! My nie odpowiadamy za jej jakość, odpowiadamy za jakość reklamy! To naprawdę nie ma znaczenia!

— Nie będziemy reklamować niczego, co jest bublem.

— To znaczy, że nie będziemy reklamować niczego.

— Nie, to znaczy, że zajmiemy się takimi produktami, które są coś warte.

— Zbankrutujemy! Nie będziemy zarabiać!

— Owszem, może być chwila przestoju w interesach. Ale za to w przyszłości to my będziemy marką tych produktów. Ludzie się nauczą, że coś, co MY reklamujemy, jest dobre. I wtedy będziemy dyktować ceny.

— Pani żyje w niedzisiejszym świecie, pani Natalio! To się nie uda!

To jest to. Twój pierwszy program. Słuchaj nas, bo my to ty. Twoje marzenie to ta kuchenka mikrofalowa. Jeśli kupisz naszą kawę, on będzie cię budził co rano. Tylko miłość. Weź tabletki na zmęczenie, na znudzenie, zatwardzenie, pocieszenie, radość. Weź proszek przeciw smutkowi, weź syrop od braku opieki, wesprzyj się na sobie.

Kiedy po raz pierwszy w życiu wróciła do domu rano, pełna obaw, ale i radości, że oto stała się kobietą, a widok Krzysztofa, który bladym świtem nachylał się nad nią, działał na nią tak mocno, że nogi się pod nią uginały, matka podniosła się z krzesła — nie wie do dzisiaj, czy kładła się tej nocy, czy nie — i chwyciła ją za rękę.

— Pamiętaj, możesz liczyć tylko na siebie, nie daj się, bądź twarda. Nie daj się zranić.

— Mamo…

— To nie jest mężczyzna dla ciebie, wierz mi.

Ukrywany od tej pory przed matką związek z Krzysztofem dość szybko przyniósł rozczarowanie. To nie był mężczyzna dla niej. Lepiej było zerwać z nim teraz, póki nie jest za późno, póki pewnego dnia nie stanie przed nią i przed ich córeczką i nie powie „odchodzę". I nie zobaczy go już nigdy.

— Ale dlaczego? Dlaczego? — pytał.

— Nie kocham cię i tyle — powiedziała.

— Ty nie wiesz, co znaczy kochać.

Te słowa uderzyły ją o wiele bardziej, niż chciała się przyznać przed samą sobą. Ona nie wie, co znaczy kochać?

Wie.

Po prostu nie lubi świąt.

Melatonina nie działała. I jutro nie idzie do pracy. Jest druga w nocy, a ona siedzi w pustej kuchni i ma przed sobą upiorne święta. I jak na złość zaczął padać śnieg. Rano będzie ślicznie.

Śnieg zaczął padać koło drugiej w nocy. Po dużych, miękkich płatkach, które od razu miały ochotę zamienić się w wodę, nie pozostało ani śladu. Teraz z nieba sypała się drobna kasza, która marzła w powietrzu i na ziemi, znak, że chwytał coraz mocniejszy mróz.

Obudziło go zimno, dotkliwe, przenikające na wskroś zimno. Może gdyby cokolwiek wczoraj zjadł, zimno nie miałoby do niego jeszcze dostępu. Ale nie miał nic w ustach od przedwczoraj...

Przeciągnął się i zadrżał. Ta pogoda nie wróżyła mu nic dobrego. Zwykle mrozy przychodziły po Bożym Narodzeniu, a w tym roku przecież na Barbary był mróz. A jak mówi stare porzekadło — święta Barbara po lodzie, Boże Narodzenie po wodzie.

Druga w nocy nie jest dobrą porą na ruszanie w drogę. Chciał tylko spać, spać tak długo, aż mięśnie zmęczone wędrówką odpoczną na tyle, żeby móc dalej iść. Chociaż jaki to miało sens? Czego szukał? Do czego dążył?

Zamknął oczy i podkulił nogi. Teraz trochę cieplej. Nie myśleć o niczym i nad niczym się nie zastanawiać. Nie pamiętać o świętach, nie pamiętać zapachu lasu w domu, smakowitego jedzenia, radości. Nie pamiętać o przeszłości, bo tego już nie ma.

A jednak zanim zapadł w krótką, przerywaną dreszczami drzemkę, pojawił się obraz kobiety, kobiety, którą kochał i za którą tęsknił. I chociaż wiedział, że już nigdy jej nie spotka, łagodnie poddał się marzeniu, które trzymało go przy życiu.

Ranek był cały zaśnieżony, a z nieba ciągle sypał biały puch. Spojrzała na termometr. Minus dwanaście stopni. Ubrała się ciepło, włożyła wełniane skarpety w kolorowe pasy i narzuciła na plecy wełnianą chustkę. Teraz nie wyglądała na dyrektora, raczej na wiejską kobietę.

Grzanka wyskoczyła z trzaskiem na blat w kuchni. Niedbale — jakie znaczenie ma jedzenie? — narzuciła na chleb ser z kminkiem i podkręciła ogrzewanie. Z talerzykiem i kubkiem gorącej herbaty ruszyła do pokoju, w którym po śmierci matki postawiła komputer.

Cichy szum stacji dysków, Word 2000 to nie był dobry program, wieszał się już tyle razy, że wyprowadzało ją to z równowagi. W Wigilię się nie pracuje. Jaka Wigilia, taki cały rok.

Pierwsza Wigilia bez matki. Bez jej martwej obecności, bez jej łez i rozchybotanych wspomnień — jak bardzo można być przywiązanym do przeszłości! — matka już od paru lat budziła w niej tylko litość. Im bardziej to czuła, tym bardziej starała się być dla niej dobra. Uczucie litości zagrażało jej wyobrażeniom o sobie jako o dobrym człowieku. Litość to wyższość, litość to ułomność, litość to niezdolność do współczucia czy współodczuwania, ale niestety litość sączyła się wszystkimi szparami, kiedy tylko matka drżącą ręką podawała opłatek, a jej oczy robiły się czerwone, napuchnięte od niewypłakanych łez.

— Nigdy nie pozwól, aby ktoś tobą zawładnął tak jak twój ojciec mną — prosiła. — Obiecaj mi.

Obietnica była łatwa i, co najważniejsze, nie wymagała od niej niczego. W ogóle nie brała pod uwagę, że mogłaby tak jak matka zakleszczyć się na kimś, uwiesić, zamiast żyć.

— Zniszcz, zniszcz wszystkie papiery, niech nic nie zostanie — prosiła matka nerwowo, kiedy Natalia siedziała przy jej łóżku w szpitalu. — Obiecaj mi, przepraszam, myślałam, że tak będzie lepiej dla ciebie…

O jakie papiery matce chodziło, nie zdążyła spytać. Matka zmarła następnego dnia, tuż przed jej przyjściem. Zapalenie płuc okazało się zabójcze dla jej wycieńczonego organizmu.

Natalia przejrzała papiery w dawnym biurku ojca. Akt własności domu, jej świadectwa od szkoły podstawowej do matury, akt ślubu rodziców, nieistotny dowód tego, że nie była bękartem, zaświadczenie o stanie zdrowia po przebytej przez matkę w młodości gruźlicy, nic, co domagałoby się zniszczenia.

Poza przejrzeniem papierów nie zrobiła nic. Rzeczy matki nadal wisiały w szafie, czekając na uporządkowanie.

NOWY WSPANIAŁY PRODUKT.

Nowy — zużyte słowo. Teraz wszystko jest nowością. Może odwołać się do tradycji? Nie do tego, co nowe, ale co stare, dobre, sprawdzone?

Używaj? Nie, ludzie nie chcą już używać, sprawdzać, są zmęczeni natłokiem nowych rzeczy — jeszcze doskonalszych, jeszcze lepszych, jeszcze bardziej okazyjnych.

Pusty ekran komputera z paskami narzędzi już nie zmuszał do pracy. Może powinna wykorzystać te trzy wolne, samotne dni na uprzątnięcie tego wszystkiego?

UPRZĄTNIJ KOŁO SIEBIE. ZOBACZ, CO JEST WAŻNE. TO TWÓJ WYBÓR.

Znajdź właściwe rozwiązanie.

Nie. Beznadziejne.

Trzeba się odwoływać do tego, co jest najbliższe ludziom. Skąd ma wiedzieć, co jest najbliższe? A co dla niej jest ważne?

Podniosła się i stanęła przy oknie. Świat był biały — jakby nie istniał. Wymarzone święta dla szczęśliwych dzieci. Dla dzieci, które oczekują prezentów, które sprawdzają, czy mokre buty ojca stoją w przedpokoju. Dla ludzi oczekujących.

Cofnęła się, kiedy na sąsiednie podwórko wyszedł Łukasz. Syn sąsiadów — wrócił z Francji, sam, a wiedziała od matki, że tam się ożenił.

No cóż, mężczyźni odchodzą. Nie chciała, żeby ją zauważył. Nie chciała kontaktów z takimi ludźmi. Oboje byli samotni, to prawda, ale jej życie było uczciwe. Nikogo nie zraniła, nie odeszła od matki z dzieckiem, jak to na pewno zrobił Łukasz. Pamiętała go jako młodego chłopca — nie chciał się z nią bawić, była młodsza, a kiedy ma się jedenaście lat, nie poszukuje się towarzystwa pięcioletniej dziewczynki, rozumiała to doskonale — teraz. Wtedy była zawiedziona, że siedział przy stole sztywno z rodzicami, kiedy ona klęczała pod choinką i wyłuskiwała spośród gałązek orzechy owinięte w srebrną folię.

Przez sekundę przemknęło jej przez głowę, że nie musiałaby spędzać tej Wigilii sama, właściwie nawet byłoby to naturalne, gdyby po prostu machnęła do niego ręką — będziesz sam? Może wpadniesz na rybę? Ale natychmiast skarciła się za taki pomysł.

Łukasz był samotny na swoje własne życzenie, a ona nie była skłonna do opieki i miała siebie. Zresztą — co to za bzdury?

Wpadł do niej krótko po śmierci matki.

— Jeśli mogę ci w czymś pomóc…

— Dziękuję — powiedziała dość oschle.

W czym miałby jej pomóc ten obcy mężczyzna? Albo to, że trochę się znali? Dotrzymała słowa danego matce. Patrzyła przez tyle lat na jej smutne życie i rosła w niej złość do mężczyzn. Ona nigdy nie dałaby się tak upokorzyć. Nigdy.

Czego chce? Gdyby miała samą siebie namówić na ten Cudowny Produkt? O czym musiałaby mówić reklama?

O przemijaniu, o tęsknocie za czułością, za czymś, co było, a co nie wróci. Za nadzieją, że wróci. Że będzie tak jak kiedyś — kiedy „kiedyś" było miękkie, ciepłe, dobre i pewne.

Miękko, ciepło. Pewność.

Pewności nie ma. Gdybyż mogła dać ludziom pewność... zostałaby swoim własnym szefem. Ba, kimś znacznie więcej...

Bezpieczeństwo. Odkrycie.

ODKRYJ SAMĄ SIEBIE.

Czyli potwory i demony. Złość i żal. To głupie, każdy podejrzewa, że w środku przechowuje bestię, która raz wypuszczona na wolność, zawładnie nie tylko światem, ale i swoim właścicielem.

ODKRYJ SWOJĄ BESTIĘ.

OSWÓJ SWOJĄ BESTIĘ.

OSWÓJ SWOJĄ PRZYSZŁOŚĆ.

Szukaj.

A może nie reklamować produktu, tylko zaciekawić — co to jest? Co mi da? Co będzie, jeśli się dowiem?

KIM JEST JÓZEF K.? Było.

A śnieg pada i pada. Takie trzy dni w domu ją wykończą.

NIE BĄDŹ IDIOTĄ!

Reklama na „nie" się nie sprawdza. Podświadomość nie zna słowa „nie". Odrzuca je jak niegrzeczne dziecko. Nie rozumie słowa „nie". Na pewno napis powinien być pomarańczowy. Pomarańczowy kolor wpływa na łaknienie. Jeszcze nie wiemy dlaczego, ale sięgamy. Dzieciom niejadkom powinno się podawać jedzenie na pomarańczowych talerzach. Pomarańczowe krótkie hasło.

PRZYPOMNIJ SOBIE!

Bez nakazu. Człowiek nie lubi, żeby mu rozkazywano.

Kiedy była dzieckiem... Ale już nie jest.

PRZYPOMINAM SOBIE...

Dobre. Co sobie przypominam? Pamiętam... tak może być... to zależy ode mnie. Jesteś kowalem swojego losu — tylko inaczej. Skojarz kowala, szybciej, pierwsze skojarzenie — podkowa. Dobrze. Podkowa — szczęście, szczęście, ciepło, dom, miłość.

NIE BÓJ SIĘ. Bez „nie". A więc: ZARYZYKUJ. CHCESZ. ZOBACZ, CZEGO NAPRAWDĘ CHCESZ.

ZRÓB COŚ DLA SIEBIE.

Nieee. Beznadziejne.

Wstała od komputera, zapaliła światło. Śnieg sypał teraz tak gęsto, że w pokoju zrobiło się szaro mimo wczesnej pory. Otworzyła szafę matki i zgarnęła rzeczy razem z wieszakami.

Opróżnij swój umysł. Zobacz, co jest naprawdę ważne.

Jeśli zajmie się teraz porządkami...

CUDA SIĘ ZDARZAJĄ.

CZY CZEKASZ NA SWÓJ CUD?

Tak, to jest dobry kierunek. Każdy ma swój cud, na który czeka. I żadnej fotografii, żadnych skojarzeń, tylko z boku, małymi literami, nazwa produktu.

Pomarańczowa.

I może krócej. Czekasz na swój cud? Daj sobie szansę — sztampa. Wybierz, sięgnij, zaryzykuj.

CZEKASZ NA SWÓJ CUD? ZARYZYKUJ.

Wyjęła z szuflady w kuchni czarne studwudziestolitrowe worki na śmieci. Wszystko to, co należało do matki, jej ubrania, nienoszone od lat, zapakować, wywieźć do kościoła, tam zbierają rzeczy, tam zgłaszają się po nie biedni.

Musiał ruszyć dalej, choć odczuwał teraz silne pieczenie w lewej nodze. Stara rana otworzyła się i bolało, tak bardzo bolało. Ale przecież jest silny i wcale nie taki stary. Da sobie radę. Nie widzi dla siebie miejsca w tym świecie — silnych, wspaniałych i przedsiębiorczych ludzi. Spieszących się ludzi. Każdy z nich dzisiaj wieczorem na białym obrusie ułoży dodatkowe nakrycie. I każdy będzie miał nadzieję, że nikt nie przyjdzie, że nikt nie powoła się na cud bożonarodzeniowy, że nikt nie zapuka do drzwi i nie przypomni słów Biblii — głodnego nakarmić, oto jestem.

Bo on tego na pewno nie zrobi.

Śnieg sypał gęsto, a przed nim była droga do miasta. Może tam zdarzy się cud.

Przecież są święta.

Siedziała na podłodze i patrzyła na pożółkłe kartki.

Najdroższa moja córeczko,

wiem, że nie chcesz mi wybaczyć, ale kocham Cię i tęsknię. Proszę, napisz choć parę słów.

Kochana Natalko,

mama pisze, że jesteś obrażona, wiem, co czujesz, ale kocham Cię i zawsze będę Cię kochał.

Kochana córciu,

myślałem, że będziemy mogli się zobaczyć, ale skoro wyjechałaś akurat z ciocią Jaśminą… Pozdrów ją ode mnie.

Droga Natalko,

przykro mi, że choć minęło tyle lat, nie możesz mi wybaczyć.

Natalio, z okazji Twoich osiemnastych urodzin życzę Ci, żebyś umiała mądrze wybierać...

WYBIERZ MĄDRZE.

To takie wezwanie dla głupców. Tym razem wybierz mądrze, skoro dotychczas twój ciasny umysł nie umiał podjąć tej decyzji.

To listy do niej. Kochana córeczko... Najdroższy skarbie, Natalko. Ile lat tu leżą?

Poczuła nudności. Podniosła się i pobiegła do łazienki. Z głową nad umywalką łapczywie obmywała twarz. A potem ogarnęła ją tak silna fala nienawiści, że musiała się mocno chwycić wieszaka na szlafroki, żeby nie upaść. A potem skulona tuż koło muszli klozetowej zaczęła płakać. Płakać z dna swojej biednej, dzielnej, niezależnej, sponiewieranej duszy. Złość na matkę wypływała ze łzami jak skisła woda po ogórkach, które odcedzała pod koniec sierpnia.

Nudności wróciły obrzydliwą falą. Nachylona nad sedesem, wymiotowała. Wtedy jej ulżyło, ale łzy powróciły, czyste łzy żałości i nieutulenia. Płakała, aż zabrakło jej łez.

Obmyła twarz i jak przez mgłę usłyszała: „Przepraszam, myślałam, że tak będzie lepiej".

Biedna, biedna mama. Zrobiła to w trosce o nią. Żeby nie cierpiała, nie pamiętała, nie dała się powtórnie zranić. Za żalem sunęły wspomnienia. Oto Krzysztof, jego ciało, jego ręce, jego brzuch. Jego uśmiech, jego usta. Motyli dotyk ręki między jej udami. Gęsia skórka, którą na samo wspomnienie pokrywało się jej ciało. To przecież było przyjemne, to nie było złe.

Nie potrafisz kochać.

Nie chce spędzić Wigilii w domu, w którym nie będzie świąt. Nie chce, udaje tylko, że chce. Trzeba spakować rzeczy i je wywieźć. Wyszorować podłogę w pokoju i przynieść drewno. Napalić w kominku. Zachowywać się tak, jakby to był ten właśnie cud. Jakby była dzieckiem. I choinka, duża, a stojak jest pewno w szopce, nieużywany od lat. Miały ostatnio małą sztuczną choinkę, ładną, do której nawet kupiła świerkowy zapach. Ale nie musi już udawać. Może być sobą. Nie musi udawać przed matką. Będzie miała święta i będzie miała pięć lat. I cukierki, długie, i pachnące ciasto. Nikt jej na tym nie przyłapie i nie zgani. Zrobi sobie święta.

ZRÓB SOBIE ŚWIĘTA.

Zachichotała nerwowo i zapaliła światła w całym domu. Dopiero wpół do dziesiątej. A potem, jak już posprząta, pojedzie do miasta i kupi cholernie dużą choinkę, i prezent sobie kupi, i położy pod tą choinką, a potem zrobi ślady na podłodze, czystej, wyszorowanej, mokre ślady, i uchyli drzwi na dwór, na znak, że Mikołaj już przyszedł. I pojedzie po zakupy — kupi sernik i jajka, albo upiecze, sama upiecze ciasto, i będzie jadła i jadła, i odpisze na list tatusiowi, i zrobi sobie święta.

Przez łzy i śmiech szorowała pokój kominkowy. Wybrała z paleniska gwoździe — w zeszłym roku spaliła parę desek, musiały być w nich jakieś gwoździe — przysunęła zielony fotel do kominka. Nie pamiętała, żeby go kiedykolwiek używały, a mimo to zielony materiał był przetarty. Narzuci na niego patchwork ze swojej sypialni, to będzie nowy pokój, jej pokój, jej choinka, jej mały cud.

Zalśniły blaskiem szyby. Przetarła je najlepszym płynem, zdjęła firanki i wrzuciła do wanny. Zalała ciepłą wodą z proszkiem. Woda zrobiła się szara. Płukała je długo, a potem powiesiła mokre i ułożyła na podłodze pod nimi zużyte ręczniki.

Otuliła się w kurtkę i wyszła na podwórko. Musiała odgarnąć śnieg, żeby dostać się do szopy, ale miała rację — stojak z metalowymi łapami lwa czekał na nią po prawej stronie.

Czuła, że policzki jej płoną.

Trzasnęła drzwiami do szopy, rzuciła stojak w przedpokoju, wskoczyła w buty, zamknęła za sobą drzwi i odśnieżyła samochód. Szczęśliwie silnik odpalił za pierwszym razem. Ruszyła wolno w stronę miasta.

A jednak nie daje rady. Nie wziął pod uwagę tego, że przy takim mrozie idzie się inaczej. Noga coraz bardziej bolała, a w uszach słyszał:

— Spierdalaj stąd!

Wiedział, że nie wygląda dobrze, ale jakie znaczenie ma wygląd? Kobieta, którą kochał, nie była piękna. Ale pamięta jej zapach, mógłby marzyć godzinami o zapachu jej ust i dłoni, jej włosów, o tym, jak pachniała rankiem, a jak wieczorem, jak pachniała po miłości, a jak wtedy, kiedy czekała na miłość. Mógłby godzinami opisywać jej dotyk — szorstki i przyjacielski, ciekawy, niedbały, czuły. Dotyk oczekiwany godzinami, zmieniający czas i przestrzeń. A smak? Mógłby smak jej łez rozłożyć na maleńkie cząsteczki, a i tak każda z nich zapełniłaby jego wszechświat. A jej dłonie? Dłonie o delikatnych długich palcach, dłonie znużone, dłonie kochające, dłonie podające jedzenie, dłonie żywicielki, dłonie czułości nie do zaspokojenia, dłonie delikatne jak wnętrze ucha, dłonie skupione, dłonie przygarniające, obejmujące, dłonie podnoszące głowę. I oczy. Jakie ona miała oczy! Czasem śmiała się do niego — szczególnie wtedy, kiedy nie mógł nasycić się jej bliskością. Cieszyła się z jego miłości, a on delikatnie językiem dotykał jej twarzy, kiedy spała. Czuł każde drgnienie powietrza. Wdech i wydech, wdech i wydech... Kiedy się ruszała, udawał, że śpi, ale kiedyś przyłapała go na tym wilgotnym dotyku i zamiast się zezłościć, objęła go mocno i przytuliła do siebie. Potem płakała długo, a on nie wiedział dlaczego, ale pozwalał jej na płacz tak samo chętnie jak na radość. To było ważne, żeby czuła się przy nim bezpiecznie, wiedział, że to jest najważniejsze.

Nie odnajdzie jej.

Wyjechała nagle, bez uprzedzenia. A on tego nie przeczuł, mimo że tyle innych rzeczy przeczuwał. Wyjechała nagle i zostawiła go jak nikomu niepotrzebną zabawkę. Nie wiedział, że kobiety są do tego zdolne. Były przecież takie kruche, takie delikatne. A kobieta, którą kochał, na pewno potrzebowała jego opieki.

Pewnie dlatego ruszył w tę podróż. Ale przeliczył się. Żeby przeżyć, trzeba przynajmniej mieć co jeść. A on się przeliczył. Miał tylko siebie.

I nikogo, kto by go objął i powiedział: nie martw się, poradzisz sobie, jestem z tobą.

Ponieważ był sam. Ludzie nie lubią samotników. Zawsze boją się najbardziej tego, co doskwiera im samym. Nie będzie zabiegał, prosił, żebrał. Przejdzie tylko przez to nieprzyjazne miasto i siądzie gdzieś, gdzie będzie mógł odpocząć. Białe tylko z pozoru jest zimne. Przecież zwierzęta śpią pod śniegiem — na przykład niedźwiedzie. Śnieg musi być ciepły i przyjazny — jeśli spojrzeć na to z właściwej strony.

Wrzucała pospiesznie zakupy do koszyka. Jaja, masło, ser, ryby, co z tego, że tak dużo? Zamrozi. Przecież są święta. Świece.

TYLKO NASZE ŚWIECE PALĄ SIĘ DWADZIEŚCIA CZTERY GODZINY!

Dobre wino, chablis do ryby, nie to tanie, to najdroższe. Może sobie wyobrazi, że jest z nią Krzysztof, któremu powie:

— Nie boję się.

Albo mama.

Nie boję się, mamo.

I choinka będzie wysoka do sufitu. Związana jak baleron i przymocowana do bagażnika na dachu, czekała na nią na parkingu. Do pierwszej gwiazdki jeszcze nie tak blisko, zdąży.

Ten samochód też się nie zatrzymał. A przecież na pewno widział, w jakim wędrowiec jest stanie.

Nie ma już siły. Jeszcze tylko parę domów, wyjść z tych zabudowań, gdzie nikt na nikogo nie czeka, znaleźć się w miejscu, gdzie już nie ma nikogo, jest tylko cisza, cisza i spokój, i tam odpocząć. Przypomnieć sobie dobre chwile z przeszłości. Miękkość i czułość, dobro i miłość. Przecież dzisiaj jest dzień pojednania. Pojedna się ze swoim rozczarowaniem. Najgorsze są pierwsze momenty, kiedy zimno przechodzi przez każdą komórkę. A potem już robi się ciepło. Ciepło i dobrze. Dobrze i obojętnie. Chodzi o to, żeby nareszcie było obojętnie. Żeby brzuch nie pamiętał sytości ani głodu, a ciało braku dotyku. Chodzi o to, żeby wszystko rozpłynęło się i znikło, bez specjalnego cierpienia, bez nadziei, że może jeszcze ktoś się pojawi.

Jeszcze tylko paręset metrów. Zapada zmierzch. Teraz już nikt go nigdy nie odnajdzie, a on przestanie szukać.

Zdążyć przed pierwszą gwiazdką!

Ryba na patelni, a ciasto w piekarniku. Choinka nie wchodzi w stojak — za długo stał w szopie, nie umie rozkręcić bolców, które przechodzą przez obręcz i trzymają pień. Nie może nasadzić choinki, ale to nie przeszkadza jej wyjąć bombek i ozdóbek, światełek i aniołków, łańcuchów.

Choinkę oprze o ścianę, owszem, może śmiesznie to wygląda, ale oprze ją w tym rogu, między kominkiem a ścianą, nie przewróci się, a trzeba zdążyć przed pierwszą gwiazdką.

O, to jest dobre. Nawet bardzo dobre.

ZDĄŻYĆ PRZED PIERWSZĄ GWIAZDKĄ.

Pokój wygląda lepiej niż wtedy, niż dwadzieścia dziewięć lat temu. Patchwork na fotelu ojca zrobił z tego mebla wygodne i śliczne miejsce. Miejsce nie dla mężczyzny, tylko dla niej, dla jej zmęczonego wiecznym porzuceniem ciała, dla jej umęczonego poszukiwaniem rozwiązań umysłu, dla jej nóg, zgrabnych jeszcze, a niedotykanych, dla jej przestraszonej duszy to jest miejsce świąteczne. A potem będzie czekać na prezent od wszechświata, na cud jej własny, który nastąpi. Albo i nie.

Poszła do łazienki i odkręciła kurki. PIANA — TWOJA NAJLEPSZA PIANA DO KĄPIELI I OLEJEK, KTÓRY ODMŁODZI TWOJĄ SKÓRĘ. Nowość! Przygotowała okazyjny szampon i odżywkę. OKAZJA! DWA W JEDNYM!

Przeszła do kuchni i wygasiła piekarnik. Sernik zarumienił się. Uchyliła drzwi do pokoju i kiedy spojrzała na stół nakryty na dwie osoby, świecznik i dwie świece przygotowane do zapalenia, rozświetloną łagodnym blaskiem choinkę, zrozumiała, że cud nastąpił.

I jeśli pojawi się ktoś, zaprosi go do domu — obiecała to sobie solennie w pierwszą Wigilię bez ojca, kiedy matka odniosła dodatkowe nakrycie do kuchni, i ta obietnica powróciła do niej po raz pierwszy od tamtej pory. I po raz pierwszy od lat na stole było nakrycie dla Nikogo — zgodnie z tradycją.

Nie dojdzie do lasu. Noga rwała tępym bólem, a oddech zamarzał w powietrzu. To nieprawda, że łatwo się rozstać z iluzją. Nie było ciepło i tak strasznie chciał wejść do któregoś z tych domów — stanąć na progu, tak to sobie wyobrażał, stanie na progu, a ktoś otworzy drzwi i bez słowa wpuści go do środka, nie pytając o nic, nie bojąc się obcego. Ale teraz wszyscy bali się wszystkich, a przecież on miał tyle do ofiarowania! Co z tego, kiedy wziąć nie było komu?

Siądzie tu, przy tym budynku, nie na ulicy, żeby nie wzbudzać strachu, może jest jakieś wejście do ogrodu, może jakaś uchylona szopa... Siądzie tylko na chwilę, żeby tak nie przewiewało na wskroś, tylko na chwilę, może zaśnie, a dobry Bóg obudzi go tuż przed północą i zapyta łagodnie:

— Jakiego chcesz cudu dla siebie?

I wtedy odpowie.

Wysuszyła włosy i włożyła wełnianą sukienkę. Wsunęła na stopy czółenka — w domu nigdy nie chodziła w butach. Buty lekkie, czarne, eleganckie. I tak je zrzuci zaraz, kiedy po kolacji wigilijnej siądzie przed kominkiem, a pomarańczowe ciepło podpełznie do fotela. Poczeka na północ, na narodziny cudu, i powie cicho: wybaczam.

Może jeszcze powie trzy zdania do każdego z nich, zdania zaczynające się od słów: proszę, dziękuję, przepraszam.

Dziękuję za to, że mnie urodziliście. Dziękuję za to, że mam co wspominać. Dziękuję za te wszystkie Wigilie, kiedy renifery latały nad naszym domem.

Przepraszam, że dałam się nabrać na żal i na złość, że nie umiałam zrozumieć ani ciebie, mamo, ani ciebie, tato.

Proszę, żebym mogła jeszcze kiedyś komuś dać to, czego jestem pełna — tkliwość, dobro, ciepło, zrozumienie, miłość.

Tak powie.

Tylko że zanim usiądzie do samotnej wigilijnej kolacji, musi jeszcze raz wyjść na dwór, bo zapomniała o drewnie do kominka, mimo sukienki i butów, czarnych czółenek, trzeba wyjść i przynieść naręcze drewna, żeby potem już nie wychodzić z domu.

Kiedy się ocknął, leżał na fotelu przed kominkiem. Owinięty w koc w czerwono-zielone kwadraty, ciepły, miękki i puszysty wełniany koc. Koło niego klęczała kobieta. Głaskała go delikatnie, a on jak przez mgłę przypominał sobie jej głos, głos ciepły i gardłowy, głos, w którym drżało wzruszenie, ale też pełen był odwagi, kiedy powiedziała:

— Chodź, chodź, proszę.

I ciepłą wodę, i dotyk jej rąk. Nie wstydziła się go dotykać wszędzie, zmywała wielodniowy brud, dotyk jej rąk był delikatny i wzruszający, a potem pomogła mu wyjść z wanny i usadowiła na tym miękkim fotelu. Teraz klęczała przy nim, jej twarz tuż koło niego, chciał wydobyć z siebie głos, ale nie mógł, a ona to rozumiała, bo pogłaskała go po głowie i powiedziała:

— Teraz zaśnij. Śpij. Nie bój się. Jestem przy tobie.

Zmrużył zmęczone oczy, a ogień na kominku trzaskał smakowicie. Na dzwonek do drzwi nie podniósł głowy. Słyszał jej kroki, a potem męski głos:

— Czy wszystko w porządku?

I jej głos, głos kobiety, którą odnalazł, chociaż wydawało mu się to niemożliwe, głos, któremu zaufa, choć już raz został zraniony, zaufa, kiedy tylko poczuje się lepiej, i kobieta zrozumie, że go kocha tak bardzo, jak on zaczynał ją kochać.

— Tak. — Kobieta zawahała się i po chwili milczenia spytała: — Łukasz... może chcesz wejść?

I podwójne kroki.

— Widzę, że czekasz na kogoś... — Wahanie w głosie mężczyzny było tak wyraźne, że gdyby mógł zza oparcia fotela się roześmiać... ale nie mógł. Nie miał siły nawet na głębszy oddech.

— Tradycja... Jedno nakrycie dla mnie, a drugie...

I znowu chwila milczenia.

— Choinka się przewróci! Nie masz stojaka?

— Mam, w przedpokoju, ale... zardzewiał. Nie mogłam sobie dać rady...

— Zaraz osadzę! — radość w głosie mężczyzny, a potem chwila przerwy. — Jeśli chcesz, oczywiście. Natalia, nie chciałbym się narzucać...

Natalia. Pogodne imię, imię dla rośliny, nie dla żywej kobiety, ładne imię. Natalia, Talia. Muza. Muzyka.

— Tak, jeśli możesz...

— Przecież mogłaś mi powiedzieć wcześniej, widziałaś, że jestem w domu...

Mężczyzna przeszedł przez pokój i zatrzymał się przed choinką. Teraz się odwróci i mnie zobaczy. Będzie zdziwiony?

Ręce. Musi się nauczyć tych rąk na pamięć, do końca życia, ciekawe, w którym momencie mężczyzna będzie zazdrosny. Widzisz, jak delikatnie mnie dotyka, jak będzie o mnie dbać, jak przytula swoją twarz do mojej głowy, jak już nie uważa, jak się nie boi, jak zaufała? Widzisz? Nie jest ci żal, że nie jesteś na moim miejscu? Ona jest moja i ja jestem jej, już na zawsze, znalazłem dom.

— Skaleczony?

— Ma ranę na nodze…

— Pokaż, zobaczę…

— Tylko uważaj, boli go… polałam mu wodą utlenioną…

— Wykąpałaś go… Widać, że… po przejściach…

Kobieta spojrzała prosto w oczy Łukasza.

— Jak my wszyscy…

A potem schyliła się, znów położyła dłoń na czarnym psim łbie, a pies zmrużył oczy, westchnął i spokojnie zasnął.

2002

Cienista dolina

Zabawa sylwestrowa! Nic gorszego nie mogło się jej przydarzyć. Wszyscy się gdzieś bawią! Cały świat wita nie tylko nowy rok, ale nowe tysiąclecie! A ona? O balu mogła tylko pomarzyć. Nie dość, że była sama jak palec, to jeszcze te pieniądze, a raczej ich brak! A poza tym nawet gdyby zjawiła się wróżka jak z bajki o Kopciuszku i dała jej piękną suknię, powóz i tak dalej — to jak wyglądałaby w dzisiejszych czasach samotna kobieta, która idzie na przyjęcie?!

Samotna — to znaczy, że nikt jej nie chce.

Samotna — to znaczy mało zaradna.

Samotna — to znaczy gorsza.

Ach, oczywiście, nie była na tyle głupia, żeby się do tego przyznawać. Czytywała to i owo w kolorowych magazynach. O wolności i niezależności. O radości płynącej z samotnych dni i nocy. Ale w głębi duszy chciała być zależna, nie chciała być wolna, chciała być z kimś związana i za wszelką cenę nie spędzać tej nocy samotnie.

Pochlipała do lustra, wytarła czerwony nos. Spojrzała na swoje skromne M-2. Przytulne światło lampy przy tapczanie odbijało się od dużego lustra w sosnowych ramach. Pod lustrem na małym stoliku stał jej ulubiony gliniany wazon. Na środku niedużego pokoju panoszył się dywan, który sama uplotła z resztek kolorowej wełny, kiedy chorowała na ospę. Na stole walały się od rana brudne naczynia, których nie miała czasu sprzątnąć przed wyjściem do pracy.

Została dzisiaj dłużej — dziewczyny chciały zdążyć do fryzjera i do kosmetyczki. Jej było wszystko jedno. Co prawda zapraszali ją Monika z mężem, miał do nich przyjechać kuzyn, ale tak grubymi nićmi szyta randka byłaby dla niej upokarzająca.

Zresztą co to za mężczyzna, który na tę specjalną noc zostaje sam jak palec? Na pewno okropny. Gruby. Albo głupi. Albo jedno i drugie.

A poza tym co by sobie o niej pomyślał? Że jest tak samotna i nieszczęśliwa, że idzie z obcym mężczyzną na zabawę? I jak można mieć na imię Jacenty?

Bardzo dobrze, że została. Chyba sama w całym bloku. Monika i jej mąż mogą się bawić spokojnie — byli sąsiadami — przynajmniej przypilnuje im mieszkania. I tak naprawdę nienawidzi tych okropnych zabaw, gdzie wszyscy są zadowoleni, bawią się i tańczą, a o północy całują się pod jemiołą. Co ona by tam robiła?

Nie będzie się nad sobą rozczulać. Jaki koniec roku — taki cały przyszły rok. Zaraz sprawdzi, co jest w telewizji, weźmie kąpiel, nałoży na twarz maseczkę, umyje i uczesze włosy, tak jakby to miał być najważniejszy dzień w jej życiu. I powiesi sobie jemiołę, kupiła dwie gałązki późnym popołudniem przed nieczynnym już supermarketem. I napije się czerwonego wina — chyba jeszcze zostało od świąt. Szybko sprzątnie i to będzie naprawdę urocza noc. Albo sobie poczyta. Albo coś wymyśli, co sprawi jej przyjemność. Będzie zachowywać się tak, jakby szła na wspaniały bal. Albo wręcz na nim była. Po prostu.

O dziewiątej całe mieszkanko było sprzątnięte. Na małym stoliku ustawiła świecznik i włożyła do niego dwie białe świece. Na czerwonym, wyhaftowanym jeszcze przez babcię obrusie postawiła kieliszek i wysypała resztę orzeszków na srebrną paterkę. Włączyła cichutko Brahmsa. Spędzi ten wieczór zupełnie inaczej niż wszyscy. Gałązka jemioły u sufitu rzucała niezwykłe cienie na ściany. Maleńka choineczka zapłonęła migotliwymi lampkami.

Nalała sobie płynu do kąpieli i czekała, aż wanna napełni się wodą. Rozsmarowała maseczkę na twarzy, nałożyła na włosy olej rycynowy i ciasno obwiązała głowę torebką foliową.

Już, już miała wejść do wanny, kiedy zabrzmiał dzwonek u drzwi. Owinęła się szlafrokiem i otworzyła. Na progu stał mężczyzna.

Wyglądał, jakby nie mógł wydusić z siebie słowa.

— Tak? — zapytała.

Wmurowało go czy jak?

— Ba-bardzo przepraszam, ale je-jestem u znajomych i zatrzasnęły mi się drzwi. Ich nie ma. A pani może ma jakiś śru-śrubokręt czy młotek? — wydukał.

Ale gamoń!

— Chwileczkę — powiedziała, zamknęła drzwi i pobiegła do kuchni. Z szafki wyjęła skrzyneczkę z narzędziami i pędem wróciła do przedpokoju.

— Proszę bardzo.

— J-ja zaraz oddam...

— Za pół godziny. Teraz wchodzę do wanny — zwierzyła się nieopatrznie.

Mężczyzna wycofał się w głąb korytarza, trzymając przed sobą narzędzia. Patrzył na nią, jakby w życiu nie widział kobiety. Szybko wróciła do łazienki. Dziwak!

Kiedy spojrzała w lustro, ogarnął ją śmiech. Nic dziwnego, że wyglądał na wystraszonego! Ta jej zielona maska na twarzy! Ciemne oczy i usta, gładka foliowa głowa! Wyglądała jak Marsjanin!

Zanurzyła się w ciepłej wodzie i nie mogła powstrzymać chichotu. Coś podobnego mogło się zdarzyć tylko jej. Doprawdy!

Suszyła długie, ciemne włosy pieszczotliwie. Błyszczącą falą spływały aż za łopatki. Potem starannie pomalowała oczy — lekko pociągnęła rzęsy tuszem i sięgnęła po szminkę. Jeszcze tylko niebieska sukienka i jest gotowa!

Siadła wygodnie w fotelu i wtedy ogarnęła ją fala smutku. Co z tego, że tak ładnie wygląda? Co z tego, że udaje, że jest OK? Wypiła duszkiem wino. I jeszcze zachowuje się, jakby była alkoholiczką.

Doprawdy, życie jest beznadziejne!

Powtórny dzwonek wyrwał ją z użalania się nad sobą. Mężczyzna przed drzwiami sprawiał wrażenie dość nieprzytomnego. Trzymał w ręku jej narzędzia, ale kiedy wyciągnęła po nie rękę, cofnął się, spojrzał na numer mieszkania, potem wyjąkał:

— Prze-przepraszam, ale chyba się pomyliłem…

Roześmiała się.

— To moje! Poradził pan sobie?

Wyraz bezbrzeżnego zdumienia na jego twarzy był lepszy niż jakikolwiek komplement.

— Nie... niestety... muszę wezwać... poczekać... — mężczyzna się wycofywał. — Przepraszam... za kłopot... poczekam, aż wrócą... wszystkiego najlepszego...

Zamknęła drzwi i odstawiła narzędzia na półeczkę pod lustrem.

Jeszcze godzina do północy. A potem spać, spać, spać i nie pamiętać o tym, jak spędziła milenijną noc.

Podniosła kieliszek i odstawiła. Ten facet na schodach ma jeszcze gorzej. Nie widziała go wcześniej, a nie pomyślała nawet, że to może być jakiś zbój. Na pewno nikt z najbliższych sąsiadów. Podeszła do drzwi i spojrzała przez wizjer. Mężczyzna siedział na schodach, a obok niego stał kubeł na śmieci. Zbójcy nie chodzą z kubłami na śmieci. W taką noc. I nie przesiadują na klatkach schodowych. Zrobiło jej się żal człowieka, który pechowo po prostu wyszedł wyrzucić śmieci. Bez kluczy. Ale kto bierze klucze, jak idzie do zsypu?

Wróciła do pokoju i włączyła telewizor. Kolorowo i głośno było na świecie. Wyłączyła. A ten facet wejdzie w nowy wiek przy zsypie na śmieci. Gdyby nie była sama — naturalne byłoby zaproszenie go do środka. Ale ponieważ mieszka sama... Nie może tego zrobić.

W kuchni przygotowała kanapki. Po północy będzie piękny film — *Cienista dolina* — była na nim w kinie, ale z przyjemnością zobaczy go drugi raz. I będzie mogła sobie spokojnie popłakać nad losami wielkiej miłości. Na szczęście tym razem nie swojej.

Kroiła chleb, ale widok mężczyzny na schodach nie dawał jej spokoju. Dlaczego nigdzie nie poszedł? Dlaczego w sylwestrową noc zabrał się do porządków, zamiast się bawić — tak jak bawi się cały świat?

Otworzyła szeroko drzwi na klatkę schodową.

— Proszę, niech pan wejdzie. Przecież nie spędzi pan tak sylwestra.

Mężczyzna podniósł się, niepewny, czy to do niego kieruje zaproszenie.

— Dziękuję, nie chciałbym robić państwu kłopotu...

Myślał, że nie jest sama. To miłe, że wygląda na szczęśliwą osobę, niesamotną i zależną.

— Jestem sama — powiedziała i natychmiast tego pożałowała.

— Ja naprawdę... ten cholerny brak klamek! Bardzo jest pani... — Podniósł się z górnego schodka i podszedł do niej. — Bardzo pani dziękuję, w najśmielszych nawet marzeniach nie podejrzewałem, że spędzę tę noc na klatce przy kuble.

Nagle roześmiał się i ona również się roześmiała.

— Przepraszam, nie przedstawiłem się. Jurek Kunimis. Przyjechałem do znajomych. — Machnął ręką w kierunku korytarza. — I pomyślałem, że się na coś przydam. Nie można wchodzić w nowy rok z kubłem pełnym śmieci, bo przez cały rok…

— Będzie się miało mnóstwo śmieci. Wiem. Proszę się rozgościć.

Jeśli zapyta, dlaczego spędza tę noc sama — zabije go.

Mężczyzna odstawił czerwony kubełek pod drzwi łazienki.

— Wiem, że śmiesznie wyglądam, ale jeśli pani powie choć słowo na ten temat, będę musiał się zabić.

— Może chce pan gdzieś zadzwonić… do znajomych?

— Jeśli pani pozwoli mi trochę zostać, to nie… Nie chciałbym im psuć zabawy… Na pewno by się zdenerwowali, chcieli przyjechać… Jest już po jedenastej. Nie zdążą.

To zrobiło na niej jak najlepsze wrażenie. Nie tylko nie zbój, ale nawet altruista. Troszczył się o innych. Przestała się bać, że wpuściła do domu nieznajomego.

Już przed dwunastą byli na ty.

— Muszę ci powiedzieć, że nigdy się bardziej nie wystraszyłem niż wtedy, kiedy otworzyłaś mi drzwi. W ogóle nie wiedziałem, czy mam do czynienia z człowiekiem! A potem myślałem, że zwariowałem — po łysym obywatelu z zieloną twarzą otwiera piękna kobieta!

Śmiali się jak szaleni. Po półgodzinie wydawało się jej, że zna go całe życie. Przyniosła z kuchni kanapki i drugi kieliszek.

— Dlaczego spędzasz sam tego sylwestra? — zanim zdążyła się zastanowić, samo jej się zapytało.

— Moi znajomi chcieli mnie wziąć ze sobą na bal, ale poczułem się jak zbyteczna paczka, którą podkłada się komukolwiek... A ty?

Jednak go nie zabije.

— Mnie też proponowano... Ale że nie było nikogo na tyle ważnego, żeby mi zależało, to uznałam...

— To mam szczęście — powiedział Jurek. — Tylko szkoda, że nie mamy czym przywitać nowego roku.

Wtedy przypomniała sobie, że u Moniki jest szampan. Zaprzyjaźniona sąsiadka, składając jej życzenia, powiedziała:

— Jakbyś chciała się napić, to u nas w lodówce są dwie butelki.

Spojrzała na Jurka.

— Mamy szampana. Poczekasz?

Zdjęła klucze Moniki z gwoździa w przedpokoju. Za chwilę wróciła ze smukłą butelką.

Punktualnie o dwunastej Jurek na balkonie strzelił w niebo korkiem. W tym samym momencie całe niebo utonęło w różnokolorowych ogniach sztucznych, błyski podświetlały chmury nad miastem, miliony kolorowych gwiazdek rozbłyskiwało na chwilę i opadało w tęczowych pióropuszach na dachy, fontanny światła tryskały w górę i rozpadały się w deszcz samotnych okruchów, gwiezdny pył mieszał się z biciem dzwonów, a oni stali na balkonie z kieliszkami w ręku. Czarne aksamitne niebo było usiane cekinami świateł jak najlepsza tkanina, w tym podniebnym teatrze tym razem stworzonym przez człowieka.

— Przyniosę ci coś ciepłego, jest zimno, możesz się zaziębić. Masz coś?

Wskazała ręką na fotel, zostawiła tam szal. Jurek zniknął, wrócił i narzucił jej na ramiona tkaninę, a ona poczuła, że coś dusi ją w gardle.

— Złożymy sobie życzenia? Nie wiem, czego chcesz, ale życzę ci, żeby ci się wszystko, o czym marzysz, spełniło! — Stuknął w jej kieliszek, nachylił się i pocałował ją w policzek. — To najlepszy sylwester w moim życiu.

— Niech i tobie się spełnią — nie pozostała mu dłużna.

— To zależy od ciebie. W tej chwili marzę, żebyś ze mną poszła jutro na kolację. W ramach rewanżu za to, że nie bałaś się obcego faceta.

Rewanż! Tylko tyle!? Zrobiło się jej przykro. Weszli do pokoju. Chłód wlewał się z balkonu. Przymknęła drzwi. Za oknem niebo rozpalało się milionem blasków.

Jurek odstawił kieliszek i pociągnął ją pod jemiołę.

— A to moje drugie życzenie. Jeśli pocałuję cię pod jemiołą, tak szybko mi nie znikniesz.

Pocałował ją ostrożnie, lekko, mogła w każdej chwili się odsunąć, ale nie chciała.

Uśmiechnęli się do siebie.

— Czy mogę teraz włączyć telewizor? — spytała trochę niepewnie.

— Nie chciałem ci tego proponować, ale akurat jest świetny film z Anthonym Hopkinsem... *Cienista dolina*... I wiesz co? Cieszę się, że poszedłem wyrzucić te cholerne śmieci. Moja kuzynka miała pomysł, żeby mnie poznać z jakąś babą, i jak pomyślę, że przez to nie poznałbym ciebie... A poza tym muszę ci się do czegoś przyznać... Nie jestem...

O Boże, to było zbyt piękne, żeby było prawdziwe! Nie jest wolny! Czeka tam gdzieś na niego żona albo narzeczona! — zmartwiała.

— Nie jestem Jurek... Wymyśliłem to imię na poczekaniu. Swojego nienawidzę z całego serca. No bo jakbyś się czuła, gdybyś miała na imię Jacenty?

2001

Rzymskie wakacje

Kochali się niespiesznie, jakby czas nie trzymał nad nimi bicza, jakby zegary nie odliczały upływających minut, a sekundy w panice nie próbowały gonić swoich poprzedniczek w równomiernym rytmie ucieczki od teraźniejszości. Kochali się tak, jakby teraz miało trwać wiecznie, a przeszłość ani przyszłość nie istniały.

— Poczekaj — mówił w jej leżące na niebieskim prześcieradle ciało — poczekaj. — Słowa kuliły się między jego wilgotnymi ustami a jej skórą, rozgrzaną i lekko zaczerwienioną. — Nie spiesz się…

Zawstydzona chciała go do siebie przyciągnąć, nie chciała, żeby na nią patrzył, było za jasno, za wcześnie, za dobrze… i nie chciała, żeby widział jej pragnienie i słyszał jej urywany oddech, tak się nie robi, była obnażona w swojej tęsknocie za jego dotykiem i za tym, co robiły jego usta i jego dłonie, ale nie powinien o tym wiedzieć, to niebezpieczne, będzie miał nad nią władzę, będzie wiedział o niej za dużo, będzie musiała się potem wstydzić swoich wilgotnych ud i twardniejących piersi, będzie nienawidzić swojej krtani, która chrapliwie wydała dźwięk bez jej świadomości, to nie tak powinno być, on musi przestać, kobiety nie ulegają żądzom, nie są jak zwierzęta, jak mężczyźni, one są inne, one chcą...

...rozsunął jej uda i przytrzymał drugą dłonią jej rękę, która próbowała go — to nie było jasne — albo przywołać, albo odtrącić. Jej ręka zwiotczała, kiedy odłożył ją obok, jak rzecz, ale delikatnie, głaszcząc przedramię, uspokajająco, nic jej się tu nie stanie — mówił jego dotyk — leż, leż spokojnie — i jej druga ręka również usłuchała...

A jej napięte ciało przestało się bronić, zamknęła oczy, jak dziecko, które myśli, że jak ono nie widzi, to nie jest przez nikogo widziane — tylko uda zaczęły drżeć śmiesznie z tego nagle puszczonego napięcia i nie miała na to wpływu, a potem nagle stało się coś takiego, że już nic nie było ważne: ani słońce w pokoju, wpadające przez drewniane okiennice, ani jej gotowość, ani jego spojrzenie, ani ona naga — a wiedziała, że nie jest piękna — ani gospodyni, która wynajęła im pokój na samej górze, właściwie na migi, bo nie znała angielskiego, tylko na *how much?* zareagowała śmiechem i napisała kwotę na kartce papieru, ani co by sobie rodzice pomyśleli, ani co ona będzie myślała za chwilę, ani ta rozłożona nad kamienistą plażą sycylijska wioska, w której byli jedynymi turystami, ani Włochy, ani nawet świat nie był już ważny.

Jej ciało pragnęło tego, co robił, najbardziej na świecie, nie ona, ona nie, ale nie miała wpływu na to, co się działo, chciała, żeby robił z nią wszystko i nigdy nie przestał, i kiedy znowu pochylił się nad jej twarzą, zarzuciła mu ręce na szyję, jakby to nie była ona, gwałtownie go przyciągnęła, objęła udami jego biodra, potem przewróciła się na bok, uniosła lekko, a on jakby już wcześniej znał jej zamiary, przesunął dłonie pod jej pośladki, leżał już na plecach, lekko unosząc jej biodra, przytuliła się do niego jak dziecko, ale usłyszała, jak szepcze: „Chcę na ciebie patrzeć" — i podniosła się, i spojrzała mu prosto w oczy.

Kochali się. Naprawdę to robili. Nie uwierzyłaby, gdyby ktokolwiek jej o tym powiedział, ale tak właśnie było. I ona siedziała na nim, to było nie do pomyślenia, ale nie mogła o tym myśleć, bo w środku zaczęło się coś dziać, chciała, żeby to coś trwało, a on tak pięknie na nią patrzył, a potem krzyknął jej imię, a ona opadła na jego pierś, ale w środku dalej czuła gorąco i chciała jeszcze i jeszcze, i wszystko jedno, co się stanie…

A on przesunął ją delikatnie obok, uśmiechnął się i pocałował w usta, a ona chciała jeszcze, przytrzymał ją za włosy, a drugą ręką sięgnął w dół, do piersi, które parzyły, a potem opuścił głowę na jej ramię i delikatnie głaskał po udzie i niżej, i jego dłoń zmusiła ją — a wcale tego nie chciała — do zrobienia miejsca — i zaczęła dotykać tak, jak nie powinna, na pewno nie, nie, nie i jeszcze raz nie, i uniosła biodra do góry, chciała umrzeć, ale po... nie w tej chwili, zaraz, za moment!

Jęknęła, kiedy pierwsza fala uderzyła nagle, a po niej druga i trzecia... Przytuliła się do jego głowy i zsunęła mocno nogi, ale fale trwały jeszcze, a jej ciało chybotało się w rytm pędzącego serca.

Boże, co ja robię? — przemknęło jej przez głowę, ale była w innej rzeczywistości, a w tej wszystko było dozwolone. Rozkosz również.

Nie patrzyła na niego, kiedy rozliczali pokój i wsiadali do samochodu. Nie odezwała się ani słowem od rana. Wspomnienie wczorajszego dnia wypełniało ją, dusiło i oplatało.

Dwa tygodnie zwiedzania, wspólnego cieszenia się tak pięknym urlopem — diabli wzięli.

Wszystko, wszystko zostało zaprzepaszczone. Ich fajna przyjaźń, rozmowy do rana, zwiedzanie maleńkich porozsypywanych w głębi wyspy wiosek, które nigdy nie widziały turystów, wspólne wschody i zachody słońca, zachwyty nad miodem z pistacji — wszystko to zniknęło.

Zostały tylko wczorajszy dzień i wczorajsza noc — kiedy on osiągnął cel, czyli seks, a ona mu uległa jak pierwsza lepsza, jak dziwka jakaś nienasycona, jak... Jak nie wiadomo co. I jeszcze się z tego cieszyła. Widział ją i jej zachwyt i ma teraz satysfakcję, a ona nie może uciec, bo są tak daleko od domu.

To prawda, że seks niszczy przyjaźń, nie wolno iść do łóżka ot tak sobie. Nie ma przyjaźni między kobietą a mężczyzną. Zawsze chodzi im o jedno. Ale zrobiła z siebie idiotkę.

A tak było cudnie. Całe dwa tygodnie jak w bajce. Tylko na Etnę nie wjechali — matko, jak tam było zimno; na dole upał trzydzieści stopni, a na górze może z pięć — więc na samą górę nie wjechali, bo mgła była i dym, i kolejka nie chodzi w taką pogodę, bo i tak nic nie widać. A Etna taka spękana, taka groźna, taka pozbawiona życia... I tylko pod stopami wiadomo, że buzuje ogień. Jak w niej wczoraj. Niestety!

Dwa dni temu w małej miejscowości na północy trafili na obnoszenie Matki Boskiej — dwa razy do roku jest taki odpust, wszyscy Sycylijczycy przygotowali drogę wędrówki w niezwykły sposób: białe haftowane ręcznie płótna — prześcieradła? obrusy? — zwisały ze wszystkich okien, cała miejscowość szła, modląc się, za japońskim księdzem, który kroczył przed figurą Matki Boskiej Bolesnej, wiezionej na wózku akumulatorowym przez wszystkie uliczki miasteczka. Roześmiali się oboje — japoński ksiądz w środku Sycylii!

A potem, jak przyjazna fala, procesja — przetaczająca się między niskimi domami, odbijająca się od nagrzanych przez cały dzień murów — ogarnęła także ich dwoje.

— *Ave Maria* — tubalne głosy męskie górowały nad kobiecymi, wszyscy kroczyli w powadze, tylko oni jedni stali wciśnięci w mur.

— *Gratia plena, Dominus Tecum.* — Mijali ich odświętnie ubrani Sycylijczycy.

— *Benedicta Tu in mulieribus et benedictus fructus ventris Tui Jesus.* — Kobiety pchały przed sobą wózki z małymi dziećmi, mężczyźni w garniturach towarzyszyli im dumnie.

— *Sancta Maria, Mater Dei* — przenosiło się od balkonu do balkonu, a na balkonach stali ubrani na czarno starzy ludzie, którzy przy zwisających białych tkaninach wyglądali jak posągi.

— *Ora pro nobis.*

— *Ora pro nobis* — powtórzyli razem bezwiednie.

— *Peccatoribus nunc et in hora mortis nostrae. Amen.*

Siedzieli długo w nocy na krawężniku wąziutkiej uliczki, via Bellini, białe płachty powiewały na wietrze, czarni starcy zniknęli z okien i balkonów, Matka Boska odjechała do swojego kościoła, noc zrobiła się odświętna. Nie poszli na główną ulicę, gdzie ustawiono tysiące jarmarcznych odpustowych kramów.

Uciekli od tłumu. Szli w milczeniu przez puste miasteczko. Zaglądali w bramy, za którymi czaiła się tajemnica, wejścia donikąd, opuszczone domy, z których okien zdążyły wyrosnąć drzewa, kute żelazne bramy, które otwierały się na wysoką trawę, schowane w nich schody kończące się w powietrzu...

Siedzieli przytuleni pod starym automatem na papierosy, porzuconym lata wcześniej, zardzewiałym i nikomu niepotrzebnym, wrośniętym w krajobraz jak rozłożyste nieduże drzewa, które tu i ówdzie ni stąd, ni zowąd dawały w południe cień, a w nocy zagęszczały mrok.

I po takiej nocy, TAKIEJ — świętej — musieli to wszystko zepsuć głupim seksem!

Nie mogła sobie wybaczyć. Nigdy z nikim nie czuła się tak swobodnie, tak pewnie, taka kompletna. Adam był najlepszym towarzyszem, najlepszym przyjacielem, najlepszym człowiekiem, jakiego kiedykolwiek spotkała.

A gdyby zapomnieć o tym, co się stało? Po prostu potraktować to jak wybryk? Jak nic nieznaczący epizod? Jak coś, o czym można zapomnieć i nigdy do tego nie wracać?

Wiedziała, że nie zapomni. I wiedziała, że on także będzie pamiętał, jaka była... rozwiązła.

Teraz trzeba będzie tylko przetrwać te następne dni. Zachowywać się jak gdyby nigdy nic. Zacisnąć zęby i udawać, że wszystko jest OK. A potem już nigdy się nie spotkać. Ostatecznie jest dorosła, i to nawet bardzo dorosła. W ogóle nic się nie stało. Dwoje dorosłych ludzi może z siebie skorzystać.

Madonna Dei Malati w Raffadali. Matka Boska od Chorych — a nie ustrzegła jej przed błędem.

Trafili tam zupełnie przypadkiem, zatrzymali się tylko na jedną noc, jechali na białą plażę, miejsce znane tylko Sycylijczykom, z dala od tras zwiedzania biur podróży. Cały następny dzień spędzili na białej potężnej skale, wapiennej, wyczyszczonej przez wiatr i morze, wznoszącej się nad wodą na pięćdziesiąt, może więcej metrów.

Adam robił jej zdjęcia. W ciemnych okularach, owinięta w niebieskie pareo, upał był straszny, wyglądała jak nie ona.

I ta noc! Przeklęta, wszystko zniszczyła!

Spakowała swoje rzeczy szybko, zanim wstał. Jeden pokój okazał się po ich wspólnej nocy za mały na nich dwoje. Kiedy byli jeszcze przyjaciółmi, był w sam raz. Ale po przyjaźni nie było już ani śladu.

Żeby mogła już wrócić do domu! Nie jechać tym durnym samochodem następne dwa dni do Rzymu! I jeszcze ten Rzym pieprzony, w którym mieli się zatrzymać przed powrotem. O czym będzie z nim rozmawiać? Jak przeżyje tę podróż? I tak wie, co o niej myśli. Może się w ogóle nie odzywać?

Prawie nie spała, a on wstał świeżutki jak gdyby nigdy nic. Pocałował ją nawet, zdążyła się uchylić, usta tylko musnęły skroń. Popatrzył zdziwiony. Zdziwiony? Że co?

Ma się teraz rzucać mu na szyję, czy jak? Myślał, że jak ją przeleciał, to ona będzie jak wosk? Czy wdzięczna? I tak wiedział o niej za dużo. To koniec tej znajomości. Przełknęła łzy. Nie wytrzyma z nim następnych dni. Idiotka, głupia idiotka. Dlaczego nie może potraktować tego wszystkiego jak on? Że dla zdrowia? Dla higieny? No i co, że się z nim przespała? Nie on pierwszy i nie ostatni. Owszem, wiadomo, że kobiety przywiązują się do mężczyzny, z którym mają orgazm. W przeciwieństwie do facetów, im zawsze jest dobrze, wszystko jedno z kim, wszystko jedno jak.

Dlaczego nie jest facetem?

— Dziwnie się zachowujesz — powiedział. — Dlaczego? Stało się coś?

Jechali prosto do Rzymu. Na promie do Kalabrii było mnóstwo ludzi, więc nie byli sami. Chcesz pić? Głodna jesteś? Wyjdziemy na górny pokład? Szkoda, że wyjeżdżamy, prawda? Tak, wodę poproszę, nie, nie jestem głodna, dobrze, wyjdźmy, szkoda, ładna ta Sycylia.

— Stało się coś? A co się miało stać? — Wzruszyła ramiona i przymknęła oczy, udając, że zasypia.

— Prześpij się, długa droga przed nami.

Nie musiał jej rozkazywać.

I nie kochał jej, to jasne. Wtedy zachowałby się inaczej. Nie wiedziała jak, ale na pewno inaczej. Nie tak, jakby się nic nie stało. Na pytanie „jak?" nie umiała sobie odpowiedzieć. Ale na pewno, była stuprocentowo przekonana, nie tak. Nie tak... obojętnie.

W Rzymie zatrzymali się tuż przy placu Świętego Piotra w starym hotelu, który Adam zarezerwował na długo przed ich wyjazdem. Chciała przez moment wziąć drugi pokój, ale doba kosztowała 275 euro. Zresztą jak ma teraz powiedzieć, że chce być w osobnym pokoju, skoro przez dwa tygodnie byli w jednym i w ogóle jej to nie przeszkadzało? Tylko teraz, od tamtej nocy na Sycylii, przeszkadza?

Pokój był duży, największy i najbardziej luksusowy spośród tych, w których spali. I łazienka była duża. A posadzka w holu miała ze czterysta lat, granit poddał się czasowi i tysiącom stóp, które tędy przeszły, lekko wklęsła błyszczała jak wypolerowana. Wynieśli rzeczy z samochodu, Adam zapytał, czy ma siłę na nocny spacer po Rzymie.

— Jeśli masz ochotę — odpowiedziała, bardzo się starając, żeby zabrzmiało to beztrosko. Przecież nic się nie stało.

— Mam ochotę, jeśli ty masz ochotę — odrzekł i jakoś tak się jej uważnie przyglądał, a tego spojrzenia nie znała.

— Nie wiem, może jutro. Idź sam, jeśli chcesz, ja się wcześniej położę. Chyba jestem zmęczona.

— Jak chcesz — powiedział i nie namawiał jej, o nie.

Wszystko było jasne.

Stała długo pod prysznicem. Rzym! Marzenie, które się spełniło. Być w Rzymie! Ale jak teraz, po tym wszystkim, być w Rzymie? Rozpłakała się, a łzy zmieszały się ze ściekającym na ramiona szamponem. Będzie teraz sama siedzieć w głupim pokoju hotelowym, bo on poszedł.

Ale gdyby z nim porozmawiała? Powiedziała coś mądrego w rodzaju: „Przecież nie będziemy niszczyć naszej przyjaźni przez coś tak mało istotnego jak ten incydent...". Może by zrozumiał? Co za bzdury koszmarne. Co za idiotyczny melodramat. Naoglądała się za dużo kiepskich filmów, ot co. A jest dorosła! Dorosła! I nie będzie robić problemów tam, gdzie ich nie ma!

Kiedy wrócił wieczorem do pokoju, udawała, że śpi. Pochylił się nad nią i pocałował ją w czoło. W czoło! Po tym wszystkim w czoło!

A potem usiadł do komputera, podłączył kartę z aparatu i zaczął zrzucać zdjęcia. Nie był nią zainteresowany. Nie wiedziała, kiedy się położył, rozczarowana nie wiadomo czym, zasnęła jak kamień.

Ranek był upalny. Starała się na niego nie patrzeć, o matko, jak bardzo czuła się upokorzona. Jeszcze tylko dwa dni w Rzymie i powrót, i koniec. Wtedy odpocznie, odetchnie z ulgą, przestanie się męczyć. Adam już nie próbował ani jej pocałować, ani z nią rozmawiać. Wymienili się uprzejmościowo krótkim „dzień dobry". To co robimy? Idziemy? Oczywiście, będę gotowa za chwilę. Weź aparat. Wzięłam mapę z recepcji. To dobrze.

Upał był tego dnia nie do zniesienia. Co to za pomysł, żeby w sierpniu jechać do Rzymu? To bez sensu. To idiotyczne. Tłumy ludzi, którzy głównie piją. Fontanna di Trevi? Przyczepiona do ściany budynku? Na zdjęciach wyglądała, jakby stała osobno, po białym marmurze biegały ciemne szczury, zabawne, już chciała szarpnąć za łokieć Adama, jak zawsze — widziałeś? — ale przypomniała sobie, że już go nie może szarpać, że nie jest już jej przyjacielem, że nie jest bliską osobą, i nawet nie zapytała, czy widział. A on był nieobecny, uprzejmie nieobecny, więc ona też nie musi się wysilać. Niebo nad fontanną było lazurowe, głęboko niebieskie, dwa lekkie pierzaste obłoczki przesuwane niewiadomym wiatrem, nie tracąc swoich kształtów, płynęły jak w kiepskiej kiczowatej scenografii teatralnej.

— Zjemy coś?

— Jasne — odpowiedziała.

Dzień się skończył, jakoś przeżyła, teraz jeszcze kolacja i jutro, i wyjazd. I skończy się ta mordęga. Przez całe dwa tygodnie mieli o czym mówić, śmiali się, trzymali za ręce, byli podnieceni jak dzieci. Wszystko to zakończyło się w chwili, gdy wylądowali w łóżku.

Ile by dała, żeby cofnąć czas! Choć na wspomnienie ich nocy, a właściwie połowy dnia i nocy, oblewał ją rumieniec.

— Powiedz, co się z tobą dzieje?

— Naprawdę nic. Wszystko jest OK.

— Nie jest. Widzę przecież. — Nie był przyjacielski, był obcy. A ona nie musiała mu się z niczego tłumaczyć.

— Oj, Adam, to, że mnie przeleciałeś, nic między nami nie zmieniło — powiedziała, zmuszając się, żeby w jej głosie była lekkość.

— Przeleciałem? — usłyszała zdumienie w jego głosie. — Nie zmieniło?

— Nie róbmy z tego problemu — wydusiła z siebie i spojrzała w kartę. Zamówi kalmary albo samą sałatkę. I wino.

— To ty tak myślisz o tym, co się stało?

— W ogóle o tym nie myślę, było, minęło i jest OK. Zamawiamy wino?

— Chyba cię w ogóle nie znałem — powiedział Adam, a ona zamknęła oczy, w jego głosie była wrogość, nic nie zostało z tamtego Adama, którego bezpowrotnie utraciła. — Chyba naprawdę cię nie znałem. I wiesz co? — Wstał od stolika. — I chyba taka mnie nie interesujesz. Przeleciałem? Nie ma problemu?

Miała ochotę krzyczeć, wydrzeć się na niego, poszarpać mu koszulkę z napisem „Are you happy?", którą kupili gdzieś w drodze, głupią czarną koszulkę, której na pewno by nie założył w Polsce, rzucić się na niego z pięściami, że tak ją potraktował i jeszcze ma pretensje. Ale nagle coś ją ścisnęło za gardło i z wysiłkiem wydobyła z siebie tylko:

— Ja? Przecież to ty... — I niechciane łzy rozmyły jej napis „Are you happy?".

Zacisnęła mocno oczy, nie chciała widzieć, jak odchodzi, i wstydziła się swojego głosu, jakiegoś takiego żebrzącego, proszalnego, to i tak nic nie zmieni. A potem poczuła, że ktoś głaszcze ją po policzku.

Otworzyła oczy. Adam siedział naprzeciwko niej.

— Hej — powiedział. — Chyba musimy sobie coś wyjaśnić. Czy ty się boisz, że mogłabyś mnie pokochać?

O nie! Tylko nie to! Co ma odpowiedzieć, żeby się do reszty nie zbłaźnić? Czy teraz on jej powie, że zasługuje na kogoś lepszego? Albo że zostaną przyjaciółmi? Zresztą nawet gdyby, to nie byłaby prawda! Na pewno go nie kocha! Kochała jak przyjaciela. Ale teraz wszystko się zmieniło.

— Nie przeleciałem cię. Myślałem, że oboje tego chcieliśmy.

Jasne. Jasne, że oboje chcieli. Ona chciała i on to wie. Teraz zaproponuje, żeby zachowywali się jak dorośli i że nie ma w tym nic złego. I że nie ma sprawy. Ale zawsze była z nim szczera. Dopóki byli przyjaciółmi, rzecz jasna. Więc tak, boi się. Nie wie czego, ale się boi.

— Popatrz na mnie. — Znowu próbował ją pogłaskać. — Ja tak ani przez moment nie myślałem. Stało się coś ważnego i sądziłem, że to zmieni nasze… ale jeśli nie chcesz… Bardzo mi na tobie zależy… To mogło być coś fajnego, między nami…

Mogło? Powiedział w czasie przeszłym? Dlaczego w czasie przeszłym? Nie potraktował jej jak głupiej dziwki... Co teraz ma powiedzieć? I jak? Może zaczekać jeszcze chwilę, może coś jej przyjdzie do głowy, może... Była bezradna.

— Boję się — wyszeptała.

— Czego? Mnie? — w jego głosie usłyszała tak bezbrzeżne zdumienie, że uchyliła powieki i zebrała w sobie całą przyszłą i przeszłą odwagę.

— Boję się, że mogłam cię stracić... — Poczuła tak nagłą ulgę, że myślała, iż straci przytomność. To o to chodziło? Po prostu o miłość?

Spojrzała mu prosto w oczy.

To był jej Adam, owszem, inny. Jej ukochany, nie tylko przyjaciel. Ten, który ją znał i który zaczynał ją poznawać.

— W ubraniu trudniej o bliskość, prawda? — uśmiechnął się. — Będziemy musieli się tego nauczyć... Bez ubrania nieźle nam poszło...

Spis treści

Wydanie pierwsze

Opieka redakcyjna serii
Anita Kasperek

Redakcja
Wiesława Grochola

Korekta
Henryka Salawa, Alina Doboszewska,
Małgorzata Wójcik, Dorota Trzcinka

Projekt graficzny serii
Marek Wajda

Opracowanie okładki
Marek Pawłowski

Zdjęcie na okładce © Shutterstock

Redaktor techniczny
Bożena Korbut

Printed in Poland
Wydawnictwo Literackie Sp. z o.o., 2014
ul. Długa 1, 31-147 Kraków
bezpłatna linia telefoniczna: 800 42 10 40
księgarnia internetowa: www.wydawnictwoliterackie.pl
e-mail: ksiegarnia@wydawnictwoliterackie.pl
fax: (+48-12) 430 00 96
tel.: (+48-12) 619 27 70
Skład i łamanie: Scriptorium „TEXTURA"
Druk i oprawa: Drukarnia Pozkal

ISBN 978-83-08-05359-1 — oprawa broszurowa
ISBN 978-83-08-05360-7 — oprawa twarda

Katarzyna
Grochola
Trochę większy
poniedziałek

Katarzyna
Grochola
A nie
mówiłam!

Katarzyna
Grochola
Zagubione
niebo

Katarzyna
Grochola
Houston, mamy
problem

Katarzyna
Grochola
Zielone drzwi

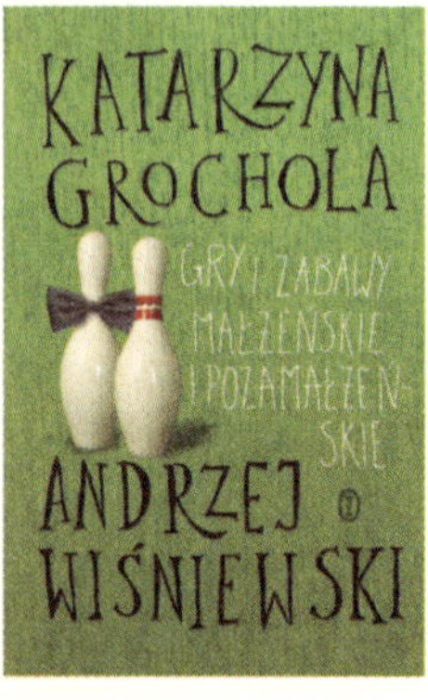
KATARZYNA
GROCHOLA
GRY I ZABAWY
MAŁŻEŃSKIE
I POZAMAŁŻEŃSKIE
ANDRZEJ
WIŚNIEWSKI

KATARZYNA
GROCHOLA
ZWIĄZKI I ROZWIĄZKI
ANDRZEJ
WIŚNIEWSKI

Katarzyna
Grochola
Dorota
Szelągowska
Makatka

Katarzyna
Grochola
Ja wam pokażę!

Katarzyna
Grochola
Nigdy w życiu!

Katarzyna
Grochola
Serce na temblaku

Katarzyna
Grochola
Osobowość ćmy

Katarzyna
Grochola
Podanie o miłość

Katarzyna
Grochola
Przegryźć dżdżownicę

Katarzyna
Grochola
Upoważnienie do szczęścia

Katarzyna
Grochola
Trzepot skrzydeł

Katarzyna
Grochola
Kryształowy Anioł

Książki Katarzyny Grocholi w Wydawnictwie Literackim

A nie mówiłam!

Gry i zabawy małżeńskie
i pozamałżeńskie
(rozmowa z Andrzejem Wiśniewskim)

Houston, mamy problem

Ja wam pokażę!

Kryształowy Anioł

Makatka
(wspólnie z Dorotą Szelągowską)

Nigdy w życiu!

Osobowość ćmy

Podanie o miłość

Przegryźć dżdżownicę

Serce na temblaku

Trochę większy poniedziałek

Trzepot skrzydeł

Upoważnienie do szczęścia

Zagubione niebo

Zielone drzwi

Związki i rozwiązki miłosne
(rozmowa z Andrzejem Wiśniewskim)